文史知識

与历史对话　与时代同行

.

郭英德 著

古文名篇

心解

中華書局

图书在版编目（CIP）数据

古文名篇心解/郭英德著. —北京:中华书局,2024.9
ISBN 978-7-101-16259-2

Ⅰ.古… Ⅱ.郭… Ⅲ.随笔-作品集-中国-当代
Ⅳ.I267.1

中国国家版本馆 CIP 数据核字（2023）第 110128 号

书　　名	古文名篇心解
著　　者	郭英德
文字编辑	谷笑鹏
责任编辑	孙永娟
封面设计	刘　丽
责任印制	陈丽娜
出版发行	中华书局
	（北京市丰台区太平桥西里38号　100073）
	http://www.zhbc.com.cn
	E-mail:zhbc@zhbc.com.cn
印　　刷	三河市中晟雅豪印务有限公司
版　　次	2024 年 9 月第 1 版
	2024 年 9 月第 1 次印刷
规　　格	开本/920×1250 毫米　1/32
	印张 8½　插页 2　字数 185 千字
印　　数	1-4000 册
国际书号	ISBN 978-7-101-16259-2
定　　价	48.00 元

目　录

序　古文如何心解 /001

人性篇

"顺木之天，以致其性"——读柳宗元《种树郭橐驼传》 /003

借传设寓 /003

别有寄托 /006

"养树"与"养人" /008

顺木之天 /010

"大公至正之道"——读曾巩《书魏郑公传》 /015

读书笔记 /015

阅史有感 /017

如实记载 /019

焚稿者之非 /022

诚信持己 /025

"快哉"源于"自得"——读苏辙《黄州快哉亭记》 /030

快哉亭 /030

以描写为叙事 /031

议论生情 /034

"自得"之说 /037

以适意为悦 /039

人情篇

情随事迁，感慨系之——读王羲之《兰亭集序》　/047

　　春禊习俗　/047

　　兰亭诗与序　/049

　　哀乐未忘　/051

　　向死而生　/055

　　将有感于斯文　/058

"不悲者无穷期矣"——读韩愈《祭十二郎文》　/061

　　对生与死的品味　/061

　　在死而生　/062

　　往事不堪回首　/064

　　寿者不可知　/066

　　言有穷而情无终　/069

家庭的温馨与女性的柔情——读归有光《项脊轩志》　/074

　　百年老屋的兴衰　/074

　　重振家业的责任　/077

　　女性的柔情　/079

　　灵魂栖息之地　/082

　　故乡情怀　/085

人品篇

"道之所存，师之所存也"——读韩愈《师说》 /093

　　说体文 /093

　　抗颜而为师 /094

　　为师者与从师者 /097

　　为师与从师 /099

　　论述策略 /101

知者不惑，仁者不忧，勇者不惧——读柳宗元《段太尉逸事状》 /108

　　文以明道 /108

　　仁者必有勇 /109

　　君子之道 /114

　　知者不惑 /117

生于忧患，死于安乐——读欧阳修《读李翱文》 /122

　　言"忧"之作 /122

　　读心之术 /124

　　中怀自得 /127

　　归重愤世 /130

　　心怀天下 /131

"精悍之色，犹见于眉间"——读苏轼《方山子传》 /136

　　真传神手 /136

　　以笔勾取其形 /138

　　气韵生动 /140

　　孔颜乐处 /142

　　精悍之色 /145

人文篇

"绝境"原来是"梦境"——读陶渊明《桃花源记》　/153

世外桃源　/153

因"忘"而"得"　/155

虚实兼具　/157

陶渊明的梦境　/159

人文知识、史传笔法与游戏心态——读韩愈《毛颖传》　/164

博物学知识　/164

历史学知识　/169

知识与类书　/171

真良史才　/172

游戏心态　/176

"为国者无使为积威之所劫"——读苏洵《六国论》　/181

赂秦而力亏　/181

不赂者以赂者丧　/184

不可为积威所劫　/188

并力向西　/189

地志知识、自然美景与人生境界——读姚鼐《登泰山记》随感　/194

地志知识　/194

考证助文　/200

景物描写　/202

人生选择　/204

雪中泰山　/206

人生篇

"书于石，所以贺兹丘之遭也"——读柳宗元《钴鉧潭西小丘记》 /213

发现之美 /213

创造之美 /216

鉴赏之美 /217

此文常在 /219

人生无悔，其孰能讥——读王安石《游褒禅山记》 /222

人生选择 /222

极乎游之乐 /224

其见愈奇 /227

深思而慎取之 /229

"造物不自以为功"——读苏轼《喜雨亭记》 /233

求雨故事 /233

天人感应 /235

"神力"之源 /238

心诚则灵 /240

忧乐同民 /242

"无之而不奇，斯无之而不奇也"——读袁宏道《徐文长传》 /245

奇人徐文长 /245

奇人自得奇人赏 /248

隔空对话 /249

因奇（qí）而奇（jī） /253

由奇（jī）而奇（qí） /255

序　古文如何心解

近些年来，由于主持国家社科基金重大项目"中国古代散文研究文献集成"，我一直在补课，认认真真地阅读、研习古代散文作品，时有心得，随手做些笔记。于是向中华书局《文史知识》杂志编辑毛遂自荐，愿意将阅读古代散文的所思所感撰成文章，向读者请教。承蒙慨允，《文史知识》从2020年第1期起，开设"古文名篇心解"专栏，由我主笔，每期解读一篇古文。从2019年10月到2021年4月，我先后撰写了十八篇古文鉴赏的文章，陆续刊发。最后辑录成这部书稿，斟酌再三仍然起名为"古文名篇心解"。

顾名思义，这是一部以"古文"为对象的书稿。《现代汉语词典》（第七版）"古文"的释义是：（1）"五四"以前的文言文的统称（一般不包括"骈文"）。（2）汉代通行隶书，因此把秦以前的字体叫做古文，特指许慎《说文解字》里的古文。《辞源》（第三版）"古文"的释义是：（1）春秋战国时代的文字。有广义、狭义两种：广义指小篆以前各诸侯国所用的文字，狭义指古文经籍中的文字。（2）文体名。原指秦汉以来的散体文，相对六朝骈体而言，后亦相对于科举文体（时文）而言。以此为据，"古文"之名应有"字体"与"文体"两种不同的义涵。但本书所说的"古文"，不包括"字体"，仅仅取其"文体"的义涵。

就文体而言，在最简单的意义上，"古文"可以有两层含义：一是"古文"和"古诗"相对称，指古代"非诗"的文章；二是"古文"和"今文"相对称，指"非今"的文章。综合这两层含义，本书所说的"古文"，特指用古代汉语书写的文章。

在广义上，"古文"可以说是"古代散文"的简称。但是在狭义上，古人说到"古文"，也可以与"时文"、"骈体"、"语录"等对举，作为"古代散文"大家族中的一员。例如明陈仁锡《韩文序》说："宋人以时文为古文，其体弱；今人以古文为时文，其体伪。"清方苞《钦定四书文·凡例》中也明确肯定"以古文为时文"。从观念的角度看，狭义的"古文"，有时还特别指称中唐以后以"学古道"、"同古人之行事"为特征的一种文体类型。唐韩愈《题欧阳生哀辞后》说是："愈之为古文，岂独取其句读不类于今者邪？思古人而不得见，学古道则欲兼通其辞。"宋柳开《应责》说是："古文者，非若辞涩言苦，使人难诵读之，在于古其理，高其意，随言短长，应变作制，同古人之行事，是谓古文也。"

从实践的角度看，古人阅读、研习"古文"，仍然多取广义。"官方定调"的文章选本，如清康熙二十四年（1685）康熙帝御选、徐乾学等编《御选古文渊鉴》六十四卷，按时代排序，从《左传》《国语》《公羊传》《穀梁传》《战国策》，一直选到宋代文天祥、谢枋得的文章，虽然不收赋，不收《史记》《汉书》的文章，但却兼收骈体文与散体文，四库馆臣称其用南宋真德秀《文章正宗》例，"睿鉴精深，别裁正当"。"民间习传"的文章选本，如清康熙三十三年（1694），浙江山阴（今绍兴）人吴楚材、吴调侯叔侄二人，"辑平日之所课业者若干首"，选定《古文观止》十二卷，供学塾使用。《古文观止》同样按时代排序，从东周至明代，虽然不收先秦诸子文章，却收录《史记》文章15篇，并且兼收辞赋，如《楚辞·卜居》、陶渊明《归去来兮辞》、杜牧《阿房宫赋》、欧阳修《秋声赋》、苏轼前后《赤壁赋》等。这一实践的传统延续到现代。我们熟悉的中学课本选录"古文"，范围略近于《现代汉语词典》所说的"五四以前的文言文"，包括《左传》《国语》《战国策》《论语》《孟子》《史记》，以及唐宋时期的韩、柳、欧、苏、王等。看来，在约定俗成的意义上，现代人们心目中的"古文"，显然是指用古代汉语书写的"古代散文"，同用现代汉语书写的"现代散文"相区别。

　　"古文"可以涵盖"著作"与"篇章"两种著述与传播形态。"著作"，指多篇合编的文章，如《尚书》《左传》《论语》《孟子》《史记》《汉书》等；"篇章"，指单篇独行的文章，如南朝梁萧统《文选序》中所说的"篇章"、"篇翰"或"篇什"，具有"综缉辞采"、"错比文华"，"事出于沉思，义归乎翰藻"的特点。因此在通常意义上，"篇章"不包括从经籍、史籍、子籍中抽绎或截取的文章片断。本书书名中的"古文名篇"，就是特取"篇章"的含义，尤其侧重于六朝以后单篇独行的古文。像中学课本中选录的《论语·侍坐》《孟子·梁惠王上》《庄子·庖丁解牛》《左传·郑伯克段于鄢》《战国策·邹忌讽齐王纳谏》《史记·项羽本纪》等文章，毫无疑问都是极其优秀的"古文"，但是本书都只能割爱，因为它们不是严格意义上的"名篇"。换句话说，如果本书取名为"古文心解"，那么这些文章就都可以入选，而且必须入选。

古文的文体类型可以有不同的划分标准。从文体社会功能来看，按照褚斌杰《中国古代文体概论》的划分，古文主要有论说文、杂记文、序跋文、赠序文、书牍文、箴铭文、哀祭文、传状文、碑志文、公牍文等。从文体表现方式来看，古文主要包括实用性文章、说理性文章、叙事性文章、抒情性文章等四种类型。南宋真德秀编选《文章正宗》，将文章分为"辞命"、"议论"、"叙事"、"诗赋"四大类，就略近于现代所说的应用文、议论文、记叙文、抒情文。

我在遴选"古文名篇"的时候，也考虑到文体类型的分布，当然并不刻意追求均衡，而是由于"心解"的缘故，带有某种随意性。本书所选的议论文共五篇，其中序跋文三篇，即《兰亭集序》（王羲之）、《读李翱文》（欧阳修）、《书魏郑公传后》（曾巩）；论说文两篇，即《师说》（韩愈）、《六国论》（苏洵）。记叙文共十二篇：其中杂记文六篇，即《桃花源记》（陶渊明）、《钴鉧潭西小丘记》（柳宗元）、《游褒禅山记》（王安石）、《喜雨亭记》（苏轼）、《黄州快哉亭记》（苏辙）、《登泰山记》（姚鼐）；传状文六篇，即《毛颖传》（韩愈）、《种树郭橐驼传》（柳宗元）、《段太尉逸事状》（柳宗元）、《方山子传》（苏轼）、《项脊轩志》（归有光）、《徐文长传》（袁宏道）。抒情文一篇，即《祭十二郎文》（韩愈）。应用文一篇也没有选。

这样遴选"古文名篇"，除了出自"心解"的原因之外，还有两个附加的考虑：第一，从文体类型来看，《古文名篇心解》原本就属于议论文体，如果大量选择议论文作为对象，与古人"硬碰硬"，这不是吃力不讨好吗？第二，从知识积累来看，我更熟习古代叙事文学，所以鉴赏叙事文，可以发挥我的"长项"。"扬长避短"原本就是人们的一种行为准则，何乐而不为呢。

当然，我这样遴选"古文名篇"，出自"心解"还是最重要的原因。所谓"心解"，意思是随心解说，有感即发。本书是我作为阅读者、研究者和写作者，用自己的"心"去体会古文的结晶。

这十八篇古文的遴选当然带有某种随意性，但它们之所以触动了我的"心解"，并非完全"随心所欲"，还是可以归纳为内、外两种因素。或者说得"雅"一点，我选择"古文名篇"，有两种重要的"触媒"。所谓"触媒"指的是固体催化剂，"催化剂"在课本上的定义是：在化学反应里能改变（加快或减慢）其他物质的化学反应速率，而本身的质量和化学性质在反应前后（反应过程中会改变）都没有发生变化的物质。在学术研究中，人们经常借用其他学科的术语，化用于本学科的研究之中，以便造成一种"陌生化"效应。所以我也不妨借用"触媒"二字，这样的"言说"可以显得比较"深奥"和"博学"，也许更加"学术"。

触发"心解"的内在因素是，我在阅读一篇古文时，深深地感到此文"深合我心"，甚至是"于我心有戚戚焉"。能感动读者的文章，不就是"名篇"吗？

南朝文学理论家刘勰在《文心雕龙》中谈到"知音"这一命题时，主张阅读者、鉴赏者、批评者在阅读图书的时候，要"无私于轻重，不偏于憎爱"，做到"平理若衡，照辞如镜"。这大概就是我们现在常说的"客观批评"或"客观阐释"。但实际上，在阅读过程中，"客观批评"或"客观阐释"是行不通的，也是做不到的。因为任何一位阅读者、鉴赏者、批评者都不能不带有一些主观"成见"，即使公平如秤，也有或大或小的误差；明亮如镜，也有或多或少的扭曲。

所以，我更欣赏南朝刘勰在《文心雕龙》中所说的"披文以入情"、"觇文辄见其心"。刘勰所说的"情"、"心"，首先指向作者，所以他说："夫缀文者情动而辞发，观文者披文以入情，沿波讨源，虽幽必显。世远莫见其面，觇文辄见其心。岂成篇之足深，患识照之自浅耳。夫志在山水，琴表其情，况形之笔端，理将焉匿？"作者撰写文章，尤其是优秀的作者撰写"名篇"时，总是"情动而辞发"的，所以这些"名篇"往往文含至理，意在言外。就像"志在山水，琴表其情"一样，作者之"情"、之"心"，无不深深地隐藏于"名篇"的一字一句之中，读者怎么能够不充分调动自己的"识照"，加以洞察，使之彰显呢？

所以刘勰接着说："故心之照理，譬目之照形，目瞭则形无不分，心敏则理无不达。……夫唯深识鉴奥，必欢然内怿，譬春台之熙众人，乐饵之止过客。"所谓"深识鉴奥"，说的是见识深广，洞见幽微，这正是阅读者、鉴赏者、批评者的主观能力，或"主观能动性"的因素。而真正能够调动这种主观能动性的方式，则是一种强烈的情感共鸣，即作品引起读者"欢然内怿"的美感愉悦，就像春天登上高台上所见阳光和美景使众人温暖舒畅，或像美妙的音乐和芳香的食物一般诱使行人止步。

优秀的文学作品之所以让人"好书不厌百回读"（苏轼《送安惇秀才失解西归》），是因为它蕴含着深心浓情，能够持续地、长久地激发读者各自不同的审美感受。我在撰写《古文名篇心解》的文章时，如果没有独特的领悟，没有心灵的感动，没有审美的愉悦，我就无法写作。孔子说："知之者不如好之者，好之者不如乐之者。"（《论语·雍也》）"知之""好之"乃至"乐之"，这正是触发"心解"的内在因素。

而触发"心解"的外在因素，则是我们当下生活的现实社会。古文之所以百读不厌，决不仅仅是因为作者擅长于"文字游戏"，就像"游戏设计师"那样，运用他高超的文字技巧，设置种种阅读关卡，激发读者的阅读兴趣。古文之所以百读不厌，更重要的是因为它能唤起现代人感同身受的生活体验；反过来也一样，现代人只有将自己的生活体验投注到古文之中，才能产生"古时明月照今人"的阅读效应。

我们阅读古文，是因为我们需要古文。我们从古文中看到我们所生活的现实社会，看到我们所涵养的文化传统，看到我们所熟悉的情感思绪，从而看到了我们自己。在古文的阅读过程中，不仅"古"与"今"在同一场合"不期而遇"，而且作者与读者、他人与自我也在同一场合"心心相印"。这种遇合与印证，正是"心解"的强大的外在因素。

因此我享受阅读古文名篇时的"心解"，并且盲目地相信读者跟我一样，也能享受这种"心解"。于是就撰写了十八个篇章，汇集成这部书稿。当然，这部书稿自有它隐含的"书写策略"，比如我在阅读古文名篇时，特别在意"文"与"人"互相映发——不仅以"知人论世"的方式观照古文作者，而且关注"人之文"与"文之人"二者的双向生成；也特别在意"文"与"义"互相契合——不仅细心体会文章的表达形式与思想内容之间的如何水乳交融，而且认真体察文章的外现形态与内蕴精神如何合而为一。这些"书写策略"，可意会不可言传，相信读者诸君也可以随"心"得"解"。

郭英德

二〇二四年春

人性篇

"顺木之天，以致其性"
——读柳宗元《种树郭橐驼传》

借传设寓

唐顺宗永贞元年（805），柳宗元（773—819）在都城长安任礼部员外郎，这一年前后撰写了《种树郭橐驼传》一文（《柳宗元集》卷一七，中华书局，1979，473—474页，文中出于此集者，不再注出处）。

柳宗元应该知道古代文体写作的习惯，写作对象如果实有其人，是"实录"的文章，通常题名为"传"；如果实无其人，是"托词"的文章，通常题名为"说"。后者如他的《捕蛇者说》，无非假托其人，意在评说其事。这篇文章以"传"命名，其人其事仿佛可以考实，所以开篇就介绍郭橐驼的姓名、籍贯、外表和职业。同时，文章还以他对"橐驼"这一绰号的坦然接受，对种树这一职业技能的独特掌握，以及对现实

柳宗元像

社会中官民关系的卓越见解，描写了郭橐驼厚道、敬业、睿智的鲜明性格。所有这些，都符合一般传体文的书写特征。

但是，这篇文章并没有交代郭橐驼的家世、生平，而且对郭橐驼事迹的描述也只是粗笔勾勒，既缺乏情节的展开，也没有细节的描写，同人们心目中标准的传体文确实相去甚远。阅读这样的文章，我们既可以说，在柳宗元心目中文体界限并没有那么严格，当然也可以说柳宗元有意打破文体的界限，在一篇文章中杂糅不同的文体。

既然如此，阅读《种树郭橐驼传》，就不必要关注它是否以真人实事为依据的传体文，也没必要分析它如何记事传人，而应该重点体会和深入阐释文章的寓意。古人说这篇文章是"借议论叙事"（〔明〕蒋之翘辑注《柳河东集》卷一七《种树郭橐驼传》评语），是"借种树以喻居官，与《捕蛇者说》同一机轴"（过珙、黄越《详订古文评注全集》卷九），这是有道理的。《种树郭橐驼传》显然是借传设寓，借事议论，借言说理，与其说是"于序事中寓论断"的叙事文（顾炎武《日知录》卷二六评《史记》），毋宁说是借叙事以议时政的议论文，带有明显的劝谕特点。

宋拓柳州罗池庙碑（局部）

重读《种树郭橐驼传》，我

不禁联想到先秦典籍《国语》《战国策》记载的一些脍炙人口的劝诫辞令。其中既有借事劝诫而收效良好的，比如《战国策·齐策一》"邹忌讽齐王纳谏"；也有借事劝诫而毫无成效的，如《国语·周语上》"邵公谏厉王弭谤"。柳宗元在谈到文学写作的修养时说："参之《国语》以博其趣"。前人也评论道："柳子厚文学《国语》、西汉诸传。"(李涂《文章精义》) 看来这是有道理的。

上述这些劝诫辞令在行文上大都有三个显著的特点，并且成为《种树郭橐驼传》学习的样板。第一个特点是结构框架上采用"问答体"。古史有记事、记言二体，这些劝诫辞令以记言为主，设为主客对话，层层推进议论，比如邵公与厉王的对话，邹忌与妻、妾、客、威王的对话。这就是刘知几说的："词人属文，皆伪立主客，假相酬答。"(《史通·杂说》)《种树郭橐驼传》在简要地叙写郭橐驼其人其事之后，即设为郭橐驼和"问者"主客之间的三问两答，结构全文。第二个特点是说理逻辑上采用"类比法"。这些劝诫辞令都是先叙一事，借以类比他事，加以推理，讲究借题发挥，意在言外。比如邵公以"防民之口，甚于防川"类比"天子听政"，邹忌以妻、妾、客的"私我""畏我""有求于我"类比"王之蔽"。《种树郭橐驼传》同样先叙"养树"之法，然后推导出"养人术"，犹如郭橐驼所说的："若是，则与吾业者，其亦有类乎？"第三个特点是论述方式上采用"对比法"，在对比中见褒贬。如"邵公谏厉王弭谤"，以"决之使导"与"川壅而溃"相对比，以"宣之使言"与"壅其口"相对比，其意不言自明。《种树郭橐驼传》则以郭橐驼与"他植者"相对比，区别显而易见。

庄子承袭先秦典籍中劝诫辞令的写作传统，造为"寓言"叙事，更是精彩迭出，美不胜收。《庄子》一书中的"寓言"叙事，尤其喜好以能工巧匠或身体畸形者作为主人公。能工巧匠，如《养生主》中善于解牛的庖丁，《天道》中见解卓绝的工匠轮扁，《达生》中善于游泳的吕梁丈夫和善于削木为鐻的梓庆，《徐无鬼》中运斤成风的匠石等。身体畸形者，如《德充符》中六位超脱世俗的畸人，《达生》中身残而艺绝的佝偻丈人等。

柳宗元行文修辞，讲求"博如庄周""参之《庄》《老》以肆其端"，"《左氏》《国语》、庄周、屈原之辞，稍采取之"。尤其在写人叙事的偏好上，柳文也明显带有庄子文章的印迹，比如写能工巧匠的《梓人传》，又比如写身体畸形的能工巧匠的《种树郭橐驼传》。比如，《庄子·养生主》"庖丁解牛"末段，庖丁淋漓酣畅地描写"解牛"的高超技巧后，魏国文惠君说道："善哉！吾闻庖丁之言，得养生术焉！《种树郭橐驼传》末段，"问者"在听完郭橐驼议论"官理"的一段话后，感叹道："不亦善乎！吾问养树[焉]，得养人术。"两相对读，模仿的痕迹显而易见。

别有寄托

值得特别说明的是，传体文以记录人物生平事迹为本，沿自历代相传的史书，原本就承续着《春秋》"惩善劝恶""垂范立教"的传统，具有彰显道德劝诫的文化意义。所以明人吴讷说，有一类传体文的写作主题是"事迹虽微而卓然可为法戒者"（《文章辨体》）。《种树郭橐驼传》堪称典型。

在"以传其事，寓其意"（〔明〕徐师曾《文体明辨》）这一点上，传体文与寓言这两种文体是可以潜相交通的。清沈德潜说："古人立私传，每于史法不得立传，而其人不可埋没者，别立传以表彰之。若柳子《郭橐驼》《宋清》诸传，同于庄生之寓言，无庸例视。"（沈德潜评点、[日] 赖山阳增评《唐宋八大家文读本》卷九《种树郭橐驼传》评语）他认为，这种"别有寄托"的传体文，与"即事传事"的传体文是不尽相同的（同上，《童区寄传》评语）。清人编选《唐宋文醇》也指出，像柳宗元《梓人传》《种树郭橐驼传》这类文章，"以发抒己议，类庄生之寓言""非所为'信以传信'者矣"。

柳宗元执笔为文，始终坚持"施之事实，以辅时及物为道"（《答吴武陵论非国语书》）。所以章士钊说："'有益于世'四字，为子厚律己化人，万变不离之主旨。"（《柳文指要》，中华书局，1971，507页）而且，柳宗元还强调为文之用，在于"辞令褒贬，导扬讽谕"，而"导扬讽谕，本乎比兴者也"。

湖南永州柳子庙

因此，运用"比兴"手法，以"养树"寓"养人"，正是《种树郭橐驼传》"导扬讽谕"的精髓。柳宗元有感于当时政苛令烦，官吏扰民，民不聊生，因而撰写这篇文章，主张像郭橐驼种树那样，"顺木之天，以致其性"，为官治民，也应该实行简政，让老百姓蕃生安性，安居乐业。这就是他所说的："传其事，以为官戒。"文章"前写橐驼种树之法，琐琐述来，涉笔成趣，纯是上圣至理，不得看为山家种树方。末入'官理'一段，发出绝大议论，以规讽世道，守官者当深体此文"(吴楚材《评注古文观止》卷九)。

"养树"与"养人"

但是，就像《庄子·养生主》所记载的，当文惠君感叹庖丁"技盖至此"的时候，庖丁释刀答道："臣之所好者道也，进乎技矣。"柳宗元这篇文章的深意，恐怕也不在"术"，即普通的技艺，而在"道"，即根本的原理。甚至这篇文章不仅止于阐明"辅时及物"的"官理"——"以为官戒"，而更深的含义在于阐明所以"养树""养人"之"养"的道理。换句话说，阅读这篇文章，我们不妨顺着柳宗元"问养树"而"得养人"的思路，再进一步，体会顺从人性自由发展的根本道理，即"顺木之天，以致其性"。

这里所说的"天"，是"自然""本然"的意思。柳宗元《天说》写道："彼上而玄者，世谓之天；下而黄者，世谓之地；浑然而中处者，世谓之元气；寒而暑者，世谓之阴阳。是虽大，无异果蓏、痈痔、草木也……天地，大果蓏也；元气，大痈痔也；阴阳，大草木也……"在柳宗元看来，天原本就是一种实体物质的存在，具有自然属性。因此，所谓"木之天"，即树之为树的存在状态和生长规律。树之为树，不仅是一种客观的生命存在，而且是一种独立的个体存在，有其先天本然的存在状态和生长规律，这是"顺木之天，以致其性"的第一层意思。

正是在这一层意思上，郭橐驼因为先天地"病偻，隆然伏行，有类橐驼者"，所以当乡人"号之驼"的时候，他便欣然地接受："甚善，名我固当。"依据人的本来状貌之"实"，加以命"名"，这样的"名"是恰当的，所以是好的（"甚善"），因为它符合自然。

这就涉及"顺木之天，以致其性"的第二层意思，即如何"顺"。要"顺木之天"，首先要知其"天"，并尊其"天"，即认识和尊重树之为树的存在状态和生长状态，这样才能"顺"，即顺应、遵从。这种存在状态和生长状态，就是郭橐驼所说的："凡植木之性，其本欲舒，其培欲平，其土欲故，其筑欲密。"在这里，"植木之性"的"性"，指习性、个性。树木的习性、个性，包括两个层面：第一个层面是"其本欲舒"，指树木自身秉赋的习性，即"天性"，树根的天性是要舒展的，而不是拳曲的。第二个层面"其培欲平，其土欲故，其筑欲密"，指树木赖以生长的环境，培植树木需要平整的土地和原有的旧土，砸土要结实。所以"顺木之天"，说的就是顺应、遵从树之为树的天性、习性，并且提供适合这种天性、习性自由舒展的良好环境。

"顺木之天，以致其性"还有第三层意思，指的是种树者如何让树在生长过程中实现"天者全，而其性得"，即保全天性、完善个性。文章写道："既然已，勿动勿虑，去不复顾。其莳也，若子；其置也，若弃。"当种树者像照顾自己的孩子一样，顺应、遵从树木固有的舒展天性，细心地提供树木良好的生长环境以后，就可以像丢弃一样不去管它，既不要去干扰它（"勿动"），也不要去惦念它（"勿虑"），而是应该放任其自由自在地生长，"不害其长"，"不抑耗其实"。这样一来，树木就可以"致其性"，即实现它的特性，从而"能硕［而］茂之"，"能早而蕃之"，树身粗壮，树叶繁茂，早结果实，累累其多。与此相反，如果种树者"爱之太恩，忧之太勤，旦视而暮抚，已去而复顾，甚者爪其肤以验其生枯，摇其本以观其疏密，而木之性日以离矣。虽曰爱之，其实害之；虽曰忧之，其实雠之。"

"养树"如此，"养人"如此，"自养"也无非如此。这就是荀子所说的："错人而思天，则失万物之情。"（王先谦著，沈啸寰、王星贤点校《荀子集解》，中华书局，1992，317页）人道的完成，即是天道的完成。

顺木之天

在人与物的关系上，道家重视物的自然本性，以物为本，要求人"与时迁移，应物变化"（《史记·太史公自序》引司马谈《论六家要旨》）。儒家则更重视人的主观能动性，提倡人对物的滋养，认为"苟得其养，无物不长；苟失其养，无物不消"（《孟子·告子上》）。柳宗元则兼融儒道二家之说，在认可物的自然天性的同时，主张要积极地保证这种天性的生长，这就是"顺木之天，以致其性"的道理。

以种树为例，这首先是知"木之天"，尊"木之天"，这时的物相对人来说是客观主体；其次是"顺木之天"，在保证"其天者全"的前提下，人可以而且应该主动地"养木"，而且要像对待子女一样细心地去"养木"，使树木保全自身的天性，得到良好的环境，这时的人相对物来说是主观主体；再次是赋予"物"以充分的自由，"不害其长"，"不抑耗其实"，不使"木之性日以离"，而是让树木自在地"致其性"，顺其自然地"得"其"性"，凭借自身的能力，"能硕〔而〕茂之""能早而蕃之"，这时的物相对人来说又成了客观主体。在人与物互动过程中，最终使树木得以全天得性，而使人也可以得到树木的"寿而孳"，一切都遵循自然的规律，所以郭橐驼说："吾又何能为哉？"

而最让人兴致浓厚，也最让人品味无穷的，还是郭橐驼特别指出"植木之性"中"其本欲舒"这一特点。树木扎根于土壤，

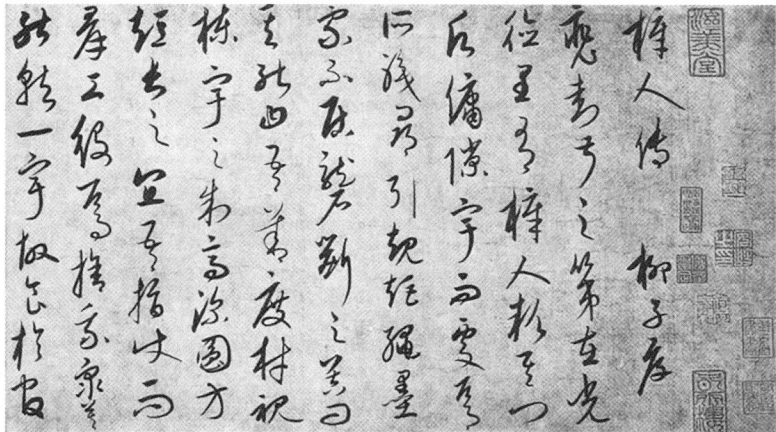

康里巙巙草书《柳宗元梓人传》局部

它是离不开土壤的，而且要紧紧地抓住土壤，深深地伸展于土壤，但同时它的天性却是自由舒展，不受束缚的。在最不可能获得绝对自由的前提条件下，却无法泯灭自由的天性，同时渴望获得最大的自由，这是可能的吗？无论是"养木"，是"养人"，还是"自养"，我们果真能做到"顺木之天，以致其性"吗？

附　录

种树郭橐驼传

柳宗元

郭橐驼，不知始何名。病瘘，隆然伏行，有类橐驼者，故乡人号之"驼"。驼闻之曰："甚善，名我固当。"因舍其名，亦自谓"橐驼"云。其乡曰丰乐乡，在长安西。驼业种树，凡长安豪［家］富人为观游及卖果者，皆争迎取养。视驼所种树，或移徙，无不活，且硕茂早实以蕃。他植者虽窥伺效慕，莫能如也。

有问之，对曰："橐驼非能使木寿且孳也，能顺木之天，以致其性焉尔。凡植木之性，其本欲舒，其培欲平，其土欲故，其筑欲密。既然已，勿动勿虑，去不复顾。其莳也若子，其置也若弃，则其天者全而其性得矣。故吾不害其长而已，非有能硕［而］茂之也；不抑耗其实而已，非有能早而蕃之也。他植者则不然，根拳而土易，其培之也，若不过焉则不及。苟有能反是者，则又爱之太恩（一作"殷"），忧之太勤，旦视而暮抚，已去而复顾，甚者爪其肤以验其生枯，摇其本以观其疏密，而木之性日以离矣。虽曰爱之，其实害之；虽曰忧之，其实仇之，故不我若也。吾又何能为哉！"

问者曰："以子之道，移之官理可乎？"驼曰："我知种树而已，［官］理，非吾业也。然吾居乡，见长人者好烦其令，若甚怜焉，而卒以祸。旦暮吏来而呼曰：'官命促尔耕，勖尔植，督尔获，早缫而绪，早织而缕，字而幼孩，遂而鸡豚。'鸣鼓而聚之，击木而召之。吾小人辍飧饔以劳吏者，且不得暇，又何以蕃吾生而安吾性耶？故病且怠。若是，则与吾业者其亦有类乎？"

　　问者曰："嘻，不亦善夫！吾问养树［焉］，得养人术。"传其事以为官戒（一有"也"字）。

　　（《柳宗元集》卷一七，中华书局，1979，473—474 页）

"大公至正之道"
——读曾巩《书魏郑公传》

读书笔记

　　明代嘉靖年间，苏州府昆山（今江苏昆山）人归有光（1507—1571）与弟子们同乘骡车，风尘仆仆，进京赶考。旅途漫长，为了打发时光，归有光翻检书卷，偶然读到宋代散文家曾巩（1019—1083）的《书魏郑公传后》一文。曾巩的文字深深地打动了归有光，他痴迷地捧着书册，高声朗诵，翻来覆去地诵读了五十多遍。弟子们都听腻

曾巩像

了，打着呵欠，昏昏欲睡，归有光仍然"沉吟讽咏，犹有余味"（钱谦益《牧斋初学集》卷八三《题归太仆文集》，上海古籍出版社，1985，1760页）。

　　《书魏郑公传后》原题"书魏郑公传"（陈杏珍、晁继周点校《曾巩集》卷五一《南丰先生集外文》卷上，中华书局，1998，701—703页）。这篇文章没有收入曾巩弟子衰辑的《元丰类稿》五十卷，可能见于

《续元丰类稿》或《外集》，但是因为在南宋时期收入总集和选本中，如《圣宋文选》《国朝文鉴》《曾南丰先生文粹》等，流传甚广，此后一直成为曾巩经典文章之一。

"魏郑公"即唐代初年著名的政治家魏征（580—643），辅佐唐太宗李世民拨乱反正，成就"贞观之治"。李世民对群臣称赞道："为政者岂待尧舜之君，龙益之佐？自我驱使魏征，天下又安，边境无事，时和岁稔，其忠益如此！"（王方庆《魏郑公谏录》卷五，《景印文渊阁四库全书》第446册，199页）李世民与魏征君臣相得的故事，后代广为传诵。

曾巩阅读的《魏郑公传》，应该不是刘昫（887—946）监修的《唐书》（后人称《旧唐书》）卷七一《魏征传》，而是宋祁（998—

国家图书馆藏元刻本《南丰先生文集》（局部）

1061）、欧阳修（1007—1072）等合撰的《新唐书》卷九七《魏征列传》。这两篇传记虽然前后相承，渊源颇深，但亦有不同。《书魏郑公传》中写道："至于辽东之败，而始恨郑公不在世，未尝知其悔之萌芽出于此也。"所谓"辽东之败"，《旧唐书》未加记载，而见于《新唐书》："辽东之役，高丽、靺鞨犯阵，李勣等力战破之。军还，怅然曰：'魏征若在，吾有此行邪？'"同时司马光《资治通鉴》也记载：贞观十八年（644），即魏征去世后的第二年，李世民不顾大臣劝阻，决定亲征高丽。虽然连战连捷，但是战士死伤数千人，战马损失十分之七八，他深深悔恨这一举动，慨然叹息说："魏征若在，不使我有是行也！"（《资治通鉴》卷一九八，中华书局，1956，6230页）

《新唐书》修成于宋仁宗嘉祐五年（1060），这一年曾巩由欧阳修举荐，到京师任馆阁校勘、集贤校理，有机会读到刚刚修成的《新唐书·魏征列传》。《书魏郑公传》应该就是他任职期间撰写的一篇"读书笔记"。

阅史有感

这篇文章的第一段，首先从正、反两个方面，扼要概述《魏征列传》中所叙述的太宗与魏征的君臣关系，并由此生发阅读史传的感想。

从正面落笔，文章写道："余观太宗常屈己以从群臣之议，而魏郑公之徒，喜遭其时，感知己之遇，事之大小，无不谏诤，虽其忠诚所自至，亦得君以然也。"魏征以直言敢谏而闻名，据《贞观政要》记载统计，魏征向李世民面陈谏议有五十次，一生的谏诤多达"数十余万言"。《新唐书·魏征列传》不厌其详地记载诸多魏征进谏与李世民纳谏的故事，并称道："征状貌不逾中人，有志胆，每犯颜进谏，虽逢帝甚怒，神色不徙，而天子亦为霁威。议者谓贲、育不能过。"有一次设宴丹霄楼，李世民"酒后吐真言"，对妻舅兼宰相长孙无忌（594—659）抱怨道："我对魏征，能做到弃怨用才，无羞古人。但是每次魏征进谏而我不接纳时，我跟他说话，他偏不立即答应，这是为什么呢？"魏征听到后，回答说："臣因为事情有不对的地方，所以进谏。如果您不接纳，我还答应，恐怕您就那么做了。"李世民说："你就暂且答应，等有机会再次申说，难道这也不行吗？"魏征回答说："昔舜戒群臣：'尔无面从，退有后言。'"只有当面听从进谏，才可以再加申说的。怎么可以当面答应您，事后又加以纠正呢？"李世民大笑道："人言征举动疏慢，我但见其妩媚耳。"魏征再拜曰："陛下导臣使言，所以敢然。若不受，臣敢数批逆鳞哉？"（《资治通鉴》，3870—3871页）也许正是读到君臣二人这种掏心掏肺、坦诚相见的对话，曾巩才深有感触地说："则思唐之所以治，太宗之所以称贤主，而前世之君不及者，其渊源皆出于此也。"

从反面立说，《书魏郑公传》写道："及观郑公以谏诤事付史官，而太宗怒之，薄其恩礼，失终始之义。"《新唐书·魏征列传》记载，魏征曾将自己记录的与李世民一问一答的谏诤言辞，交付负责编写起居注的史官褚遂良做参考。李世民听说此事后听信谗言，怀疑魏征借此博取清正的名声，心中很不高兴。所以魏征去世不久，他就下旨解除了衡山公主和魏征长子魏叔玉的婚约，还愤怒地下令毁掉魏征的墓碑（3881页）。曾巩批评这种做法是"失终始之义"，用的是《尚书》的语典。《尚书·太甲下》说："与治同道，罔不兴；与乱同事，罔不亡。终始慎厥与，惟明明后。"伪孔安国传曰："明慎其所与治乱之机，则为明王明君。"古人认为，为了保证长治久安，明君是应该慎始慎终的。读史至此，曾巩又不禁深致感慨，说："则未尝不反复嗟惜，恨其不思，而益知郑公之贤焉。"

当然，无论是正面的还是反面的记叙与议论，曾巩这篇文章想要着重说明的，并不仅仅是李世民与魏征的"君臣相得"与"君臣相失"，而是"能知其有此者，以其书存也"——正是有赖于史书的明文记载，才能使后人见其得失，有所启发。换句话说，这篇文章要表达的真正主旨，是史书必须如实地记载朝廷中君臣的谏诤言行。

如实记载

那么，为什么要如实地记载朝廷中君臣的谏诤言行呢？曾巩在文章中说明了两层意思：第一，从根本上看，君臣的谏诤言行是符合"大公至正之道"的。太宗以"贞观"为年号，原本就出自《易·系辞下》"天地之道，贞观者也"，含有以正道示人的意思。而如果君主"灭人言以掩己过"而扼杀谏诤之举，人臣"取小亮以私其君"而放弃谏诤之举，那都是违背"大公至正之道"的，实不可取。第二，从历史上看，如果史官掩盖君臣谏诤言行，不如实地加以记载，其中隐含的意思就是认为臣子谏诤君主是不对的，至少是不好的。这种做法，一来无法启迪后世的谏诤之臣，二来也使后世的君主疏慢、甚至忌惮人臣的谏言，从而"不知天下之得失"。

曾巩一生具有非常强烈的"历史意识"。他说："夫世之所谓大贤者，何哉？以其明圣人之心于百世之上，明圣人之心于百世之下。其口讲之，身行之，以其余者，又书存之，三者必相表里。"（《曾巩集》卷一五《上欧阳学士第一书》，231页）。对"圣人之心"，不仅要"口讲"、"身行"，而且要"书存之"，即著录于书史之中，以昭示后代。所以他说："古之所谓良史者，其明必足以周万事之理，其道必足以适天下之用，其智必足以通难知之意，其文必足以发难显之情，然后其任可得而称也。"（《曾巩集》卷一一《南齐书目录序》，187页）而他自己正是以这样的"良史"自励、自许的，并且对于古代的史事娴熟于心。

因此，在充分地展开论述时，《书魏郑公传》信手拈来地列举《尚书》《史记》等史书为例证，进一步从正、反两个方面论证君臣的谏诤言行必须如实地书之于史。

正面的例证是商朝大臣伊尹和周朝大臣周公。据《尚书》的《伊训》《太甲》篇及《史记·殷本纪》记载，伊尹名挚，以尧、舜之道辅佐商汤，战败夏桀，建立商朝。历事成汤、外丙、仲壬、太甲、沃丁五代君主，辅政五十余年。尤其当太甲暴虐乱德时，伊尹将他放逐到桐宫，与诸大臣一起代为执政。三年后，太甲悔过反善，伊尹才将他迎归复位。据《尚书》的《无逸》篇和《史记》的《鲁周公世家》、《周本纪》记载，周公姬旦是文王之子，武王之弟，辅佐武王伐纣即位，后来又不畏谗毁，辅佐

宋代刘汉弼行书《曾巩谠议稿卷》

成王，开创盛世。伊尹和周公之所以堪称贤良，是因为有史书记载，昭昭可见。如果当时的史官删削了他们谏诤的言行，"成区区之小让"，后世怎么能得知他们的贤良，又怎么能以他们为榜样呢？

反面的例证也极有说服力。夏桀、商纣王、周厉王、周幽王、秦始皇等君主，因为残酷暴虐而相继灭亡，但在史书中却几乎看不到当时臣子进谏的记载。曾巩认为，这并不是因为历史记载的遗失，而是因为当时"天下不敢言而然也"。既然"不敢言"，哪还有什么臣子的谏诤言行可以记载呢？进一步看，没有留传下来臣子的谏诤言行，恰恰足以证明"此数君"当时的暴虐，并且让后世更加清楚"此数君"之恶。

由此看来，如实地记载君臣的谏诤言行，恰足以彰显君主纳谏的美德，激励臣子进谏的自觉，从而垂范后世；反之，不记载君臣的谏诤言行，则足以暴露君主拒谏的恶德，遏制臣子进谏的决心，从而贻误后人。

人孰无过。孔子弟子子贡说："君子之过也，如日月之食焉。过也，人皆见之；更也，人皆仰之。"（《论语·子张》）君子的过错，如同日食、月食一样，他犯了过错，人们都看得见；他改正了过错，人们都敬仰他。人们都能够看到君子的过错，不是因为他大肆宣扬过错，而是因为他不刻意隐藏过错，就像日月无隐，盈亏在天一样。同样的，人们敬仰君子，也是因为君子勇于认错，而且知错必改。因此，史书如实地记载君主的过失与臣下的谏诤，这不仅无损于君主的美德，反而更有利于彰显君主从谏如流、知错必改的风范。

焚稿者之非

行文至此，就史书是否必须如实地记载君臣谏诤言行这一点而言，仿佛已经是"题无剩义"了。但是曾巩却并未就此收笔，而是再进一层，转而阐释记载者应该怎样保存君臣的谏诤言行。同时，曾巩不再像前文一样采用正反面立论的论述方式，而是采用设问作答的论述方式，用笔更加委婉有致。宋人吕本中曾评价道："文章纡余委曲，说尽事理，惟欧阳公为得之。至曾子固加之，字字有法度，无遗恨矣。"（张镃撰《仕学规范》卷三四引《童蒙诗训》，《北京图书馆古籍珍本丛刊》第68册，书目文献出版社，2000，660—661页）既纡余委曲，又法度井然，曾文用力，正在此处。近人唐文治批评《书魏郑公传》，就说："俯仰进退者，犹人生揖让周旋之礼，宜行徐而不宜迫促，宜周到而不宜疏略，专以态度胜者也。子固最

当地为纪念曾巩而重建的读书岩亭，相传是他少年读书的地方

当代拓曾巩墓志并盖

为擅长，后来惟朱子能得其传。此文后半曲折夷犹，尽从容委婉之妙。"（《国文经纬贯通大义》卷六，无锡国学专修馆，1925，164页）

曾巩的第一层设问是："《春秋》之法，为尊亲贤者讳，与此其戾也。"在古代传统中，既然是历史书写，就应遵循《春秋》"笔法"。《春秋》"笔法"的要旨是"为尊者讳，为亲者讳，为贤者讳"（《春秋公羊传·闵公元年》），据说这是孔子编纂删定《春秋》时的原则和态度。倘若如实地记载君臣的谏诤言行，岂不是违背了《春秋》"笔法"？这个质问有理有据，实在不易辩驳。曾巩只能乖巧地回答道："夫《春秋》之所以讳者，恶也，纳谏诤岂恶乎？"其实，曾巩的这一辩驳相当苍白。君主"纳谏诤"固然不是"恶"，但君主之所以"被谏诤"难道不是因其过失甚至恶行吗？记载君臣的谏诤言行，也就连带着记载了君主的过失甚至恶行，而这不是本来应该隐瞒掩盖，而不应书之于史书的吗？

看来曾巩是不由自主地把自身逼到"绝路"上去了，实在难以自圆其说。于是他只好另辟蹊径，转而从另一角度提出与"讳"相关的设问："然则焚稿者非欤？"这一设问显然是有明确的针对性的，针对的是"近世"的谏官与史官之所为，曾巩说："焚稿者谁欤？非伊尹、周公为之也，近世取区区之小亮者为之耳。"他举西汉大臣孔光为例，孔光历成帝、哀帝、平帝三世，"居公辅位，前后十七年"。"上有所问，据经法以心所安而对，不希指苟合；如或不从，不敢强谏争，以是久而安。时有所言，辄削草稿，以为章主之过，以奸忠直，人臣大罪也。"（《汉书》卷八一《孔光传》，中华书局，1962，3353—3354页）曾巩对此作"诛心之论"，认为孔光的焚毁谏稿，无非是别有用心，图谋私利："以焚其稿为掩君之过，而使后世传之，则是使后世不见稿之是非，而必其过常在于君，美常在于己也，岂爱其君之谓欤？"这种"荡开一笔"，避重就轻的写法，的确颇具"从容委婉之妙"。难怪明人茅坤称道："借魏郑公以讽世之焚稿者之非，而议论甚圆畅可诵。"（《唐宋八大家文钞》卷一〇六）

当然，魏征主动地将谏诤言行交付史官，引发李世民的盛怒，这种行为毕竟彰显出李世民尚未能坚定地持守"大公至正之道"，难免多少透露出他"灭人言以掩己过"的隐蔽机心。所以在铁杆儿"忠君者"看来，这是一种"非君"的立场，不是人臣应有的立场。所以清雍正二年（1724）王㻮（1670—1742）读《书魏郑公传》后，认为："人臣之事君也，善则称君，故使天下知君之善，不必复知吾之善也。若曰某政善，以吾谏之而行，某政不善，以吾谏之而止，是掩君之善，而以善自予也。不然，是欲与君并其善也。自予则私，并则不让。"所以他批评说："故谏诤之事，自天下传之则可，太宗自付之史官则可，自郑公付之，则大不可也。"（《王石和文》卷四《读曾子固书魏郑公传（甲辰）》，《山右丛书初编》第六册，山西人民出版社，1986，638—639页）应该说，王㻮的批评反而昭示出曾巩敢于立说、也巧于立说的胆略。

诚信持己

相比较而言，曾巩的第二层设问更具深意："'造辟而言，诡辞而出'，异乎此。"《穀梁传·文公六年》载："故士造辟而言，诡辞而出。"范宁《集解》曰："辟，君也。诡辞而出，不以实告人。"意思是臣子面见君主，有所进言，退避而出，不透露与君主谈话的真实内容。曾巩旗帜鲜明地指出："此非圣人之所曾言也。"这种形似诡诈的行为，绝非圣人的意思。而且，退一万步说，这也只是说明君臣之间的议论，事关政治大事，不可轻易泄漏给同时之人，但并不是说禁止记载于史书，以警诫于后世。

曾巩细读《魏征列传》，最后得出的结论是："以诚信持己而事其君，而不欺乎万世者，郑公也。"那么，何谓"诚信持己"呢？在曾巩看来，自觉地坚守"大公至正之道"，即是"诚信持己"。魏征曾上书太宗说："臣闻为国基于德礼，保于诚信。诚信立，则下无二情；德礼形，则远者来格。故德礼诚信，国之大纲，不可斯须废也。"（《新唐书·魏征列传》）

许慎《说文》以"诚""信"二字互训，宋代理学家程颐本此，引申而言："学贵信，信在诚。诚则信矣，信则诚矣。不信不立，不诚不行。"（《二程集·河南程氏遗书》卷二五，中华书局，1981，318页）。曾巩也认可《孟子·离娄上》的说法："诚者，天之道也；思诚者，人之道也"（《曾巩集》卷一〇《洪范传》，158页）。而作为"人之道"的"诚信"，又须自求而自足，即向内心去寻求个体生命的意义，这就是曾巩所说的："君子之于己，自得而已矣，非有待于外也。"（《曾巩集》卷一八《尹公亭记》，299页）用大白话来说，君子就应该像魏征一样，无所畏惧地秉持"大公至正之道"，坚定不移地做自己认为该做的事情。

像曾巩这样的表述，这样的议论，的确当得起朱熹的称许："曾南丰议论平正，耐检点。"（《朱子语类》卷一三〇，中华书局，1986，3117页）所以朱熹说："熹未冠而读南丰先生之文，爱其词严而理

正。居常诵习，以为人之为言，必当如此，乃为非苟作者。"（《朱文公文集》卷八三，《四部丛刊初编》本）

《书魏郑公传》这样"词严而理正"的文章，曾巩并没有将它置于书箧、藏之名山，而是将它张布于"公共领域"中，让当时的读书人都能阅读，以此激发士气。林希《墓志》说："由庆历至嘉祐初，公之声名在天下二十余年，虽穷阎绝徼之人，得其文手抄口诵，惟恐不及"（《曾巩集》附录一《传记资料》，798页）。这与北宋士大夫好议政、善议政的风气不无关系。尤其是庆历、元祐之际，"朝廷庶事，微有过差，则上自公卿大夫，下及郡县小吏，皆得尽言极谏，无所讳忌，其议论不已，则至于举国之士，咸出死力而争之。……然而圣君贤相，率善遇而优容之，故其治效卓然，士以增气……"（马端临《文献通考·经籍考》卷七六引赵汝愚《皇朝名臣奏议·自序》，《景印文渊阁四库全书》第614册，1000页）

北宋士人这种以名节道义自守的风气，借助于范仲淹、欧阳修、苏轼、曾巩等人的文章得以长存久传。乃至五百年以后，仍然让尚未步入仕途的归有光歆羡不已，高声诵读曾巩《书魏郑公传》一文，至五十余遍，其中蕴含着何等深厚的文化精神和审美意蕴！

书魏郑公传

曾　巩

　　余观太宗常屈己以从群臣之议，而魏郑公之徒，喜遭其时，感知己之遇，事之大小，无不谏诤，虽其忠诚所自至，亦得君以然也。则思唐之所以治，太宗之所以称贤主，而前世之君不及者，其渊源皆出于此也。能知其有此者，以其书存也。及观郑公以谏诤事付史官，而太宗怒之，薄其恩礼，失终始之义，则未尝不反复嗟惜，恨其不思，而益知郑公之贤焉。

　　夫君之使臣与臣之事君者何？大公至正之道而已矣。大公至正之道，非灭人言以掩己过，取小亮以私其君，此其不可者也。又有甚不可者，夫以谏诤为当掩，是以谏诤为非美也，则后世谁复当谏诤乎？况前代之君有纳谏之美，而后世不见，则非惟失一时之公，又将使后世之君，谓前代无谏诤之事，是启其怠且忌矣。太宗末年，群下既知此意而不言，渐不知天下之得失。至于辽东之败，而始恨郑公不在世，未尝知其悔之萌芽出于此也。

　　夫伊尹、周公何如人也？伊尹、周公之谏切其君者，其言至深，而其事至迫也。存之于书，未尝掩焉。至今称太甲、成王为贤君，而伊尹、周公为良相者，以其书可见也。令当时削而弃之，成区区之小让，则后世何所据依而谏，又何以知其贤且良与？桀、纣、幽、厉、始皇之亡，则其臣之谏词无见焉，非其史之遗，乃天下不敢言而然也。则谏诤之无传，乃此数君之所以益暴其恶于后世而已矣。

或曰："《春秋》之法，为尊亲贤者讳，与此其庆也。"夫《春秋》之所以讳者，恶也，纳谏诤岂恶乎？"然则焚稿者非欤？"曰：焚稿者谁欤？非伊尹、周公为之也，近世取区区之小亮者为之耳，其事又未是也。何则？以焚其稿为掩君之过，而使后世传之，则是使后世不见稿之是非，而必其过常在于君，美常在于己也，岂爱其君之谓欤？孔光之去其稿之所言，其在正邪，未可知也，其焚之而惑后世，庸讵知非谋己之奸计乎？

或曰："造辟而言，诡辞而出，异乎此。"曰：此非圣人之所曾言也。令万一有是理，亦谓君臣之间，议论之际，不欲漏其言于一时之人耳，岂杜其告万世也。

噫！以诚信持己而事其君，而不欺乎万世者，郑公也。益知其贤云，岂非然哉！岂非然哉！

（《曾巩集》卷五一《南丰先生集外文》卷上，中华书局，1998，701—703 页）

"快哉"源于"自得"

——读苏辙《黄州快哉亭记》

快哉亭

宋代的黄州，位于现在的湖北黄冈。多少年来，那里一直是令我魂牵梦绕的地方。因为北宋元丰三年（1080）二月，旷世文豪苏轼（1037.1.8—1101.8.24）曾以待罪之身，在黄州生活了四年多，为后人留下琳琅满目的诗词文赋。在当时，黄州只是一座偏僻而荒凉的小镇，但却因为刻印了苏轼的流风遗韵、哲思幽怀，从此摇身一变，成为一座文化名城。

元丰三年五月底，苏辙（1039—1112）护送哥哥的家眷，长途跋涉，来到黄州。他在长江边苏轼的住所临皋亭逗留了十二天，然后继续南下，前往筠州（今江西高安），赴任盐酒税监，一个类似于官营酒馆经理的职务。

过了两年，苏轼的朋友张梦得（即张怀民，一字偓佺）也贬谪黄州，同苏轼成

苏辙像

了邻居，便在临皋亭后山上建了一座亭子，苏轼《水调歌头·黄州快哉亭赠张偓佺》道："一点浩然气，千里快哉风。"新建的亭子以此得名。所谓"临皋亭"实即临皋驿馆，位于江边的水运码头，其上有高岗，可以俯视长江，观赏江流胜景。快哉亭就建在高岗上，到明代尚遗存，曹学佺主编《大明一统名胜志·黄州府志胜》卷三记载："临皋馆在朝宗门外，其上有快哉亭，县令张梦得建。"（《四库全书存目丛书·史部》第169册，影印明崇祯三年刻本）

元丰六年（1083）十一月初一日，苏辙阅读乃兄的词作以后，撰写了《黄州快哉亭记》（陈宏天、高秀芳点校《苏辙集》卷二四，中华书局，1990，409—410页，文中出此者不标注出处）。文章凭借他对黄州山水环境的记忆和阅读其兄的词作所激发的想象，以动荡流溢的笔调，状写了黄州快哉亭所见之景与所启之思。

以描写为叙事

从行文脉络来看，这篇文章采用了叙述、描写、议论"三段式结构"，记叙张梦得建亭之事，描写快哉亭观览之景，议论登临者"快哉"之情怀。全文纡徐条畅，纵放自如，充分体现出苏辙文章的典型特征，就像苏轼所称道的："子由之文实胜仆，而世俗不知，乃以为不如。其为人深不愿人知之，其文如其为人，故汪洋淡泊，有一唱三叹之声，而其秀杰之气，终不可没。"（孔凡礼点校《苏轼文集》卷四九《答张文潜县丞书》，中华书局，1986，1427页）所以在历代的古文选本或诗文选本中，如果苏辙文章只选一篇的话，入选的一定是《黄州快哉亭记》。

　　"记体文"原本应以叙事见长。但是《黄州快哉亭记》虽然名为"亭记"，却并不以叙述争胜，因为在叙述、描写、议论"三段式结构"中，叙述的文字最为简短，仅七十五个字。而且作者还将这极其简短的叙述文字，一多半用于勾勒快哉亭阔大雄伟的背景——长江，这些文字与其说是叙述，不如说是描写，或者说是以描写的手法叙事。

　　作者笔下的长江，呈现出一波三折的态势：在流出西陵峡之前，长江一直在千山万壑中蜿蜒流淌。而一出西陵峡，始而面对一望无垠的平旷土地，长江就像脱缰的野马一般，"奔放肆大"，一泻千里。继而长江"南合沅、湘，北合汉、沔，其势益张"——此

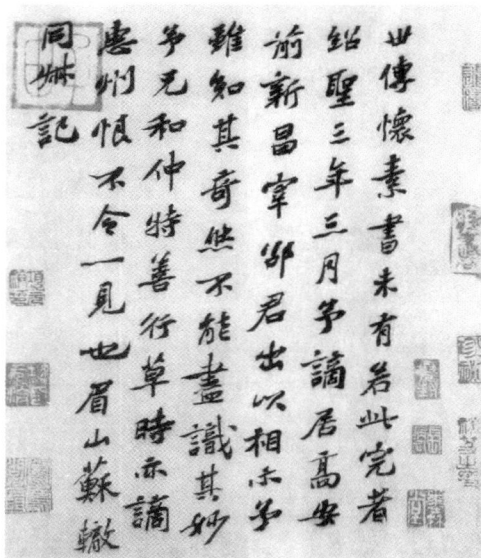

苏辙《怀素自叙帖题跋》

南此北，众流汇聚，浩浩荡荡，汪洋恣肆，不仅展示出长江奔流之地界，更彰显出作者辽远而又开阔的眼界。终而长江"波流浸灌，与海相若"——"浸灌"之"波流"叙写长江汹涌的气势，"与海相若"则叙写长江宽阔的涵容。

正是以如此汹涌而宽阔的长江为背景，张梦得在他的居所西南，建造了一座凉亭，居高临下，"以览观江流之胜"。苏轼命名此亭为"快哉亭"，究其实，并非此亭自身有何"快哉"之处，而是人们在"此地一登临"之时，顿觉"一点浩然气，千里快哉风"。

登临此地此亭，"以览观江流之胜"，作者运用了比叙述多出近一倍的文字，描写"足以称快世俗"的景象。这种"足以称快世俗"的景象，既有目之所见，也有心之所想；既有自下而上、由近而远的空间流动，也有由昼及夜、由今溯古的时间更替。作者之笔如蛟龙、如腾云，变幻莫测，就像登临快哉亭时的所见所想一样，令人"动心骇目"。

"盖亭之所见，南北百里，东西一舍，涛澜汹涌，风云开阖"——在快哉亭上纵目观赏，长江奔流于天地之间，境界何等辽阔，气势又何等奔放。

"昼则舟楫出没于其前，夜则鱼龙悲啸于其下，变化倏忽"——在快哉亭上昼夜闻见，可以观赏舟楫的出没，可以倾听鱼龙的悲啸，景象如此丰富，变化又如此迅疾。

"西望武昌诸山，冈陵起伏，草木行列，烟消日出，渔夫樵父之舍皆可指数"——在快哉亭上远眺细观，武昌（今湖北鄂州）一带山峦绵延，参差峥嵘，草木滋长，郁郁葱葱，一旦烟消日出，江上渔夫、山间樵父历历在目，山水人物，交相辉映。

"至于长洲之滨，故城之墟，曹孟德、孙仲谋之所睥睨，周瑜、陆逊之所骋骛"——在快哉亭上注目观察，洲渚之畔的古城池隐然可见，遥思往昔，那可是东汉末年曹操、孙权、周瑜、陆逊等英雄豪杰角逐的战场，流风遗迹，宛然犹在。

文章紧扣"快哉"二字，描写自然形胜之"快哉"，渔夫樵父之"快哉"，流风遗迹之"快哉"，自上而下，由近而远，因景及人，由今溯古，将快哉亭和登临快哉亭之人置于广阔的宇宙之中，堪称文势汪洋，笔力雄壮。

议论生情

然而，无论是因自然形胜、渔夫樵父激发而生的"快哉"，还是由追想汉末英雄豪杰感受而得的"快哉"，所有这些，都不过是来自于外部世界的诱惑或刺激，而不是求诸内在心灵的自我感触，因此它们只能"称快世俗"，也仅仅"足以称快世俗"。在苏辙看来，超越世俗的"快哉"，值得珍视、得以永久的"快哉"，应来自于人的内在意趣。

明人茅坤曾经评价《黄州快哉亭记》，说这篇文章"入宋调而其风旨自佳"（《唐宋八大家文钞》卷一六三）。所谓"入宋调"，应该指的是这篇"亭记"类的文章，竟然花费一半多的篇幅用于大发议论，揭示快哉亭之所以命名为"快哉"的内在意趣。

"快哉"一词来源于战国时宋玉的《风赋》。据说楚国大夫宋玉、景差等人，随从顷襄王游宫中苑囿兰台（在今湖北钟祥），清风吹来，飒飒作响，顷襄王敞开衣襟，迎着风说："快哉此风！寡人所与庶人共者耶?"顷襄王觉得，如此好风，畅人胸怀，这是可以与民共享、与民同乐的。可话音刚落，宋玉就旁敲侧击地讽谏道："此独大王之雄风耳，庶人安得共之!"自然界的风也有尊卑、贵贱的区别，就像帝王骄奢的生活与百姓贫困的境遇一样，不可等量齐观，更不可以同甘共苦。

　　苏辙在这篇文章中重新解读了宋玉的《风赋》，并加以引申。他认为，宋玉借风为喻，想要说明的是，人生的"快"与"不快"，缘于遭际的"遇"与"不遇"——"遇"则"快"，"不遇"则"不快"。所以宋玉将"风"区分为"大王之雄风"与"庶民之雌风"，前者指向"遇"，后者指向"不遇"。"风"原本是客观的存在，是"生于地，起于青蘋之末"的，并无所谓贫富、贵贱的差异，但却因人们的境遇不同，对"风"产生了不同的主观感受，从而做出了不同的评价，这就是宋玉《风赋》所说的"其所托者然，则风气殊焉"。

苏洵、苏轼、苏辙三人塑像

以宋玉《风赋》作为"快哉"一词的"语典",见于苏轼《水调歌头·黄州快哉亭赠张偓佺》:"堪笑兰台公子,未解庄生天籁,刚道有雌雄。一点浩然气,千里快哉风。"传说宋玉曾任楚兰台令,所以苏轼用"兰台公子"指称宋玉。"庄生天籁",说的是《庄子·齐物论》认为,声音有"天籁""人籁""地籁"的区别,而只有"天籁"才是人不为物累、超然物外,达到"无待"的"逍遥"境界时,所引发出和感受到的声音。"风"的本质,应是"天籁"的一种表征,无所谓"托",亦无所谓"不托"。苏轼认为,宋玉并不理解这一点,而硬说风有雌雄,特别着意于"其所托者然",那正是因为宋玉自己心中"有待"的缘故。

所以苏轼认为,只要人胸中有"一点浩然气",就能随时随地享受"千里快哉风"。这种"浩然气",正是孟子所说的"至大至刚""塞于天地之间"的"浩然之气"(《孟子·公孙丑》),亦即儒家倡导的正直之气。这也正是苏辙所欣赏的"浩然之气"(《吴氏浩然堂记》)。在《孟子解》一文中,苏辙解释这种"浩然之气",说:"气者,心之发而已","养志以致气,盛气以充体。体充而物莫敢逆,然后其气塞于天地。"

否定了宋玉"遇"则"快"、"不遇"则"不快"的说法以后,苏辙进而申说全文的主旨,道:"士生于世,使其中不自得,将何往而非病?使其中坦然,不以物伤性,将何适而非快?"这两句话借用假设语句来表达因果关系。读书人之所以能做到"何适而非快",是因为"其中坦然,不以物伤性";而之所以能做到"其中坦然,不以物伤性",是因为"其中""自得"。换句话说,读书人生活在世上,只有保持"其中"的"自得",才能达致"坦然",

也才能获得"快哉"。苏辙是深明"自得"、"坦然"和"快哉"之间的因果关系的，人们能做到"何适而非快"，最根本的原因在于"其中"已然"自得"。

"自得"之说

苏辙所说的"自得"，其来有自。"自得"之说，首先取资于孟子。《孟子·离娄下》："君子深造之以道，欲其自得之也。自得之，则居之安。居之安，则资之深。资之深，则取之左右逢其源。故君子欲其自得之也。"据东汉赵岐《孟子章句》，孟子在这里所说的是"学以致道"的道理："言君子问学之法，欲深致极竟之以知道意，欲使己得其原本，如性之自有也。"而赵岐将孟子所说的"自得"等同于"如性之自有也"，正开启了宋代儒学中"心性之学"的不二法门。孟子不是说过这样的话吗？——"万物皆备于我矣，反身而诚，乐莫大焉。强恕而行，求仁莫近焉"（《孟子·尽心上》）。君子所致力修习之"道"，并非来自于外在的自然宇宙，而是存之于自己内心世界，是"性之自有"，经由自然体悟而得，"反身而诚，乐莫大焉"。

苏辙的"自得"之说，也取资于老、庄思想，所以苏轼才嘲讽宋玉"未解庄生天籁"。东晋向秀解释庄子"逍遥"之意时说："夫庄子之大意，在乎逍遥游放，无为而自得，故极小大之致，以明性分之适。"西晋郭象注说："夫小大虽殊，而放于自得之场，则物任其性，事称其能，各当其分，逍遥一也。"唐陆德明释"游"："义取闲放不拘，怡适自得。"（郭庆藩撰《庄子集释》卷一《逍遥遊》，中华书局，1961，1—3页）可见不以外物束缚内心，能明乎自然性分，虚静无为，这样才可以怡适自得，获得精神的自由逍遥。因此，"自得"是"逍遥游"的精髓，庄子强调："夫不自见而见彼，不自得而得彼者，是得人之得而不自得其得者也，适人之适而不自适者也。"

苏辙的"自得"之说，还取资于禅宗思想。在北宋中后期"近来朝野客，无座不谈禅"的时代风气中（司马光《温国文正司马公文集》卷一五《戏呈晓夫》），苏辙也深深浸染佛风禅理。他曾说："目断家山空记路，手披禅册渐忘情。"（《次韵子瞻与安节夜坐三首》之二）"老去在家同出家，《楞伽》四卷即生涯。"（《试院唱酬十一首·次前韵三首》之一）尤其是元丰年间贬谪筠州时，苏辙"既涉世多难，知佛法之可以为归也"（《逍遥聪禅师塔碑》）。这时他结交真净克文（1025—1102）禅师，"一见如旧相识"，深得禅悟，颇明"自得"的道理（《洞山文长老语录叙》）。元释熙仲《历朝释氏资鉴》卷一〇记载："子由谪官来南，以道叩谒真净文禅师。师曰：'此事学不得，教不得，须是当人自悟，始得悟得也。可可地，一切神通变化，皆自具足，不用外求。'子由默识之。"在禅宗看来，所谓"自得"，就是人对生命自我体悟，以获得一种不受外物束缚、"皆自具足"的自由状态。

苏辙《超然台赋》（局部）

于是，作为宋人"老生常谈"的"自得"，经由苏辙的领悟，便融会了儒、道、禅诸家思想的"源头活水"，借以表征一种主体自身无须外求、优游闲适、超然远引的精神状态。"自得"意味着个体人格价值的自我发现，进而暗含着一种自我建构、自我树立的主体精神。这正是苏氏兄弟心心相通之处，秦观就说过："苏氏之道，最深于性命自得之际。"（秦观撰，徐培均笺注《淮海集笺注》卷三○《答傅彬老简》，上海古籍出版社，1994，981页）

以适意为悦

因此，在苏辙的笔下，张梦得"不以谪为患"，不因穷达而患得患失，是之为"自得"；"自放于山水之间"，与自然融为一体，是之为"坦然"；"濯长江之清流，揖西山之白云，穷耳目之胜"，是之为"自适"。正因为如此"自得"、"坦然"、"自适"，于是张梦得才有了充溢全身心的"快哉"——"此其中宜有以过人者"。张梦得不以物喜，不以己悲，超然物外，心中坦然，所以能够"将蓬户瓮牖无所不快"，更勿论置身于清风明月之间！

张梦得的这种精神状态，犹如苏轼在黄州，"夫孰知得失之所在？惟其无愧于中，无责于外，而姑寓焉"（《武昌九曲亭记》）。这就是苏轼所强调的："君子可以寓意于物，而不可以留意于物。寓意于物，虽微物足以为乐，虽尤物不足以为病。留意于物，虽微物足以为病，虽尤物不足以为乐。"（《苏轼文集》卷一一）

张梦得的这种精神状态，亦犹如苏辙之在筠州，身处逆境，不以为然，"幸其风气之和，饮食之良，饱食而安居，忽焉不知险远之为患"（《筠州圣寿院法堂记》）。因为他知道："盖天下之乐无穷，而以适意为悦。"（《武昌九曲亭记》）所以苏轼发自内心地赞叹说："子由在筠，甚自适，养气存神几于有成，吾侪殆不如也。"（《苏轼文集》卷五二）

以超然的态度对待功名利禄、得丧穷通，追求一切合于性命自然的生存状态，使生命得以自由释放，从而在自然与社会中体验生命的意义，在追求个体人格的道德完善的同时，心灵也获得一种情感的满足和美的愉悦。在现代社会里，苏辙《黄州快哉亭记》所昭示的这种"自得"精神，对我们应该还有丰富的启发意义。

当然，说到底，能享受这"一点浩然气，千里快哉风"的，毕竟还只是苏轼、苏辙、张梦得之流的"士"，而不是楚王和宋玉

苏辙行书《见访帖》

所说的"庶人"。"士"之所以为"士",总是像上足了发条的钟表一样,终其一生不懈地追求有所"得"。也正因为欲有所"得"或者已有所"得",他们才会时时深切地感受到有所"失",也才会由衷地向往着远离朝堂、"自放山水之间"的"自得",以此解脱"骚人思士""悲伤憔悴而不能胜"的情怀。毕竟张梦得还能"窃会计之余功",在他住处的西南建造一座快哉亭,"以览观江流之胜"。倘若像"庶人"那样,每天"早起开门七件事,柴米油盐酱醋茶",食不果腹,衣难蔽体,还能陶醉在"蓬户瓮牖无所不快"的"自得"心境中吗?

黄州快哉亭记

苏　辙

　　江出西陵，始得平地，其流奔放肆大，南合湘、沅，北合汉、沔，其势益张。至于赤壁之下，波流浸灌，与海相若。清河张君梦得，谪居齐安，即其庐之西南为亭，以览观江流之胜，而余兄子瞻名之曰"快哉"。

　　盖亭之所见，南北百里，东西一舍，涛澜汹涌，风云开阖。昼则舟楫出没于其前，夜则鱼龙悲啸于其下，变化倏忽，动心骇目，不可久视。今乃得玩之几席之上，举目而足。西望武昌诸山，冈陵起伏，草木行列，烟消日出，渔夫樵父之舍皆可指数。此其所以为"快哉"者也。至于长洲之滨，故城之墟，曹孟德、孙仲谋之所睥睨，周瑜、陆逊之所骋骛，其流风遗迹，亦足以称快世俗。

　　昔楚襄王从宋玉、景差于兰台之宫，有风飒然至者，王披襟当之，曰："快哉，此风！寡人所与庶人共者耶？"宋玉曰："此独大王之雄风耳，庶人安得共之！"玉之言，盖有讽焉。夫风无雌雄之异，而人有遇不遇之变。楚王之所以为乐，与庶人之所以为忧，此则人之变也，而风何与焉？士生于世，使其中不自得，将何往而非病？使其中坦然，不以物伤性，将何适而非快？

　　今张君不以谪为患，窃会计之余功，而自放山水之间，此其中宜有以过人者。将蓬户瓮牖无所不快，而况乎濯长江之清流，挹西山之白云，穷耳目之胜以自适也哉？不然，连山绝壑，长林

古木，振之以清风，照之以明月，此皆骚人思士之所以悲伤憔悴
而不能胜者，乌睹其为快也哉？

　　元丰六年十一月朔日，赵郡苏辙记。

（《苏辙集》卷二四，中华书局，1990，409—410 页）

人情篇

情随事迁，感慨系之
——读王羲之《兰亭集序》

春禊习俗

先秦习俗，每年农历三月上旬的巳日，阳气布畅，万物复苏，人们成群结队地到水边洗濯污垢，清除经冬累积的秽气。在这一习俗中，蕴含着激发生机、享受生活的生命意识。两汉时期，这一习俗成为官方举办的祭礼，称为"禊（xì）"。《史记》卷四九《外戚世家》"武帝祓霸上还"，裴骃集解引徐广注："三月上巳，临水祓除谓之禊。"(中华书局，1963，1978—1979页) 魏晋时期，每年春天的这一祭礼固定为三月三日，用以祓除疾病和不祥，称为"春禊"，民间还增加了踏春宴饮的活动。

此后历千百年，在文人雅士中，"春禊"的习俗一直绵延不绝，这同王羲之（303—361）《兰亭集序》的广为流传 (严可均辑《全上古三代秦汉三国

王羲之像

六朝文·全晋文》卷二六，中华书局影印本，1958，1609页），无疑有着极为密切的关系。

东晋穆帝司马聃永和九年（353）农历三月三日，正是"江南草长，杂花生树，群莺乱飞"的时节（丘迟《与陈伯之书》，严可均辑《全上古三代秦汉三国六朝文·全梁文》卷五六，3284页）。时任右军将军、会稽内史的王羲之，作为东道主，邀请名流雅士谢安、谢万、孙统、孙绰等，连同属官和王家子弟，共四十一人（据刘义庆《世说新语·企羡》刘孝标注引《临河叙》、唐何延之《兰亭记》。宋桑世昌《兰亭考》卷一记载为四十二人），相聚在会稽郡山阴县（今浙江绍兴）的兰亭，举行一年一度的春禊。

王羲之《兰亭诗二首》其一描写道："代谢鳞次，忽焉以周。欣此暮春，和气载柔。咏彼舞雩，异世同流。迺携齐契，散怀一丘。"（逯钦立辑校《先秦两汉魏晋南北朝诗·晋诗》卷一三，中华书局，1983，895页）在冬去春来、阴阳交替的季节里，志同道合的亲朋好友们，像孔子及其弟子一样，向往着"咏彼舞雩"的活动，相约来到兰亭，尽情抒发襟怀。

《论语·先进》记载，孔子与弟子们席地而坐，畅述胸怀，曾皙借三月上巳日的习俗描绘自己的志向，说："莫春者，春服既成，冠者五六人，童子六七人，浴乎沂，风乎舞雩，咏而归。"曾皙描写的这一生动场景，令孔子不禁心向往之，长叹一声道："我同意曾皙的志向。"从此以后"浴乎沂，风乎舞雩，咏而归"，就成为文人学士衷心憧憬的生活状态。王羲之等人

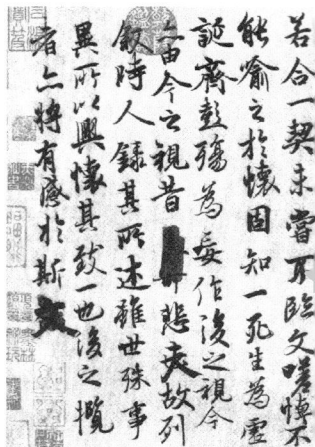

聚会兰亭，显然带有与孔子及其弟子声气相应的意思。

兰亭诗与序

兰亭是汉旧县亭，地处兰亭江畔，远处是高耸陡峭的兰渚山，近处是茂密青翠的竹林。清澈的溪水流淌着，不时荡漾着旋涡，飞溅起水花，与远山近林相互衬托。人们将溪流引入狭窄而曲折的水道，王羲之偕同亲朋好友，或坐或立，分散在水道周边。他们将盛酒的杯子放置在水道的上游，酒杯随着流水缓缓漂浮而下，滞留在谁的面前，谁就取杯而饮，赋诗一首。现场虽然没有琴瑟箫笛等乐器热烈演奏，但是与会者畅饮美酒，吟咏诗篇，同潺潺的流水声互相应和，这已经足以畅快地抒发深远的情思了。这正是："虽无丝与竹，玄泉有清声。虽无啸与歌，咏言有余馨。"（王羲之《兰亭诗二首》其二第四章，896页）

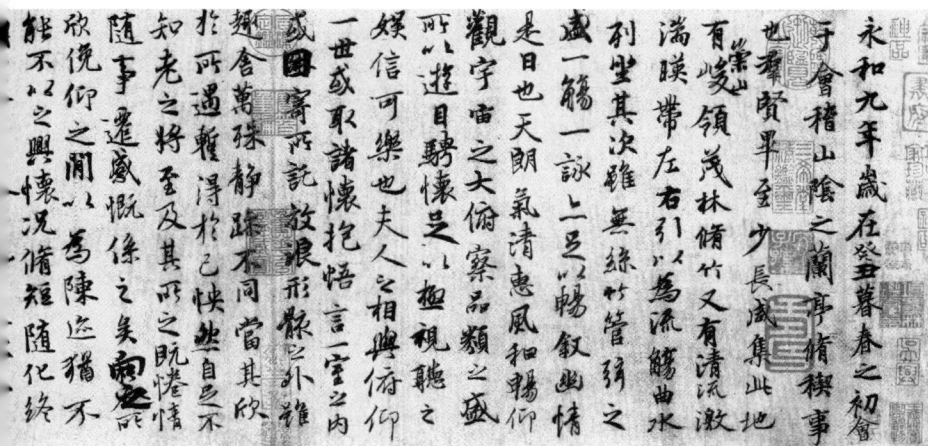

王羲之行书《兰亭集序》（冯承素摹）

　　与会者当场吟诵的"兰亭诗"，现存三十七首，逯钦立收录在《先秦汉魏晋南北朝诗·晋诗》卷一三。这三十七首诗篇，分别出自二十六人之手，其中十一人各作诗两首（王羲之所作第二首共五章），十五人各作诗一首。其余谢胜等十五人，"不能赋诗，罚酒各三斗"（刘义庆《世说新语·企羡》"王右军得人"条刘孝标注引《临河叙》，余嘉锡《世说新语笺疏》下卷上，中华书局，1983，631页）。

　　王羲之为这次集会赋诗活动写了序文，他究竟是当场"挥毫制序，兴乐而书"（桑世昌《兰亭考》卷三《纪原》，《景印文渊阁四库全书》第682册，85页），还是事后编录兰亭诗时追记而作，事实已不可考。这篇序文原先应该没有标题，后人追题为《兰亭集序》（《世说新语·企羡》）或《临河叙》（同上刘孝标注），又题为《兰亭诗序》、《兰亭记》、《兰亭修禊序》。

　　文人聚会，清谈吟咏，这是两晋时期盛行一时的文坛风气，每每传为佳话。当时有人将《兰亭集序》比为西晋元康六年（296）的《金谷诗序》，将兰亭宴集主人王羲之同金谷集会东道主石崇（249—300）相提并论，王羲之听到这一传闻，不免喜形于色（《世说新语·企羡》）。《金谷诗序》和《兰亭集序》都是集会赋诗活动的序文，同一文体，前后相因，所以章法结构、文字风格大略相近。而且石崇《金谷诗序》中写道："感性命之不永，惧凋落之无期。"（《世说新语·品藻》"谢公云金谷中苏绍最胜"条刘孝标注引《金谷诗叙》，余嘉锡《世说新语笺疏》中卷下，530页）从自然山水的观赏引发出主体生命意识的感悟，这也是两晋时期士人普遍的思维理路。

　　但是在文学史上，《金谷诗序》已乏人问津，而《兰亭集序》却千古流传，两篇文章的命运迥然不同。这当然首先得益于王羲之"天下第一行书"《兰亭集序》的俊逸潇洒，甚至让唐太宗李世民"生死以之"（参《唐会要》卷三五、卷六三），而更为重要的原因，则是王羲之本人胸襟浩渺、感慨深沉，实非脑满肠肥的石崇可以比拟，因此赋予《兰亭集序》以深邃幽远的情感哲思。清人叶燮认为诗人的胸襟是"诗之基"，便举《兰亭集序》作为例证："……晋王羲之独以书法立极，非文辞作手也。兰亭之集，时贵名流毕会，使时手为序，必极力铺写，谀美万端，决无一语稍涉荒凉者。而羲之此序，寥寥数言，托意于仰观俯察，宇宙万汇，系之感忆，而极于死生之痛。则羲之胸襟，又何如也！"（叶燮著、霍松林校注《原诗·内篇下》，人民文学出版社，1979，17页）

哀乐未忘

　　时值暮春，浙东正是多雨的季节，兰亭盛会的这一天却天空晴朗，空气清新，东风轻柔，温和舒畅，十分难得。王羲之偕亲朋好友，徜徉于青山绿水之间，举目远望辽阔的宇宙，俯身细察纷繁的物类。他们愉悦地吟诵道："仰望碧天际，俯瞰绿水滨。寥朗无厓观，寓目理自陈。大矣造化工，万殊莫不均。群籁虽参差，适我无非新。"（王羲之《兰亭诗二首》其二第二章，895页）在他们周流观赏宇宙的开阔视野中，世界万物以其活泼的生机昭示着至深的道理，激发着他们自由自在的心灵，流溢出清新幽淡的诗篇。王羲之写道："游目骋怀，足以极视听之娱。"赏心悦目的景色与抒情写意的诗篇相互媲美，多么令人陶醉、令人欢乐！

　　面对幽渺的时间和浩瀚的空间，王羲之省视个人的存在和生命的历程，不禁感慨万千，悲喜交加。他首先深切地感受到"夫人之相与，俯仰一世"。人与人之间彼此相处相聚，一生的确非常短暂，就像阮籍（210—263）所说的："朝阳不再盛，白日忽西幽。去此若俯仰，如何似九秋。人生若尘露，天道邈悠悠。"（《咏怀诗八十二首》其三二，逯钦立辑校《先秦两汉魏晋南北朝诗·魏诗》卷一〇，503页）。

在这短暂的一生中，"或取诸怀抱，悟言一室之内；或因寄所托，放浪形骸之外"。有的人跟亲友席地斗室，坐而论道，畅然表达胸怀抱负；有的人则跟自然融为一体，寄身山水，无拘无束地抒发情怀。尽管他们取舍不同，动静有异，但是只要能够各取所需，有所寄托，就可以满足生命的需求，享受生活的愉悦，不觉得衰老即将到来。孔子不是"夫子自道"吗？"其为人也，发愤忘食，乐以忘忧，不知老之将至云尔"（《论语·述而》），这是何等快乐而充实的人生境界！

但是快乐固然快乐，充实固然充实，但却很容易疲乏，不可能持久。"情随事迁，感慨系之矣。向之所欣，俯仰之间，已为陈迹，犹不能不以之兴怀。"一旦事过境迁，随之而来的，唯有往事如烟的追忆和盛年不再的感慨：一生所经历的亲友清谈和自然陶醉，即使像兰亭盛会这般欢乐的场景，也不过转瞬即逝，只能留下斑斑痕迹，让后人在寻踪与追忆之余，兴发出欢乐难继、好景不长的感伤情怀。

更有甚者，"修短随化，终期于尽"。无论寿命是长是短，每个人最终都必须面对死亡，撒手人寰，与所有的欢乐、所有的悲伤永远告别。这又是何等无奈的残酷，何等深沉的悲痛！面对生死存亡，人岂能无动于衷？《庄子·德充符》记载孔子回答弟子常季的提问，说："死生亦大矣，而不得与之变，虽天地覆坠，亦将不与之遗。"庄子借孔子的解释，本来是想表达，至人虽然置身红尘之中，难以摆脱生死大限，但由于他"心成"，超然于生死、万物之外，以自然为体，独与天地精神相往来，因此能超越物化，以至长久。而王羲之在《兰亭集序》中，仅仅断章取义地引用"死生亦大矣"这一句，接着感叹道："岂不痛哉！"他要表达的是，人的生死存亡是不可抗拒的，死亡带给人们的精神打击和生存危机不仅难以忘怀，而且痛彻心扉。生命的短暂，人生的有限，这是

祝允明书、文徵明补图《兰亭序卷图卷》（局部）

任凭什么力量也不可改变的。古往今来，有谁能够真正逃脱死亡的威胁呢？

　　从"信可乐也"到"快然自足"，从"快然自足"到"感慨系之"，从"感慨系之"到"以之兴怀"，从"以之兴怀"到"岂不痛哉"——这就是王羲之在兰亭盛会时，"托意于仰观俯察，宇宙万汇，系之感忆，而极于死生之痛"的心路历程。深深地沉湎于人生哀乐、生死存亡之中，王羲之难免在"情随事迁"之余，仍然发自肺腑地"感慨系之"。所以近人钱基博一面称道："若乃无雕虫之功，而探怀以抒，可以陶性灵，发幽思，言在耳目之内，情寄

祝允明书、文徵明补图《兰亭序卷图卷》（局部）

尘埃之表，洋洋乎会于风雅，使人忘其鄙近，自致旷观者，其惟王羲之、陶潜乎？"一面又一针见血地指出："然羲之身在轩冕，哀乐未忘；不如陶潜之胸次浩然，亭亭物表也。"（钱基博《中国文学史》第五章《两晋》，东方出版中心，2008，138—139页）

向死而生

　　王羲之置身于天地宇宙之中，不羁的思绪如脱缰的野马，驰骋在一望无际的草原，既不知所往，也不知所归。他尽情享受着已知世界的欢乐，却油然而生对未知世界的恐惧。他说："每揽昔人兴感之由，若合一契，未尝不临文嗟悼，不能喻之于怀。"古往今来，无数的志士仁人、文人才子，面对人生哀乐、生死存亡的情境，撰写了多少精美的诗赋文章，反复地咀嚼品尝生死的况味，可又有谁真正地解脱生命的困境，或者至少暂时地解脱精神的困境呢？每当阅读古人这样的诗文，品味古人发生感慨的缘由，王羲之觉得同他的感慨犹如符契那样相合，总是令他哀伤悲叹，无法排遣悲抑的情怀。

　　在无限的空间中，人生是如此渺小；在永恒的时间中，人生又是如此短暂。难道人类就无法超越渺小达至伟大，超越短暂达至永恒？如果可能的话，人类应该如何超越渺小达至伟大，超越短暂达至永恒？——王羲之执着地追问着，也痴迷地思考着。

　　在芸芸众生之中，先秦智者庄子也许是其中一位罕见的"达人"，最能超脱或者最善于超脱了。庄子在《齐物论》中，曾淡然地说："一死生"——死与生，不过是人的一念之差，有什么区别呢？又坦然地说："齐彭殇"——长寿与短命，都不过是一生的历程，又有什么不同呢？谢安在他的《兰亭诗》中，对此颇有同感，吟诵道："万殊混一理，安复觉彭殇？"（《兰亭诗二首》其二，906页）

两晋时期的玄学家大多服膺庄子"一死生"、"齐彭殇"的人生观，希图以此解脱人面临死亡的焦虑与无奈。如阮籍撰《达庄论》，就首肯庄子"齐祸福而一死生，以天地为一物，以万类为一指"的看法，并引申说："以生言之，则物无不寿；推之以死，则物无不夭。自小视之，则万物莫不小；由大观之，则万物莫不大。殇子为寿，彭祖为夭。秋毫为大，泰山为小。故以死生为一贯，是非为一条也。"（严可均辑《全上古三代秦汉三国六朝文·全三国文》卷四五，1310—1311页）郭象《庄子·德充符》注也阐释道："体夫极数之妙心，故能无物而不同。无物而不同，则死生变化，无往而非我矣。故生为我时，死为我顺；时为我聚，顺为我散。聚散虽异，而我皆我之。则生故我耳，未始有得；死亦我也，未始有丧。"（郭象注、成玄英疏《南华真经注疏》卷六，《续修四库全书》第955册影印本，107—108页）

但是王羲之却与众不同，他从切肤之感的生命体验中，推导出这样的结论："固知一死生为虚诞，齐彭殇为妄作。"生存与死亡，决不可能毫无差别；长寿与短命，又怎么能够等量齐观？对死亡的痛感，反而催生出对生存的执着。他吟咏道："悠悠大象运，轮转无停际。陶化非吾因，去来非吾制。宗统竟安在，即顺理自泰。有心未能悟，适足缠利害。未若任所遇，逍遥良辰会。"（《兰亭诗二首》其二第一章，895页）日月星辰的运行，周转不息，永无停歇。人生是有限的，死亡是必然的，这是自然的规律，不会因为人的喜怒哀乐而有所改变。代代相传的宗族谱系何处寻觅？顺天安命才是自然的道理。如果不明白这一点，那只会缠夹在世间利害之中，执迷不悟，不可自拔。人们最好的选择是"向死而生"，在承认死亡不可避免的前提下，尽可能地延展生命的长度，充实生命的厚度，享受自然赐予人生的欢乐和愉悦。

王羲之"一死生为虚诞，齐彭殇为妄作"的省悟，蕴含着对现实世界和士人心态的清醒反思。清人林云铭评论道："晋尚清淡，当时士大夫无不从风而靡，剽窃老庄唾余，漠然无情，外其形骸，以仁义为土梗，名教为桎梏，遂致风俗颓敝，国步败移。右军有心人也，虽欲力肆抵排，而狂澜难挽，不得不于胜会之时，忽然以死生之痛，感慨伤怀，而长歌当哭，以为感动。其曰'一死生为虚诞，齐彭筋为妄作'，明明力肆抵排，则砥柱中流，主持世教之意，尤为大著。"（《古文析义》卷九，清康熙五十五年宝文堂刻本）也许正是有鉴于此，南朝刘宋时人评价王羲之的文章说："羲之高爽有风气，不类常流也。"（《世说新语·赏誉》"殷中军道王右军"条注引《文章志》，《世说新语笺疏》中卷下，467—468页）其实，"高爽有风气"，不仅是王羲之文风，更是王羲之的人格。

深深地感慨于"死生之痛"，王羲之更进一层地长叹道："后之视今，亦犹今之视昔，悲夫！"今天我们追忆过往的繁华，固然邈不可及，而后人追想我们今天的欢乐，不也是难以复原的吗？那么，为什么我们就不能享受当下呢？"逝者如斯夫"，就像滚滚的东流水一样，生活永远在流淌着，生命也永远在流逝着。但是生活的价值就在流淌的旅程之中，生命的可贵也就在流逝的痕迹之中。那么，我们不是应该更加留恋当下的生活，眷顾可贵的生命吗？

也许，正是这种对人的有限存在的洞察，使自由成为人终其一生的热切向往和不懈追求。这种自由，不是超然于现世、沉湎于虚诞的避世隐居、求仙问道，而是乐天知命，顺应自然，享受当下，"取乐在一朝，寄之齐千龄"（王羲之《兰亭诗二首》其二第四章，896页）。兰亭诗人虽然无法摆脱对生死存亡的重视、哀伤和对人生短促的感慨、喟叹，但是却可以沉醉于阳春三月的温柔抚慰，徜徉于亲朋好友的诗歌酬唱，在优游中融入自然而忘情达观，追求短暂的永恒，从而激发生命的热情。

将有感于斯文

人们面对无法重复的生活和无法挽回的生命，"悲从中来"的情感固然难以抑止，更难以言喻，但是"情随事迁"的感慨却可以笔之于文、书之于帛。"故列叙时人，录其所述，虽世殊事异，所以兴怀，其致一也。后之揽者，亦将有感于斯文。"王羲之将这场兰亭雅集的人物存名、诗歌结集，并撰写了这篇情深意长的序文，信笔挥洒地书写在长卷上，记录下四十一位友人的心声和衷曲。他真诚地希望："言立同不朽，河清非所俟。"（王羲之《兰亭诗二首》其二第五章，896页）他相信，随着这篇序文的流传，他和友人对美景的欣赏、对生活的眷恋、对生命的感悟，能够超越时间的剥蚀和空间的阻隔，超越社会的变迁、山河的沧桑、世态的变幻、人事的更替，在一代又一代人的心里，激发起亘古常新的生命意识。

　　正是因为这种对永恒的追求和对不朽的渴望，赋予《兰亭集序》以丰厚充沛的生命源泉，使之成为人生的礼赞、生命的礼赞，激励后世的读者超越生死之限，把握每一次"欣于所遇，暂得于己"的机会，怡然陶然，创造和享受"快然自足，不知老之将至"的生活。

　　今天，当我们重读《兰亭集序》的时候，王羲之流丽的笔触和清新的文字，再一次把我们带回到永和九年三月初三日的兰亭：春阳和煦，东风吹拂，"木欣欣以向荣，泉涓涓而始流"，一群才气奔放的士族子弟，徜徉于溪畔山间，酒香扑鼻，诗美盈耳，陶醉在自然的永恒和生命的律动之中。这一场别开生面的春禊，借由王羲之《兰亭集序》"感慨系之"的抒写，渗透着强烈的个体生命意识，激发起丰富的文化心理联想，让我们得到"古今同构""天人合一"般的审美享受。

　　这就是语言的魅力、文字的魅力，更是"斯文"的魅力，它可以传达人的感情与精神，从而让古人的生命永存不朽，也让今人的生命充沛丰富。作为一种审美活动，写作与阅读原本就是人的生存方式，贯穿着自由精神与自由意志，使作者和读者在人性的提升与完善中，获得坚实的存在感和悠久的永恒感。

附　录

兰亭集序

王羲之

　　永和九年，岁在癸丑，暮春之初，会于会稽山阴之兰亭，修禊事也。群贤毕至，少长咸集。

　　此地有崇山峻岭，茂林修竹。又有清流激湍，映带左右，引以为流觞曲水，列坐其次。虽无丝竹管弦之盛，一觞一咏，亦足以畅叙幽情。

　　是日也，天朗气清，惠风和畅。仰观宇宙之大，俯察品类之盛，所以游目骋怀，足以极视听之娱，信可乐也。

　　夫人之相与，俯仰一世。或取诸怀抱，悟言一室之内；或因寄所托，放浪形骸之外。虽趣舍万殊，静躁不同，当其欣于所遇，暂得于己，快然自足，曾不知老之将至；及其所之既倦，情随事迁，感慨系之矣。向之所欣，俯仰之间，已为陈迹，犹不能不以之兴怀，况修短随化，终期于尽！古人云："死生亦大矣。"岂不痛哉！

　　每揽（览）昔人兴感之由，若合一契，未尝不临文嗟悼，不能喻之于怀。固知一死生为虚诞，齐彭殇为妄作。后之视今，亦犹今之视昔，悲夫！故列叙时人，录其所述，虽世殊事异，所以兴怀，其致一也。后之揽者，亦将有感于斯文。

　　（《全上古三代秦汉三国六朝文·全晋文》卷二六据帖本、《艺文类聚》卷四、《法书要录》、《晋书》卷八〇）。

"不悲者无穷期矣"
——读韩愈《祭十二郎文》

对生与死的品味

　　韩愈（768—824）的《祭十二郎文》是生者与死者的真诚对话，是跨越阴阳两界的情感倾诉："季父愈闻汝丧之七日，乃能衔哀致诚，使建中远具时羞之奠，告汝十二郎之灵。"(韩愈著、马其昶校注《韩昌黎文集校注》卷五，上海古籍出版社，1987，337页，以下引文凡出于此文者，不注)

　　唐德宗贞元十九年（803）秋冬之交，韩愈在京城长安任监察御史，出乎意料地闻知侄子韩老成病逝的噩耗。整整七天，他沉浸在痛彻肺腑的悲伤之中，将信将疑，恍惚不宁，无以自解，只能沉痛地对十二郎倾吐道："虽然，吾自今年来，苍苍者或化而为白矣，动摇者或脱而落矣。毛血日益衰，志气日益微，几何不从汝而死也。死而有知，其

韩愈像

几何离；其无知，悲不几时，而不悲者无穷期矣！"——无论是信是疑，你终究已经离我而去，而我也正渐渐衰老，不久也将随你而去。如果人死后是有知觉的，那么我们还能分离多久呢？如果人死后是无知觉的，那么我悲哀的时间也没有多长了，而死后不悲哀的时间反倒无穷无尽。

面对突如其来的亲人的死亡，韩愈深深地感受到生命的短暂和人生的痛苦，也感受到死亡对生之悲哀的终极超脱。他所说的"几何不从汝而死""其几何离""悲不几时"，不仅是感叹人生的有限，更是希冀弃绝有限的生命，拥抱无限的死亡。因为在他看来，生存就意味着离多聚少，悲无穷尽，而死亡则意味着永相团聚，无悲无哀。那么，人是否应该超越生的悲伤与死的恐惧？又是否可以超越生的悲伤与死的恐惧呢？

这种对生与死的品味，正是《祭十二郎文》全篇的意脉，如一气贯注，滔滔不绝。

在死而生

作为一篇祭奠死者的哀悼文章，全文在章法上呈现出从生到死、从死到生的叙事层次和抒情走势，"真情实意，溢出言辞之表"（吴讷《文章辨体序说》）。

文章一开头，面对故去的亡灵，韩愈不由自主地沉浸在"零丁孤苦"的生存感受之中。与常人相比，韩愈过早地品尝了死亡的苦涩。大历五年（770），他刚满三岁，父亲韩仲卿就与世长辞了。而嫡母早亡，生母可能改适他人，于是他由长兄韩会、长嫂

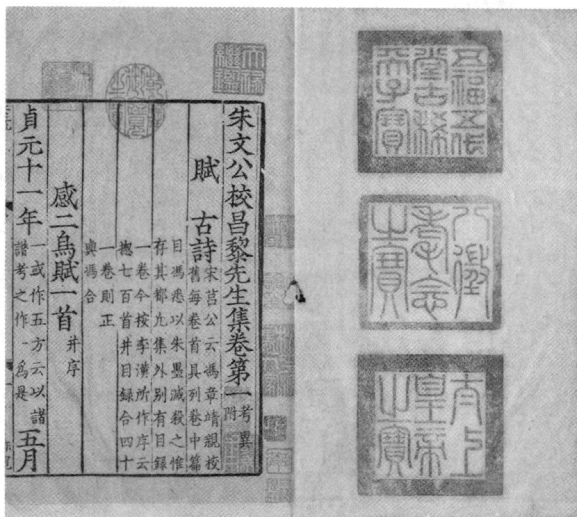

宋刻《朱文公校昌黎先生集》卷首

郑夫人鞠养。他说："我生不辰，三岁而孤；蒙幼未知，鞠我者兄。"（《韩昌黎文集校注》卷五《祭郑夫人》，334页）孰料九年以后，大历十四年（779），四十二岁的韩会又早早地弃他而去，卒于韶州（今广东韶关）。这年韩愈仅十二岁，死亡与孤苦却一而再再而三地叩击他幼小的心灵，留下了深深的创伤。在文章中他哀婉地对老成说："吾上有三兄，皆不幸早世，承先人后者，在孙惟汝，在子惟吾；两世一身，形单影只。"

接着，他笔锋一转，记述了一件难以忘怀的家庭琐事："嫂尝抚汝指吾而言曰：'韩氏两世，惟此而已！'汝时尤小，当不复记忆。吾时虽能记忆，亦未知其言之悲也。"明明身处"两世一身，形单影只"的悲惨境地，然而韩愈因为年岁尚小，听到长嫂的感慨之言，居然"未知其言之悲"。悲而未知其悲，人生还有比这更大的悲哀吗？

随着年龄渐长，死的"记忆"和生的悲伤渐渐浮上心头，成为韩愈的生命无法承受之重。对韩愈来说，生存一天，就意味着要咀嚼一天这种无穷期的悲伤。在长嫂又弃他而去的时候，他回顾自己的过往，极其沉痛地说："在死而生，实维嫂恩。"（《祭郑夫人》，334页）

往事不堪回首

人生充满艰辛和苦难，然而人们竟然常常对珍贵的生命麻木不仁。人活着的时候，往往不懂得珍惜宝贵的日子，任时光像沙漏般一点一点地流失，总想着过了今天还有明天，过了明天还有后天，正所谓"明日复明日，明日何其多"。当人们年轻的时候，总是对生命的自然延续充满信心，而对聚散离合却无动于衷，以为来日方长，"虽暂相别，终当久相与处"。而且，人们总是心甘情愿地卷进烦杂琐细的日常事务之中，堕入名缰利索，终日忙忙碌碌，反而忽视了珍贵的友情和亲情，不珍惜与亲朋好友相聚团圆。于是，人与人之间往往在"吾不可去，汝不肯来"的蹉跎中，任时光流逝，及至生死离别之际，蓦然回首，方才后悔不已，只能"抱无涯之戚"。

韩愈对老成说道："吾年十九，始来京城；其后四年，而归视汝。又四年，吾往河阳省坟墓，遇汝从嫂丧来葬。又二年，吾佐董丞相于汴州，汝来省吾，止一岁，请归取其孥；明年丞相薨，吾去汴州，汝不果来。是年，吾佐戎徐州，使取汝者始行，吾又罢去，汝又不果来。吾念汝从于东，东亦客也，不可以久；图久远者，莫如西归，将成家而致汝。"短短几年之内，亲人有长嫂之死，长官有丞相董晋之卒，死亡的阴影始终伴随着韩愈。而更难以料想的是，因为宦途奔波，无暇他顾，而叔侄之间相期渴望的见面，一延再延，竟成永诀，亲人团聚的希望终成泡影："呜呼，孰谓汝遽去吾而殁乎！"

　　这段絮絮如诉的文字极其简洁，只有时间、地点、人物、事

清代永瑢绘《左迁至蓝关示侄孙湘》
此图以韩愈《左迁至蓝关示侄孙湘》诗意为画，取其中"雪拥蓝关马不前"句，图绘三人骑马行进在雪山之间，因大雪阻隔，马匹停止不前。

件的简单标识，除了"来""往""去"等几个重复出现的动词以外，没有情节描写，没有细节刻画，也没有情感抒发，就像娓娓道来的家常话。然而这段文字句式简短，语气急促，叙述节奏相当快捷，恰恰契合不知不觉中一次又一次的人生错过，不知不觉中一年又一年的时光流逝。

正所谓"深衷浅貌，短语情长"（陆时雍《古诗境》卷二），在这些絮絮叨叨的叙事和平平淡淡的语言中，汩汩而出地奔涌着韩愈"往事不堪回首"的追悔之情，他痛切地说："诚知其如此，虽万乘之公相，吾不以一日辍汝而就也！"人生不可逆转，命运如此残酷，但是更残酷的是人们对不可逆转的人生居然视若平常，对如此残酷的命运居然无动于衷。及至幡然醒悟，已然无法弥补！可是，又有谁对人生的无常能够未卜先知呢？

其实，化解人生悲伤的唯一窍门，并非未卜先知，而在于珍惜生命的每一个瞬间。人生无常，岂可任由离多而聚少？年龄不可为凭，健康不可为凭，仕途更不可为凭，唯一可以凭借的只有亲情相依。然而，连亲情相依最终也难以为凭，死亡竟然不期而至，韩愈不得不面对"少者殁而长者存，强者夭而病者全"的反常现象。

寿者不可知

贞元十九年六月十七日，十二郎给韩愈写了最后一封信。不久，在溧阳任县尉的友人孟郊得知十二郎死讯，遣使到宣州，查问究竟。而使者可能"不知问家人以月日"，归报孟东野时，竟然

"妄称以应之"，说十二郎死于六月初二，孟郊就将这一日期写信告知韩愈。可是，韩愈明明收到十二郎六月十七日的信，十二郎又怎么可能卒于六月初二呢？

十二郎病亡于江南西道宣城（今属安徽），韩氏家族在此购置产业。"宣城去京国，里数逾三千。"（韩愈著、钱仲联集释《韩昌黎诗系年集释》卷十二《示爽》，上海古籍出版社，1984，1275页）三千里空间的遥隔，竟然阻断了人事的相通和人情的交流："汝病吾不知时，汝殁吾不知日。"韩愈一再说"不知"，想要表达是内心极其强烈的"欲知而不得知"。而"欲知而不得知"，不正是人们面对死亡时无能为力的情感吗？

所以韩愈得知十二郎的死讯后，陷入难以解脱的迷茫之中："呜呼，其信然邪？其梦邪？其传之非其真邪？信也，吾兄之盛德而夭其嗣乎？汝之纯明而不克蒙其泽乎？少者强者而夭殁，长者衰者而存全乎？未可以为信也，梦也，传之非其真也，东野之书，耿兰之报，何为而在吾侧也？呜呼！其信然矣，吾兄之盛德而夭其嗣矣！汝之纯明宜业其家者不克蒙其泽矣！所谓天者诚难测，而神者诚难明矣！所谓理者不可推，而寿者不可知矣！"

无论是家族的"盛德"还是个人的"纯明"，是青春年少还是身强体健，在死亡面前都显得如此苍白，如此无力。面对不期而至的死亡，人们只能接受"理者不可推，而寿者不可知"的残酷现实，这是何等的无奈！因此，对不可逆转的死亡，我们怎能不永远保持一种发自内心的敬畏？对所有逝去的生命，我们又怎能不永远保持一种充天塞地的悲悯呢？

身处在生与死的交界，韩愈沉痛地责备自己："生不能相养于共居，殁不得抚汝以尽哀，敛不凭其棺，窆不临其穴；吾行负神明而使汝夭，不孝不慈，而不能与汝相养以生，相守以死。一在天之涯，一在地之角，生而影不与吾形相依，死而魂不与吾梦相接：吾实为之，其又何尤！彼苍者天，曷其有极！"在这血泪交迸、如泣如诉的抒情笔调中，我们感受到的，是韩愈对死者的珍爱和对死亡的悲悯。

然而，"存者且偷生，死者长已矣"（杜甫《石壕吏》），死去的人已然逝去，永远不会再复活，而活着的人还得在这世界上承受着无穷无尽的苦难和悲伤。正因为过早地也过多地品尝死亡的苦涩，韩愈对生命的流逝一直相当敏感。所以他一边对十二郎说"吾与汝俱少年"；一边又说"吾年未四十，而视茫茫，而发苍苍，而齿牙动摇"。而且他还预感到十二郎弃他而去之后，孤苦伶仃的他，将像脱缰的野马一样，更为迅速地趋于衰老，步向死亡："吾自今年来，苍苍者或化而为白矣，动摇者或脱而落矣，毛血日益衰，志气日益微，几何不从汝而死也！"

韩愈对生命流逝的敏感，在文章里"齿牙动摇""动摇者或脱而落矣"的细节描述中显露无遗。也是贞元十九年，韩愈曾作《落齿》诗道："去年落一牙，今年落一齿。俄然落六七，落势殊未已，余存皆动摇，尽落应始止。忆初落一时，但念豁可耻。及至落二三，始忧衰即死。每一将落时，懔懔恒在己。又牙妨食物，颠倒怯漱水。终焉舍我落，意与崩山比。"（《韩昌黎诗系年集释》卷二，171—172页）落齿就像山崩一样，势不可挡，一而再再而三地提醒着他对死亡渐近的恐惧和对生日无多的留恋。他从落齿山崩的"声响"中，听到的是死亡渐渐迫近的沉重的脚步声。正如曹

丕所说的:"日月逝于上,体貌衰于下,忽然与万物迁化,斯志士之大痛也。"(《典论·论文》)

当韩愈见多了落齿以后,反而见怪不怪了,他说:"今来落既熟,见落空相似。"他想到余下的二十多颗牙,如果一年落一颗,还可以延续二十多年呢。于是他心里顿觉坦然:"如其落必空,与渐亦同指。人言齿之落,寿命理难恃。我言生有涯,长短俱死尔。"死亡是人生的必然,任谁也无法阻挡,人无论生命长短,最终都无法逃脱死亡。生与死,乃人之常事;惜生悯死,也是人之常情。因此只需保持乐观,甚至付之吟咏:"因歌遂成诗,持用诧妻子。"(同上)

言有穷而情无终

于是韩愈终究超越了哀悼十二郎之死的悲伤,表现出一贯的"在死而生"乃至"向死而生"的勇气与担当。他对十二郎说:"自今已往,吾其无意于人世矣。当求数顷之田于伊颍之上,以待余年,教吾子与汝子幸其成,长吾女与汝女待其嫁:如此而已。"

韩愈所说的"无意于人世",并不是弃绝生命,而是弃绝功名利禄,归隐山林田园,在家庭亲友的温馨之中颐养天年,教育子女。他觉得,这不是比终日营营,更有生命价值吗?当然,这只能是他的一厢情愿,在此后二十多年的生涯中,韩愈又何尝能真的"无意于人世"!无论如何,人们对生活的美好想象和幸福憧憬,总是远远超过实际的生活状态,而这种生的无奈也许正是生命的本来意义吧!

　　《祭十二郎文》是生者与死者的真诚对话，是跨越阴阳两界的情感倾诉，生者韩愈真心地希望死者老成能够洞察知晓："呜呼，言有穷而情不可终，汝其知也邪？其不知也邪？"韩愈痴迷地询问十二郎，实际上是在痴迷地追问自己：是生者更超脱，还是死者更明哲？是有限的生更值得留恋，还是无限的死更值得向往？是生而悲更有价值，还是死而不悲更有意义？他希望死者能够解答生者的困惑，实际上是希望自己能够解答自己的迷惘。

　　所以，韩愈并非盲目地追问人死后究竟是"知"还是"不知"，而是执着地沉思人的生命之"知"，也就是人的"此在"之"知"。韩愈明白无误地告诉我们：悲者，乃知之本也，亦生之在也。生命因悲而在，生活因悲而充溢。短暂的"悲"恰恰是短暂生命的伴侣，永久的"不悲"则是永久死亡的表征。生是可贵的，因此悲也是可贵的。悲是生活的常态，也是生命的常态。人生在世，悲不可抑，这不仅彰显着生命的存在，而且彰显着生命的温度、生命的力度和生命的浓度。与其虚幻地追求"无穷期"的"不悲"，不如尽情地品尝"有穷期"的"悲"，进而乐观地享受"有穷期"的"悲"，以充实自身的生命，丰富自己的人生。

附　录

祭十二郎文

韩　愈

年月日（或无"日"字。《文苑英华》本作"贞元十九年五月二十六日"，误），季父愈闻汝丧之七日，乃能衔哀致诚，使建中远具时羞之奠，告汝十二郎之灵。

呜呼！吾少孤，及长不省所怙，惟兄嫂是依。中年兄殁南方，吾与汝俱幼，从嫂归葬河阳，既又与汝就食江南，零丁孤苦，未尝一日相离也。吾上有三兄，皆不幸早世，承先人后者，在孙惟汝，在子惟吾；两世一身，形单影只。嫂尝抚汝指吾而言曰："韩氏两世，惟此而已！"汝时尤小，当不复记忆；吾时虽能记忆，亦未知其言之悲也！

吾年十九，始来京城；其后四年，而归视汝。又四年，吾往河阳省坟墓，遇汝从嫂丧来葬。又二年，吾佐董丞相（"相"下或有"幕"字）于汴州，汝来省吾，止一岁，请归取其季；明年丞相薨，吾去汴州，汝不果来。是年，吾（"吾"下或有"又"字）佐戎徐州，使取汝（"汝"下或有"使"者，则断句为"使取汝，使者始行"）者始行，吾又罢去，汝又不果来。吾念汝从于东，东亦客也，不可以久；图久远者，莫如西归，将成家而致汝。呜呼，孰谓（"谓"或作"为"）汝遽去吾而（"而"下或有"先"字）殁乎！吾与汝俱少年，以为虽暂相别，终当久相与处。故舍汝而旅食京师，以求斗斛之禄；诚知其如此，虽万乘之公相，吾不以一日辍汝而就也！

　　去年孟东野往，吾书与汝曰："吾年未四十，而视茫茫，而发苍苍，而齿牙动摇。念诸父与诸兄，皆康强而早世，如吾之衰者，其能久存（"存"或作"在"）乎！吾不可去，汝不肯来，恐旦暮死，而汝抱无涯之戚也！"孰谓少者殁而长者存，强者夭而病者全乎！呜呼，其信然邪？其梦邪？其传之非其真邪？信也，吾兄之盛德而夭其嗣乎？汝之纯明而不克蒙其泽乎？少者强者而夭殁，长者衰者而存全乎？未可以为信也，梦也，传之非其真也，东野之书，耿兰之报，何为而在吾侧也？呜呼！其信然矣，吾兄之盛德而夭其嗣矣！汝之纯明宜业（"业"或作"荣"）其家者不克蒙其泽矣！所谓天者诚难测，而神者诚难明矣！所谓理者不可推，而寿（"寿"或作"年"）者不可知矣！虽然，吾自今年来，苍苍者或化而为白矣，动摇者或脱而落矣，毛血日益衰，志气（"志气"或作"气志"）日益微，几何不从汝而死也！死而有知，其几何离；其无知，悲不几时，而不悲者无穷期矣！汝之子始十岁，吾之子始五岁。少而强者不可保，如此孩提者又可冀其成立邪？呜呼哀哉，呜呼哀哉！

　　汝去年书云："比得软脚病，往往而剧。"吾曰："是疾也，江南（"南"下或无"之"字）之人常常有之。"未始以为忧也。呜呼！其竟以此而殒其生乎？抑别有疾而至斯（"斯下"或有"极"字）乎？汝之书六月十七日也；东野云：汝殁以六月二日，耿兰之报无月日（或作"日月"）：盖东野之使者不知问家人以月日，如耿兰之报不知当言月日，东野与吾书乃问使者，使者妄称（"称"一作"传"）以应之耳。其然乎？其不然乎？

　　今吾使建中祭汝，吊汝之孤与汝之乳母。彼有食可守以待终丧，则待终丧而取以来；如不能守以终丧，则遂取以来。其余奴婢，并令守汝丧（"丧"或作"葬"）。吾力能改葬，终葬（"终葬"二字或无）汝于先人之兆，然后惟其所愿（"愿"下或有"焉"字）。呜呼！汝病吾不知时，汝殁吾不知日；生不能相养于共居，殁不得抚汝以尽哀，敛不（"不"下或有"得"字）凭其棺，窆不（"不"下或有"得"字）临其穴；吾行（"行"或作"何"）负神明而使汝夭，不孝不慈，而不得与汝相养以生，相守以死；一在天之涯，一在地之角，生而影不与吾形相依，死而魂不与吾梦相接：吾实为之，其又何尤！彼苍者天，曷其有极！

自今已往，吾其无意于人世矣。当求数顷之田于伊颍之上，以待（"待"或作"尽"）余年，教吾子与汝子幸其成，长吾女与汝女待其嫁：如此而已。呜呼！言有穷而情不可终，汝其知也邪？其不知也邪？呜呼哀哉，尚飨！

（《韩昌黎文集校注》卷五，上海古籍出版社，1987，336—340页。异文未一一列出，仅择其善者括注。）

家庭的温馨与女性的柔情
——读归有光《项脊轩志》

百年老屋的兴衰

　　每一次阅读归有光（1507—1571）的《项脊轩志》（周本淳校点《震川先生集》卷一七，上海古籍出版社，1981，429—431页），都会不由自主地感受到一股暖流滋润着心田——这是一首亲人的安魂曲，也是一首情感的咏叹调，深挚地传递着家庭的温馨与女性的柔情。

　　顾名思义，《项脊轩志》是记录与项脊轩有关的人与事。归有光以"项脊"命名他的书斋，就其"实"而言，是形容书斋的狭窄逼仄——"室仅方丈，可容一人居"，就像人体的"项"和"脊"一样；就其"虚"而言，是纪念曾在项脊泾（今在江苏苏州）居住的远祖归道隆，这一"百年老屋"含有家族绵延的意思。而兼容虚、实两个含义的项脊轩，便涂染了浓重的"家"的色调。

归有光像

这个"家"虽然狭窄、破蔽、昏暗，但它毕竟是归有光庇荫祖德、遮蔽风雨的栖居之地。所以，文章开篇就写道，归有光将"旧南阁子"稍加修葺，便焕然一新，洋溢着"家"的温馨，也积聚着"家"的期望。归有光端居其中，油然而生的，是"万物皆备于我矣"的自足情怀与悠长趣味——"借书满架，偃仰啸歌"，项脊轩不正是百年书香门第的微缩景观吗？不仅如此，归有光"前辟四窗，垣墙周庭"之后，还可以足不出户，由窗而庭，融入大自然之中，获得"天人合一"般的心灵慰藉——"冥然兀坐，万籁有声。而庭阶寂寂，小鸟时来啄食，人至不去。三五之夜，明月半墙，桂影斑驳，风移影动，珊珊可爱"。

如此温馨的家庭情景，怎不令人心旷神怡？所以归有光说："方扬眉瞬目，谓有奇景"。他所抒写的眼中、耳中、心中的"奇景"，是何等宁静，何等精巧，又何等蕴藉。

在唐诗里，我们读到王维的"江流天地外，山色有无中"（《汉江临泛》），孟浩然的"野旷天低树，江清月近人"（《宿建德江》），李白的"山随平野尽，江入大荒流"（《渡荆门送别》），杜甫的"星垂平野阔，月涌大江流"（《旅夜书怀》），感受到唐代诗人醉心于以天地宇宙、日月山川涵容人的精神追求，提升人的文化品格，从而达至人与自然密合无间的交融。而对沐浴着两宋以来理学光辉的归有光来说，有"家"就有了自然，有"家"就有了世界，有"家"就有了宇宙——满架图书，庭阶小鸟，半墙桂影，同样足以颐养精神，陶冶人格。此情此景，犹如宋代哲人程颢所说的："仁者，浑然与物同体"，"仁者，以天地万物为一体，莫非己也"（《二程遗书》卷二上《识仁篇》）。在归有光的笔下，自然内化于家庭，家庭陶冶着人格，人格融合于自然，而洋溢在自然、家庭与人格之中的是一股静谧而轻柔的温馨。

然而项脊轩毕竟已是"百年老屋"，历经时光剥蚀和风雨冲刷，早已不复往日的荣光。归有光安居项脊轩中，固然可以悠闲自得，而放眼项脊轩外，却尽是不堪入目的人事变迁。

就像"庭中通南北为一"一样，归家原本是一个和睦相处的大家族，曾经子孙繁衍，五世同堂，祖上还留下"私其妻子求析生者，以为不孝"的遗训（《震川先生集》卷二八《归氏世谱后》，637—638页）。可是时过境迁，到归有光生活的年代，归家已然四分五裂，伯父、叔父们各立炉灶，分家而居——"诸父异爨，内外多置小门墙，往往而是"。

归家曾经是昆山一地的名门望族，"世世为县人所服"，民间

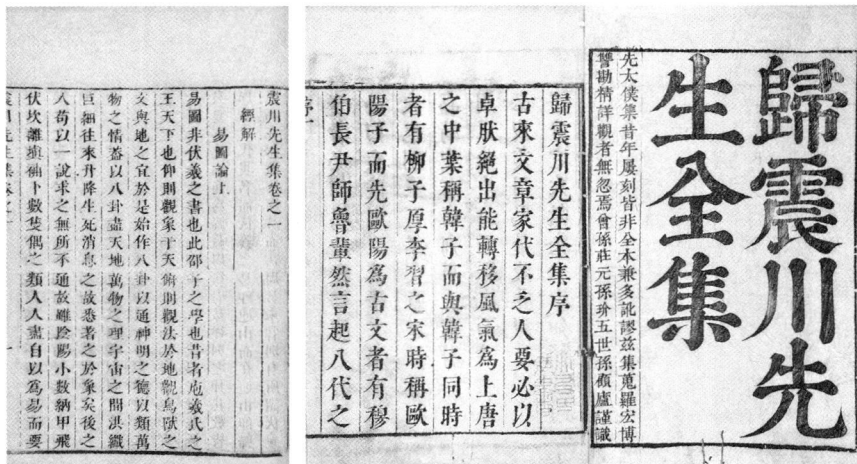

《归震川先生全集》

甚至传言："甚官印，不如归家信。"（《归氏世谱后》，638页）然而，时至当日，归家却家道败落，甚至道德扫地。归有光曾这样记述自己的所见所感："归氏至于有光之生而日益衰，源远而末分，口多而心异。自吾祖及诸父而外，贪鄙诈戾者，往往杂出于其间。率百人而聚，无一人知学者；率十人而学，无一人知礼义者。贫穷而不知恤，顽钝而不知教。死不相吊，喜不相庆。入门而私其妻子，出门而诳其父兄。冥冥汶汶，将入于禽兽之归。……窃自念，吾诸父兄弟，其始一祖父而已。今每不能相同，未尝不深自伤悼也。"（《震川先生集》卷一七《家谱记》，436—437页）

家族的分崩离析、道德沦丧，伴随着宁静的消失、和睦的瓦解与亲情的淡漠——"东犬西吠，客逾庖而宴，鸡栖于厅。庭中始为篱，已为墙"。——这还是归有光引以为自豪、赖以为庇荫的"家"吗？这种情形，怎能不让归有光常常"慨然太息流涕"？（《家谱记》，437页）

重振家业的责任

于是，就像将破败的旧南阁子修葺成崭新的项脊轩一样，归有光也义不容辞地肩负起重振家业的责任。嘉靖三年（1524）撰写《项脊轩志》的时候（据顾农《〈项脊轩志〉的写作年代》，《中国典籍与文化》2001年第2期。或说作于嘉靖二年，见沈新林《归有光评传》，安徽文艺出版社，2000，57、273页），归有光方十八岁。他虽然"区区处败屋中"，"昧昧于一隅"，却志向高远，意气风发。作为一所书斋，项脊轩既是他读书明理的处所，也是他建功立业的始基。在修葺一新

上海嘉定震川中学内的震川书院旧址

的项脊轩中，归有光不仅陶醉于自然的美景，也憧憬着理想的功业。他由衷地欣羡"利甲天下"的巴蜀寡妇清，因为她"能守其业，用财自卫，不见侵犯"；他也真诚地仰慕"大名垂宇宙"的布衣诸葛亮（杜甫《咏怀古迹》），因为他曾经"三顾频烦天下计，两朝开济老臣心"（杜甫《蜀相》）。

　　清人王拯说："中引蜀清居丹穴、诸葛孔明卧隆中二事，窃以自比，然则熙甫之志非将欲大有为于时者邪？"（《龙壁山房文集》卷五《书归熙甫集项脊轩志后》，《续修四库全书》第1545册，203页）的确，归有光借用寡妇清的"丹穴"和诸葛亮的"隆中"，来比喻自己身处的"百年老屋"——项脊轩，抑扬之中，骄傲地宣示着自我期许的壮志和不甘沉沦的豪情。归有光十一二岁时即"慨然有古人志"，而且持之以恒，终生坚守，在《家谱记》中他写道："有光学圣人之道，通于六经之大指。虽居穷守约，不录于有司，而窃观于天下之治乱，生民之利病，每有隐幽于心。"即使穷愁潦倒，他也仍然以家族的"宗子"自命，"将求所以合族者"（《家谱记》，436页）。正是有见于此，他的恩师湖南茶陵人张治（1488—1550）主持南京乡试时，才会特别看重他，赞不绝口地称他为"国士""贾（谊）、董（仲舒）再世"（明万历甲戌归道传刻本《震川先生文集》卷首蒋以忠《序》）。

　　将破败不堪的南阁子修葺为雅致宜人的项脊轩，因败落紊乱的家道激发起砥砺昂扬的理想，《项脊轩志》一文的叙述脉络与情感脉络两相契合，呈现出抑扬起伏的叙事走向。正因为怀抱着远大的志向和坚定的信心，所以归有光才能蜗居斗室，而"借书满架，偃仰啸歌"，展现一派昂扬奋发的风貌。明人张大复称道："意当时人知之，谓之坎井蛙耳，乃不知有丹穴陇中之想，如先生真功名富贵中人也。"（《梅花草堂集笔谈》卷五"居息庵"条，《四库全书存目丛书·集部》第104册，347页）果不其然，写作这篇文章两年后，归有光就考取秀才，补苏州府学生员，迈出了走向仕途的第一步。

女性的柔情

　　然而，驰骋仕途，光宗耀祖，这种"阳刚"的气质并不全然适合归有光的本性，他的性格更偏重于女性般的"阴柔"。同乡友人俞允文评价道："其为人恬惔敦实，淡湛简素"（《俞仲蔚先生集》卷十《送归开甫赴长兴序》，《四库全书存目丛书·集部》第139册，706页）。归有光的祖母也曾深情地对他说："吾儿，久不见若影，何竟日默默在此，大类女郎也？""大类女郎"，这应该是对归有光独特个性的精辟诠解。所以，对于归有光来说，"家"虽然一直激励他奋发有为，但更多的还是浸润着似水柔情，承传着文化血脉。

归有光八岁时，慈母周桂（1488—1513）就因劳累过度，离他而去。镌刻在他记忆中的，是母亲如绢如丝般的脉脉柔情。儿时的记忆毕竟过于模糊，过于虚幻，因此在《项脊轩志》中，归有光只能借老迈的乳母之口，讲述母亲琐细而动人的往事，文字简约而含义繁富："汝姊在吾怀，呱呱而泣。娘以指叩扉，曰：'儿寒乎？欲食乎？'吾从板外相为应答。"凭借琐事记述，捕捉瞬间意象，略加提示点染，凸显人物精神，这是归有光文章最为动人心弦之处。清人黄宗羲称道："予读震川文之为女妇者，一往情深，每以一二细事见之，使人欲涕。盖古今来事无巨细，唯此可歌可涕之精神，长留天壤。"（《南雷诗文集》上《张节母叶孺人墓志铭》，沈善兴主编《黄宗羲全集》第十册，浙江古籍出版社，1993，370页）。

文章中尤为神来之笔，是写乳母常常对归有光说："某所，而母立于兹。"——"家"是母亲生活的地方，所以母亲忙碌的身影永远与"家"同在，"家"也永远氤氲着温柔的母爱。在归有光看来，对"家"的记忆就是对母亲的记忆，对"家"的眷恋就是对母亲的眷恋。

母亲不仅希望子女长大，更希望子女成人。传说周桂怀孕时，"家数见祯瑞，有虹起于庭，其光属天，故名先生'有光'"〔唐时升《三易集》卷一七《太仆寺寺丞归公墓志铭》（代王锡爵撰），《四库禁毁书丛刊·集部》第178册，214页〕。在《先妣事略》中，归有光写道：母亲"为多子苦"，成日忙于家务，"儿女大者攀衣，小者乳抱"，而"手中纫缀不辍"，乃至"劳苦若不谋夕"。尽管如此，母亲仍然"中夜觉寝，促有光暗诵《孝经》，即熟读无一字龃龉，乃喜"（《震川先生集》卷二五，593—594页）。这一幕"中夜督学"的情景，深深地烙印在归有光的心中，令其难以忘怀。

　　然而时隔十年，归有光仍然屈居牖下，功名未遂，有负母亲的厚望。他沉痛地说："有光独久不第，而先人春秋高，先妣墓木已拱，有无穷之感也。"这怎能不使他悲从中来？所以，当老妪多次指点着母亲"尝一至"南阁子时"立于兹"的所在时，"语未毕"，他就不禁泪流满面。当他在项脊轩中端居课读时，总是深深地感到有愧于母亲的矻矻养育与谆谆教诲。

　　祖母夏氏对归有光的关切，同样浸透着浓浓的家族希冀。《项脊轩志》写道：祖母看到归有光常常足不出户，埋头攻读，自言自语地说："吾家读书久不效，儿之成，则可待乎？"归有光的曾祖归凤，成化十年（1474）中南京乡试，弘治二年（1489）选调城武县知县。而其祖父归绅仅为山东参政，他的父亲归正则以布衣终身（《归氏世谱后》，638页）。所以祖母才会说"吾家读书久不效"，归家众多子弟参加科举考试，却一直未能及第。

　　这层层累积的遗憾，化作沉甸甸的家族希望，寄托在归有光的身上。所以，祖母特地拿来她的祖父夏昶曾经用过的象笏，郑重其事并信心满满地对归有光说："此吾祖太常公宣德间执此以朝，他日，汝当用之。"夏昶（1388—1470）是永乐十三年（1415）进士，正统年间官至太常寺卿直内阁，所以称为"太常公"（《震川先生集》卷二八《夏氏世谱》，633—634页）。如此尊贵的夏家，隐衬出归有光祖父时期的归家也是不同寻常的尊贵。祖母多么盼望这份尊贵再度眷顾归家！可是谁曾想到，归有光至今仍然未能实现祖母的愿望——"瞻顾遗迹，如在昨日，令人长号不自禁"！

　　失去了母亲与祖母的柔情滋润，项脊轩留存给归有光的，虽然有"多可喜"的环境，但更多的是"多可悲"的回忆。咀嚼着这些"多可悲"的往事，他只能"扃牖而居"，躲进宁静孤独的书斋关上门窗，与世隔绝，逃避纷扰喧嚣的世界，躲进宁静孤独的书斋。他只能默默祈祷神灵的护佑，就像神灵曾经四度护佑项脊轩，使它逃脱毁灭的厄运。因为归有光由衷地相信，神明对归家多所护佑，预兆着归家"世当有兴者"（《震川先生集》卷一三《叔祖存默翁六十寿序》，344页）。

灵魂栖息之地

　　当然，无论是喜是悲，作为"家"的象征，项脊轩永远是归有光的灵魂栖息之地和文化滋养之所。在他记录项脊轩人事变迁之后的十数年里，归有光身居项脊轩，又经历过一番由温柔的女性带给他的"喜"与"悲"，更使他刻骨铭心，永志不忘。所以他又将这段往事补记在《项脊轩志》中，熔铸成一个意味更为隽永的文本。

　　嘉靖七年（1528），归有光与魏氏结婚。虽然在仕途上，归有光已经两次乡试失利，但是在项脊轩中，他再度享受到暖人心田的欢欣与柔情。这种欢欣与柔情，既来自与妻子读书写字的心心相印——"时至轩中，从余问古事，或凭几学书"；还来自妻妹对"姊家"的天真与好奇——"闻姊家有阁子，且何谓阁子也"。在妻子去世以后，归有光说："吾妻之贤，虽史传所无"（《震川先生集·别集》卷七《与沈敬甫七首》其三，873页）。在归有光笔下，妻子的"贤"，不仅源于其高尚的品德，更源于其似水的柔情。

在这种心心相印与天真好奇之中，也隐隐地流淌着魏氏对归有光的器重、期盼与激励。魏氏"少长富贵家"，嫁到贫穷的归家以后，却"甘澹薄，亲自操作"，而且常常勉励归有光说："吾日观君，殆非今世人。丈夫当自立，何忧目前贫困乎？"（《震川先生集》卷二五《请敕命事略》，596页）在写作《项脊轩志》时，归有光再度品味亡妻生前的期盼与激励，回观自身的仕途蹭蹬，穷困潦倒，心中是何等的愧疚与悲哀！

然而，浸染着爱妻柔情的"家"仅仅延续了不到六年。嘉靖十二年（1533）十月，魏氏染疾身亡。"家"再度步入沉沦，项脊轩始而任其"室坏不修"，虽继而稍加修葺，却"其制稍异于前"，

位于苏州昆山的归有光墓

而且此后归有光"多在外，不常居"。项脊轩成为归有光心中难以忘怀却不忍长居的伤心之地。

尽管如此，项脊轩仍然是家族的影像，是人生的见证，也是生命的维系。在《项脊轩志》的结尾，归有光写道："庭有枇杷树，吾妻死之年所手植也，今已亭亭如盖矣。"无情的时间流逝，借助于有形的空间景物，转化为视觉可以感知的审美对象。在枇杷树默默生长的过程中，时光悄悄地流逝，情感也层层地累积，日复一日，年复一年，竟然已经如此厚重，压得人喘不过气来。

归有光这种由人及物、又由物及人的情感抒发，来源于南朝宋刘义庆《世说新语·言语》："桓公北征，经金城，见前为琅邪时种柳，皆已十围，慨然曰：'木犹如此，人何以堪！'攀枝执条，泫然流泪。"太和四年（369），东晋大司马桓温率军攻前燕，经过金城（今江苏句容北），看到近三十年前任南琅邪郡太守时种植的

结满果实的枇杷树

柳树，已然高大茂盛，他深深感叹时光流逝而功业未成，不免怆然泪下。当归有光目睹昔日在项脊轩前种植的枇杷树，回味妻子似水的柔情与热切的期盼，他的悲悼之情和愧疚之意，犹如波涛汹涌，奔袭胸中，实在难以言表，只能以"亭亭如盖"四字加以形容。这种"欲说还休"的表达，反而更强有力地冲击着历代读者的心灵。

其实，"亭亭如盖"的不仅仅是归有光笔下的枇杷树，也不仅仅是归有光对妻子、母亲和祖母的深切怀念，更是归有光心中对"家"难以割舍的依恋。有家而不能或不敢常常归来，一旦归来反而激发起更多的愁怨，更重的悲哀。"居于此，多可喜，亦多可悲"的"家"，对归有光来说，究竟意味着什么？

故乡情怀

不同的人，基于不同的境遇与不同的性格，往往具有不同的故乡情怀。宋代文豪苏轼青年时离开家乡四川眉州，其后一直漂泊不定，心里常常有着"无家"的落寞。他说："逐客如僧岂有家。"（《苏轼诗集》卷二四《泗州除夜雪中黄师是送酥酒二首》其一）贬谪的臣子就像僧人一样，岂有"家"可言？幸亏苏轼心中始终有着以四海为家的"超越意识"，所以他时而以杭州为家，吟咏道："故山归无家，欲卜西湖邻。"（《苏轼诗集》卷三六《送襄阳从事李友谅归钱塘》）"我本无家更安往，故乡无此好湖山。"（《苏轼诗集》卷七《六月二十七日望湖楼醉书五绝》其五）时而又以常州宜兴为家，写道："家在江南黄叶村。"（《苏轼诗集》卷二九《书李世南所画秋景二首》其一）苏轼一生中，"走到哪里，就把'家'带到哪里，于是山河大地处处有家，实现了他自己关于水的一种比喻：'如水之在地中，无所往而不在也。'（《潮州韩文公庙碑》，文集卷一七）"（朱刚《苏轼十讲》，上海三联书店，2019，287页）

　　归有光的故乡情怀与苏轼大不相同。在六十岁中进士，赴任长兴知县之前，归有光大多数的岁月都困守在家乡昆山，所以他对"家"有着非同常人的依恋。"家"给予他的，是人世间最为珍贵的温情，也是治愈他心灵创伤的良药。母爱缺失的心理创伤，夫妻相得的似水柔情，妻子继亡的深重苦痛，所有这些，都使他无法摆脱对"家"的深深眷恋，甚至有意激发对"家"的深情依恋。他说："抑予少有四方之志，既年长，无用于世，常欲与亲知故旧，岁时伏腊，问遗往还，饮酒社会，务尽其欢；康强寿考，皆在百岁之外；父子兄弟白首相追随，为太平之不遇人。"（《震川先生集》卷一三《晋其大六十寿序》，322页）在他看来，"夫惟匹夫匹妇以为当然"的常人之情，才是"天下之至情"（《泰伯至德》，《震川先生集·别集》卷一，第696页）。所以他伤悼家人的文章往往"痛不忍言"，一旦为他人误解，他便愤愤然地说："此亦至情，尝为人所嘲笑，岂皆无人心者哉？"（《震川先生集·别集》卷七《与王子敬四首》其一，872页）

　　归有光的文章"叙家庭细琐之事，颇款有情致"（林纾评《周弦斋寿序》，《林纾选评古文辞类纂》，浙江古籍出版社，1986，247页）。尤其是归有光叙写女性题材的散文，更是这种"天下之至情"的结晶，在在流溢着家庭的温馨和女性的柔情，"一唱三叹，无意于感人，而欢愉惨恻之思，溢于言语之外，嗟叹之，淫佚之，自不能已已"（唐时升《太仆寺寺丞归公墓志铭》，215页）。

　　行文至此顺带说明，《项脊轩志》这篇文章，在《震川先生集》卷首目录中作《项脊轩记》，而卷一七正文中却作《项脊轩志》。那么，究竟应该作"志"还是作"记"呢？"志"和"记"的内涵有没有区别？我觉得二者应该是有区别的。例如归有光的《寒花葬志》(《震川先生集》卷二二)，清人董说就指出，原本当作《寒花葬记》，今本题名为归庄所改 (季锡畴过录、董说评《震川先生集》，归庄清康熙十四年刻本)。而以《项脊轩志》的文体特性而论，题作"志"比题作"记"，显然更为切题，因为这是一篇借写轩志以明本志的文章。

附　录

项脊轩志

归有光

　　项脊轩，旧南阁子也。室仅方丈，可容一人居。百年老屋，尘泥渗漉，雨泽下注，每移案，顾视无可置者。又北向，不能得日，日过午已昏。余稍为修葺，使不上漏；前辟四窗，垣墙周庭，以当南日；日影反照，室始洞然。又杂植兰桂竹木于庭，旧时栏楯，亦遂增胜。借书满架，偃仰啸歌，冥然兀坐，万籁有声。而庭阶寂寂，小鸟时来啄食，人至不去。三五之夜，明月半墙，桂影斑驳，风移影动，珊珊可爱。

　　然予居于此，多可喜，亦多可悲。先是庭中通南北为一。迨诸父异爨，内外多置小门墙，往往而是。东犬西吠，客逾庖而宴，鸡栖于厅。庭中始为篱，已为墙，凡再变矣。家有老妪，尝居于此。妪，先大母婢也，乳二世，先妣抚之甚厚。室西连于中闺，先妣尝一至。妪每谓予曰："某所，而母立于兹。"妪又曰："汝姊在吾怀，呱呱而泣。娘以指叩门扉曰：'儿寒乎？欲食乎？'吾从板外相为应答。"语未毕，余泣，妪亦泣。

　　余自束发读书轩中。一日，大母过余曰："吾儿，久不见若影，何竟日默默在此，大类女郎也？"比去，以手阖门，自语曰："吾家读书久不效，儿之成，则可待乎？"顷之，持一象笏至，曰："此吾祖太常公宣德间执此以朝；他日，汝当用之。"瞻顾遗迹，如在昨日，令人长号不自禁。

　　轩东故尝为厨，人往，从轩前过。余扃牖而居，久之能以足音辨人。轩凡四遭火，得不焚，殆有神护者。

项脊生曰：蜀清守丹穴，利甲天下，其后秦皇帝筑女怀清台。刘玄德与曹操争天下，诸葛孔明起陇中。方二人之昧昧于一隅也，世何足以知之？余区区处败屋中，方扬眉瞬目，谓有奇景。人知之者，其谓与坎井之蛙何异！

余既为此志后五年（一作"三年"），吾妻来归。时至轩中，从余问古事，或凭几学书。吾妻归宁，述诸小妹语曰："闻姊家有阁子，且何谓阁子也？"其后六年，吾妻死，室坏不修。其后二年，余久卧病无聊，乃使人复葺南阁子，其制稍异于前。然自后余多在外，不常居。

庭有枇杷树，吾妻死之年所手植也，今已亭亭如盖矣。

（《震川先生集》卷一七，上海古籍出版社，1981，429—431页，标点略有改动）

人 品 篇

"道之所存，师之所存也"
——读韩愈《师说》

说体文

唐代文学家韩愈（768—824）既是著名的文学大师，也是著名的语言大师，一生创造了许多新鲜警拔、生机盎然的语言。即便是相对他的其他文章，语言更为明白平实的《师说》一文，也有像"师者，所以传道、受业、解惑也"、"弟子不必不如师，师不必贤于弟子"之类的"名言警句"（韩愈著、马其昶校注《韩昌黎文集校注》卷一，上海古籍出版社，1987，42页。以下引文皆出于此者，不注），传诵后世，千古常新。

在古代文体分类中，《师说》属于说体文。根源于"左史纪事，右史纪言"（《汉书·艺文志》）的笔录和言说传统，古代说体文可分为两大类型，一是偏重于"叙事说理"，一是偏重于"训释说理"。《师说》属于后者。当然二者的共同点是"说理"，所以南朝时刘勰将"说"与"议"、"传"、"注"、"评"等，统归为"述经叙理"的"论"体之文（《文心雕龙·论说》），相当于现代人所说的议论文或论说文。

明人徐师曾曾引用古字书，概括说体文的特征："说，解也，述也，解释义理而以己意述之也。"（徐师曾著、罗根泽校点《文体明辨序说》，人民文学出版社，1962，132页）宋人张表臣曾简洁明了地说："正是非而著之者，说也。"（《珊瑚钩诗话》卷三，《历代诗话》，中华书局，1982，476页）元人卢挚更为具体地阐释道："说，则出自己意，横说竖说。其文详赡抑扬，无所不可，如韩公《师说》是也。"（陶宗仪《南村辍耕录》卷九"文章宗旨"条引，中华书局，1959，108页）他特别列举韩愈《师说》作为说体文的典范。明人吴讷进一步指出："至昌黎韩子，悯斯文日弊，作《师说》，抗颜为学者师。"并且概述《师说》的影响："迨柳子厚及宋室诸大老出，因各即事即理而为之说，以晓当世，以开悟后学，疁是六朝陋习，一洗而无余矣。"（吴讷著、于北山校点《文章辨体序说》，人民文学出版社，1962，43页）

综合来看，说体文的基本功能是解释事物和义理，所谓"即事即理而为之说"，其目的是"以晓当世，以开悟后学"；而说体文的特质则是"出自己意"，一定要有自己的见解，并且呈现出"详赡抑扬，无所不可"的文章风貌。韩愈《师说》之所以足以作为说体文的典范，就是因为这篇文章"出自己意"，多角度、多层面、多策略地"说师"，从而独创一套崭新的说体文范式，垂范后昆，彪炳来叶。

抗颜而为师

吴讷描述韩愈"悯斯文日弊，作《师说》，抗颜为学者师"，这并非凿空之言，而是有根有据的。这一描述来源于韩愈挚友柳宗元的《答韦中立论师道书》，文中写道："孟子称'人之患在好为人师'。由魏、晋氏以下，人益不事师。今之世，不闻有师，有辄哗笑之，以为狂人。独韩愈奋不顾流俗，犯笑侮，收召后学，作《师说》，因抗颜而为师。世果群怪聚骂，指目牵引，而增与为言辞。愈以是得狂名，居长安，炊不暇熟，又挈挈而东，如是者数矣。"（《柳宗元集》卷三四，中华书局，1979，871页）

《答韦中立论师道书》写于元和八年（813），这时柳宗元离开京城长安已八年，生活在偏远的永州（今属湖南）。他凭借回忆与悬想，拟构了韩愈在长安撰写《师说》的起因及其后果。在韩、柳生活的年代，居然没听说有人愿意当老师。如果有人愿意当老师，人们就议论纷纷，讥讽嘲笑他，把他看作狂人。只有韩愈发扬振作，不顾时俗，冒着人们的嘲笑侮辱，不仅好为人师，招收后辈学生，还写作《师说》，居然态度严正地以老师自诩。人们果然感到惊怪，相聚谩骂，冷眼相对，指手画脚，甚至大肆编造谣言攻击他。韩愈因此得到了"狂人"的名声，虽然先后担任国子监四门博士、国子博士等职务，但却接连几次，连饭都来不及煮熟，又匆匆忙忙地离开京城，被放逐到东边的河南等地去做官。

但是，诚如孟子所说的："尽信《书》，则不如无《书》。"（《孟子·尽心下》）对作为经典《尚书》，孟子尚且说不可尽信，人们对其他言说与笔述就更应该持疑了。柳宗元的这段评述，虽然后人常常作为"当代人说当代事"而引以为据，其实也是不可尽信的。他说"由魏、晋氏以下，人益不事师"，这不是一笔抹杀六朝以来经学师承有续的历史吗？又说"今之世，不闻有师，有辄哗笑之，以为狂人"，这不是一概抹黑唐代士人求师问学的风气吗？

韩愈书《李观墓志》（拓片）

其实，就以《答韦中立论师道书》为证，唐州刺史韦彪的孙子韦中立特地写信给柳宗元，想要拜他为师，还不辞辛苦地从长安远赴永州，当面拜访求教，这不就是当时士子求师问学的一个生动例证吗？何况后来韩愈还记载道，柳宗元被贬柳州后，"衡湘以南为进士者，皆以子厚为师"（《韩昌黎文集校注》卷七《柳子厚墓志铭》）。看来，中唐时期求师问教的风气还是相当盛行的。

不过，柳宗元的文字描述的确非常精彩，生动地展现出韩愈"不顾流俗"、"抗颜而为师"，甚至"敢衒怪于群目以召闹取怒"的"狂人"风貌，以及遭受"群怪聚骂，指目牵引"，乃至于"居长安，炊不暇熟，又挈挈而东，如是者数矣"的落拓形象。这种"狂人"风貌与落拓形象，很容易让读者联想到孔子所说的："士志于道，而耻恶衣恶食者，未足与议也。"（《论语·里仁》）联想到

《史记》所记载的颜回称誉孔子的话："夫子之道至大，故天下莫能容。虽然，夫子推而行之，不容何病？不容然后见君子！"（《史记》卷四七《孔子世家》）韩愈敢冒天下之大不韪而坚守"师道"，难怪柳宗元极口称道他"为人师"的"才能勇敢"（《柳宗元集》卷三四《答严厚舆秀才论为师道书》，878页）。

柳宗元堪称韩愈的知己。诚如他所指出的，韩愈"说师"，决不仅止于用文字解释"师"的"义理"，更重要的是要用行动来"抗颜而为师"。因此，韩愈撰《师说》一文，出自以"道"自任的"己意"，旗帜鲜明地宣示："道之所存，师之所存也。"在他看来，"师"因于"道"，"道"系于"师"，"师"存则"道"存，"师"丧则"道"丧，因此求"师"即求"道"，重"师"即重"道"。柳宗元《师友箴（并序）》也表达了大致相同的看法："今之世，为人师者众笑之，举世不师，故道益离。"（《柳宗元集》卷一九，531页）

为师者与从师者

为了阐明"道之所存，师之所存也"的核心观点，在《师说》一文中，韩愈首先着眼为师者与从师者两个角度分别"说师"。

由为师者，即教者、传授者的角度立说，韩愈认为，"师"的职责，就是为"学者""传道、受业、解惑"，三者可以偏重，但不可缺一。对此，宋人谢枋得解释说："道者，致知、格物、诚意、正心、齐家、治国、平天下之道。业者，六经、礼乐、文学之业。惑者，胸中有疑惑而未开明也。"（《文章轨范》卷五，《景印文渊阁四库全书》本）清人曾国藩解释说："传道，谓修己治人之道。授业，谓古文六艺之业。解惑，谓解此二者之惑。韩公一生学道好文，二者兼营，故往往并言之。末幅云'闻道有先后，术业有专攻'，仍作双收。"（《求阙斋读书录》卷八，《续修四库全书》影印本第1161册，231页）

　　"师"的职责，就是帮助"学者"实现"受业""解惑""传道"。"受业"，即领受学业，是基础；"解惑"，即解决疑惑，是结果；而"传道"，即传承修己治人之道，则是核心。在三者之中，"传道"居于首位，因为它比"受业""解惑"更为重要，甚至是"受业""解惑"的根本与内涵所在。一个人，如果娴熟于"业"，即娴熟地掌握一种或若干种专业技能、专业知识，这当然可以是为"师"的充分条件；如果不溺于"惑"，即在某一领域、某一方面、某一问题上能够解答他人的疑惑，这当然也可以是为"师"的充分条件；但是只有秉承"道"，成为"道"的承载者和传扬者，才是为"师"的充要条件。因此说："吾师道也"，"道之所存，师之所存也。"

　　由从师者，即学者、接受者的角度立说，韩愈认为，古往今来，无论年龄的长幼，无论身份的贵贱，无论是圣人还是众人，但凡要学习，但凡要解惑，都一定要有老师，也都一定要"从师而问焉"。因此他说："古之学者必有师。""人非生而知之者，孰能无惑？惑而不从师，其为惑也终不解矣。"连孔子都说："吾非生而知之者，好古，敏而求之者也。"（《论语·述而》）更何况芸芸众生呢？柳宗元《师友箴（并序）》也说："不师如之何？吾何以成！"

（《柳宗元集》卷一九，531页）

为师与从师

其次，为了阐明"道之所存，师之所存也"的核心观点，在《师说》一文中，韩愈还有意地从多层面阐释为师与从师的道理。

韩愈说："彼童子之师，授之书而习其句读者，非吾所谓传其道、解其惑者也。"这句话实际上从浅层与深层两个层面阐释了为师的道理。

从浅层来看，传习文字书写和书本阅读的基本技能、基本方法，原本就是为师的道理，虽然只是"童子之师"的"师道"，但也值得提倡，值得尊重。所以明人谢肇淛特别辩解说："训蒙受业之师，真师也，其恩深，其义重，在三之制与君父等。"（《五杂组》卷一四，上海书店出版社，2011，289页）在这一意义上，"师"首先应该是世间各种知识与技能，尤其是文化知识与文化技能的承受者和传递者。

由此推而广之，"巫医、乐师、百工之人"，"术业有专攻"，只要有一技之长，皆可为师，这就是人们通常所说的"能者为师"。反之，一个人如果术业不精，就够不上为师的资格。所以韩愈特别指出："圣人无常师。"并举例说："孔子师郯子、苌弘、师襄、老聃。"孔子虽然博学，仍然不耻下问。据《左传》《史记·孔子世家》《孔子家语》等书记载，孔子曾向郯子学习典章制度，向苌弘学习古乐，向师襄学习弹琴，向老聃学习周仪。可见郯子、苌弘、师襄、老聃都是"术业有专攻"的专家，因此都有资格作为孔子之"师"。

从深层来看，韩愈"所谓传其道、解其惑者"则特指高层次的"师"，因为这样的"师"才秉赋了"道"，真正成为"道"的承载者和传扬者。所以韩愈引用孔子的话说："三人行，必有我师焉。"其"省略"的下文是："择其善者而从之，其不善者而改之。"（《论语·述而》）显然这段话潜在的意思是，只有知晓、辨别、选择"善者"与"不善者"的人，才有资格作为"传道"之"师"。

韩愈《进士策问》其十二说："古之学者必有师，所以道[通]其业，成就其道德者也。"（《韩昌黎文集校注》卷二，108页）正如古人所说的："德无常师，主善为师。"（《太平御览》卷四〇四引《尚书》，《景印文渊阁四库全书》第896册）如果自身都不解惑、未闻道，怎么有资格成为老师呢？那样的老师，只能误人子弟。正是有鉴于此，清人蔡世远评论《师说》时说："师道立则善人多。"（《古文雅正》卷二）在这一层面上的"师"，与"童子之师"不同，已不仅仅指传授学业技能之"师"，更是指养成道德品质之"师"，隐含着引人从善的含义。

在《师说》中，对于从师的道理，韩愈更是从多层面加以阐释。

从"长"与"幼"的年龄层面，他指出："生乎吾前，其闻道也固先乎吾，吾从而师之；生乎吾后，其闻道也亦先乎吾，吾从而师之。吾师道也，夫庸知其年之先后生于吾乎？"既然以"道"为师，无论年龄大小、出生先后，只要秉承"道"，都可以"从而师之"。

从"智"与"愚"的智力层面，他指出圣人的智慧远高于众人，"犹且从师而问焉"，众人的智慧远不如圣人，反而"耻学于师"，这不是导致智者愈智而愚者愈愚吗？从"人"与"我"的社会关系层面，他指出，人人都知道，对于自己的孩子，应该"择师而教之"，使之知书写、习句读，但对于自己，却"耻师焉"，这不是"小学而大遗"吗？

从"贵"与"贱"的社会身份层面，他指出，被视为社会下层的"巫医、乐师、百工之人"，都"不耻相师"，而自居于社会上层的"士大夫之族"，反而"曰师、曰弟子云者，则群聚而笑之"，所谓"君子"的智慧反而不如普通大众，"其可怪也欤"？

最后，从为师者与从师者之间相互关系层面，韩愈进而指出，从师者"无常师"，应该"转益多师"，圣人甚至选择在道德、才能上不如自己的人为师，仅仅因为他们在某方面比自己强些。而且"师"与"弟子"之间的关系并不是恒常不变的，而是可以相互转变的："弟子不必不如师，师不必贤于弟子，闻道有先后，术业有专攻，如是而已"。

论述策略

除了多角度、多层面地阐明"道之所存，师之所存也"的核心观点以外，更值得我们注意的是，《师说》一文在展开这一核心观点时，还采用了灵活多变的论述策略。

就论说文而言，文章的最后一段好像是可有可无的"赘文"，但是其中却包含着相当丰富的意涵。在这一段里，韩愈简要说明了写作《师说》的起因和动机："李氏子蟠，年十七，好古文，六艺经传皆通习之，不拘于时，学于余。余嘉其能行古道，作《师说》以贻之。"原来，韩愈之所以撰写《师说》，以数百字"说师"，是因为嘉许青年才俊李蟠"能行古道"，即能遵循"古之学者必有师"的"师道"，而"不拘于时，学于余"，不受当时耻于从师的习俗的束缚，向韩愈求师问教。

李蟠求师问教的内容，是"好古文，六艺经传皆通习"。"六艺"包括《诗》《书》《礼》《乐》《易》《春秋》，又称"六经"，这是儒家的经典。从儒家经典中去寻找"道"的精神，熟习儒家经典以获得"道"的真传，这是中唐时期韩愈、柳宗元等人共同的看法。如柳宗元说："本之《书》以求其质，本之《诗》以求其恒，本之《礼》以求其宜，本之《春秋》以求其断，本之《易》以求其动，此吾所取道之原也。"（《柳宗元集》卷三四《答韦中立论师道书》，873页）由此可见，韩愈《师说》所提倡和坚守的"道"，儒家学说虽然不必定是充分条件，但至少也是必要条件之一。

而儒家学说的传承者无疑是韩愈所说的"士大夫之族"。《师说》全文多为论述，但是在谈到"士大夫之族"居然"耻于师"的时候，却别出心裁地以叙事笔调写道："士大夫之族，曰师、曰弟子云者，则群聚而笑之。问之，则曰：'彼与彼年相若也，道相似也。位卑则足羞，官盛则近谀。'"并且再次情不自禁地抒发感慨："呜呼！师道之不复可知矣。"韩愈如此深深致慨于当时"士大夫之族"的"师道"存废，显然是有感而发的，否则他就不会在文章的结尾，特别称许李蟠"不拘于时，学于余"。

唐代是中国古代崭新的知识阶层兴起的时代。这一崭新的知识阶层，以知识、尤其是历史文化知识作为其阶层化的基础，而不同于以往以财富、亲属、权力等作为阶层化的条件。

唐代有所谓"衣冠户"。如唐人杜佑曾提到"衣冠仕人"（杜佑撰、王文锦等点校《通典》卷四〇《职官》，中华书局，1988，1109页）；进士苗耽也说："衣冠道路得病，贫不能致他物，相与无怪也。"（李昉等《太平广记》卷四九八《苗耽》，中华书局，1961，4089页）他们所说的"衣冠仕人"或"衣冠"，是科举制中进士科出身者的专称，并且成为唐代一个特殊的户等。唐武宗《加尊号后郊天赦文》中，明确规定必须是科举特别是进士出身者，才得称为"衣冠户"。"衣冠户"享有"广置资产，输税全轻，便免诸色差役"的经济特权，而杂色出身的官僚或曾任军职者，都不可冒称"衣冠户"（董诰等《全唐文》卷七八，中华书局，1983，影印本）。

可见在唐代，知识阶层已经成为一个法定的社会阶层，登进士、拾青紫，成为寒士与高门共同追逐的标的，知识取代血统成为贵贱升沉最为重要的凭借。而如果社会上普遍出现"师道之不传"、"师道之不复"的情形，这不是直接影响到"士大夫之族"的生存命脉吗？再进一步看，孔子说："士志于道"（《论语·里仁》），"君子谋道不谋食"（《论语·卫灵公》）；曾子说："士不可不弘毅，任重而道远"（《论语·泰伯》）。士阶层原本就秉承着以"道"为志的社会性格，而"道之所存，师之所存也"，如果不能尊师，又何从重道？

《师说》大约作于唐德宗贞元十八年（802）冬天，这年韩愈三十五岁，初入仕途，任国子监四门学学博士，成为"从七品"的学官（方成珪《昌黎先生诗文年谱》，《韩集笺正》附，《续修四库全书》第1310册）。作为太学老师的韩愈，之所以发出"师道不存"的感慨，直接针对的恰恰就是"士大夫之族"如何发扬光大"师道"这一时代课题。

　　因此,《师说》一文多角度、多层面地阐说为师与从师,其论述的聚焦点,不是那些"授之书而习其句读者"的"童子之师",也不是那些"不耻相师"的"巫医、乐师、百工之人",而是"曰师、曰弟子云者"的"士大夫之族"。韩愈在感慨"师道之不传也久矣! 欲人之无惑也难矣"时,连续运用了三段对比论证,即"古之圣人"与"今之众人","对其子"与"于其身","巫医、乐师、百工之人"与"士大夫之族",意思相承,一以贯之,最后收束于"士大夫之族"。宋人黄震分析道:"前起后收,中排三节,皆以轻重相形。初以圣与愚相形,圣且从师,况愚乎? 次以子与身相形,子且择师,况身乎? 次以巫医、乐师、百工与士大夫相形,巫、乐、百工且从师,况士大夫乎? 公之提诲后学,亦可谓深切著明矣,而文法则自然而成者也。"(《黄氏日钞》卷五九,清乾隆三十二年刻本)所谓"轻重相形",说的就是圣人、其身、士大夫之族之"重"与众人、其子、"巫医、乐师、百工之人"之"轻"二者之间的对比,其落脚点在"士大夫之族"。

明版《昌黎先生集四十卷外集》卷首

韩愈对"士大夫之族"的品格与言行的高度重视，尤其是对"士大夫之族"弘扬"师道"的重视，成为宋代学术的先声。所以钱穆说："宋学最先姿态，是偏重在教育的一种师道运动。这一运动，应该远溯到唐代的韩愈。"（《宋明理学概述》，台湾学生书局，1984，2页）

诚如前文所说，说体文以"自出己意"为尚，韩愈充分发挥了自己"横说竖说"的论辩特长，因此《师说》的"文法"其实还有更为深潜的"详赡抑扬"之处。当文章揭出"道之所存，师之所存也"的核心观点之后，韩愈先从"无长无少"立论，从正面说明"道"之所存不依人的年龄长幼而有异，同时不动声色地引申出"无贵无贱"之说，将话题转向为师者与从师者社会身份的辨析；而极贵无如圣人，极贱无如众人，于是从反面说明圣人与众人对于求师的不同选择；接着又从众人之所以"愚"着眼，阐释众人则少择师而长耻师，贱从师而贵耻师，同时照应年龄的长幼和身份的贵贱；最后又回到以圣人立论，圣人如孔子，无论少长贵贱，未尝缺一日无师，未尝遗一人为师。而孔子恰恰是千古第一师，也是道的传承者，无疑是"古道"的化身和典型。由此可见，"道之所存，师之所存也"，尊"师"亦即重"道"，重"道"即在尊"师"。

全文的论述策略，错综变化而又混融一气，横说竖说而又意味无穷，"如常山蛇势，救首救尾，段段有力"（《御选古文渊鉴》卷三五引洪迈语），生动地体现出"韩如海"的文章风貌（李淦《文章精义》）。说体文到韩愈笔下，的确展现出过人的风采与无穷的魅力。

师　说

韩　愈

　　古之学者必有师。师者，所以传道、受业、解惑也。人非生而知之者，孰能无惑？惑而不从师，其为惑也，终不解矣。生乎吾前，其闻道也固先乎吾，吾从而师之；生乎吾后，其闻道也亦先乎吾，吾从而师之。吾师道也，夫庸知其年之先后生于吾乎？是故无贵无贱，无长无少，道之所存，师之所存也。

　　嗟乎！师道之不传也久矣！欲人之无惑也难矣！古之圣人，其出人也远矣，犹且从师而问焉；今之众人，其下圣人也亦远矣，而耻学于师。是故圣益圣，愚益愚。圣人之所以为圣，愚人之所以为愚，其皆出于此乎？

　　爱其子，择师而教之；于其身也，则耻师焉，惑矣。彼童子之师，授之书而习其句读者，非吾所谓传其道、解其惑者也。句读之不知，惑之不解，或师焉，或不焉，小学而大遗，吾未见其明也。

　　巫医、乐师、百工之人，不耻相师。士大夫之族，曰师、曰弟子云者，则群聚而笑之。问之，则曰："彼与彼年相若也，道相似也。位卑则足羞，官盛则近谀。"呜呼！师道之不复可知矣。巫医、乐师、百工之人，君子不齿，今其智乃反不能及，其可怪也欤！

　　圣人无常师。孔子师郯子、苌弘、师襄、老聃。郯子之徒，其贤不及孔子。孔子曰："三人行，则必有我师。"是故弟子不必不如师，师不必贤于弟子，闻道有先后，术业有专攻，如是而已。

李氏子蟠，年十七，好古文，六艺经传皆通习之，不拘于时，学于余。余嘉其能行古道，作《师说》以贻之。

（《韩昌黎文集校注》卷一，上海古籍出版社，1987，42 页，标点略有改动）

知者不惑，仁者不忧，勇者不惧
——读柳宗元《段太尉逸事状》

文以明道

　　孔子说："知者不惑，仁者不忧，勇者不惧。"（《论语·子罕》）同样的言论，又见于《论语·宪问》："君子道者三，我无能焉：仁者不忧，知者不惑，勇者不惧。"弟子子贡认为，这是"夫子自道也"。孔子所说的"知""仁""勇"，是内蕴的道德品格；而"不惑""不忧""不惧"，则是外显的行为表现。观其行而知其品。孔子认为，君子正是凭借"不惑"、"不忧"、"不惧"等外显的行为表现，昭示其"仁"、"知"、"勇"等内蕴的道德品格。

　　唐宪宗元和九年（814），柳宗元任永州司马。有感于段太尉殉难近三十年，人们还不知晓他的行为表现（"所立"），反而怀疑他的道德品格（"大节"），"以为武人一时奋不虑死，以取名天下"，柳宗元特地撰写《段太尉逸事状》（《柳宗元集》卷八，中华书局，1979，175—179页），缕述段太尉"不惑""不忧""不惧"的生平事迹，敬呈史馆，希望史官为段太尉立传时加以采录。

　　"状"即"行状"，是一种详细记述死者世系、名字、爵里、行治、寿年的文体，作为史官记述人物生平事迹的重要依据。"逸事状"是"状"的变体，旨在采集死者散逸的事迹。柳宗元撰写这篇文章，专门呈送当时入史馆任职的友人韩愈，供他为段太尉立传时采录（《柳宗元集》卷三一《与史官韩愈致段秀实太尉逸事书》，811—812页）。文章最后说："或恐尚逸坠，未集太史氏，敢以状私于执事。"

柳宗元二十二岁前后，曾经"出入岐、周、邠、鄠间，过真定，北上马岭，历亭障堡戍，窃好问老校退卒，能言其事"，获得有关段太尉的第一手史料。贬谪永州后，曾在邠州一带任职的崔能任永州刺史，柳宗元又向他访问核实，"具得太尉实迹，参校备具"（《与史官韩愈致段秀实太尉逸事书》，812页）。详加考核，柳宗元得出的结论是："太尉为人姁姁，常低首拱手行步，言气卑弱，未尝以色待物，人视之儒者也。遇不可，必达其志，决非偶然者。"

柳宗元所说的"儒者"，当近于孔子所说的"君子"，至少也是以"君子"为榜样与典型的。因此，以段太尉的"所立"来展现"知者不惑，仁者不忧，勇者不惧"的"君子之道"，便成为柳宗元撰写这篇文章的宗旨。柳宗元明确主张"文者以明道，是固不苟为炳炳烺烺，务采色、夸声音而以为能也"，并且自信地说："凡吾所陈，皆自谓近道"（《柳宗元集》卷三四《答韦中立论师道书》，873页）。所以，如何坚守"君子之道"，既是段太尉为人的行为准则，也是柳宗元为文的行为准则，二者水乳交融，密合无间。

仁者必有勇

段太尉名秀实（719—783），字成公，汧阳（今陕西千阳）

人。因累积军功，广德二年（764）任泾州刺史兼泾原郑颍节度使。建中元年（780），入朝任司农卿。建中四年（783），泾原士兵在都城长安哗变，拥戴原卢龙节度使朱泚为帝，皇帝李适仓皇出奔。段秀实上朝议事时，当面痛斥朱泚为"狂贼"，并用朝笏击伤朱泚面额，因此被朱泚杀害。兴元元年（784），朝廷追赠太尉。传见《旧唐书》卷一二八、《新唐书》卷一五三。

作为一位"儒者"或"君子"，"仁"无疑应是段秀实的核心品格，但是时人却认为段秀实不过是一位"一时奋不虑死"的"武人"，有"勇"而不必有"仁"，并不值得如此嘉许。例如子路的"好勇"，便是孔子"无所取材"的（《论语·公冶长》）。孔子说："勇者不必有仁"，但他又同时强调"仁者必有勇"（《论语·宪问》）。因此，针对时人对段秀实"以为武人一时奋不虑死，以取名天下"的偏见，柳宗元首先以翔实生动的笔墨，叙写段秀实"以勇服王子晞"的事迹（孙琮《山晓阁选唐大家柳柳州集》卷四评语），以彰显其"仁者必有勇"的品格。值得注意的是，这一事迹，《旧唐书》本传仅寥寥数语，一笔带过，眉目不清；《新唐书》本传则采纳了《段太尉逸事状》，详加叙述。

郭晞是何许人也？他是汾阳王郭子仪的第三子，随父征伐，屡建战功。郭子仪因平定"安史之乱"有功，宝应元年（762）进封汾阳王，名震天下。广德二年（764），郭子仪兼任关内、河东副元帅，河中节度使、观察使，出镇河中（今山西永济）。因吐蕃、回纥侵边，诏命郭晞加御使中丞，率领朔方军驰援邠州（今陕西邠县），取得大捷。此后，郭晞即以左常侍领行营节度使，驻扎邠州。

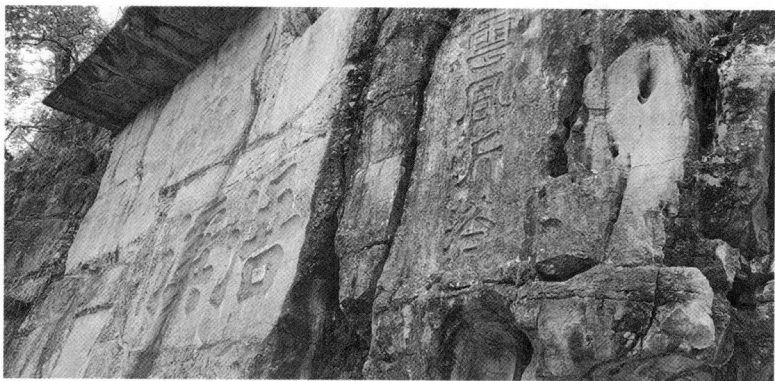

柳宗元在永州时到过的"浯溪"

　　这年因邠宁节度使白孝德的推荐，段秀实任泾州（治所在今甘肃省泾川县北）刺史。因为郭晞"纵士卒无赖"，邠州一些"偷嗜暴恶者"，花钱"窜名军伍中"，残害百姓，为所欲为。他们天天成群结队地在街市上敲诈勒索，稍不满足，就大打出手，砸碎各种瓦器，狼藉满地，然后裸露着臂膀扬长而去，甚至残忍地撞杀孕妇。柳宗元入木三分地描写了郭晞部下无赖士卒的残暴行径，随之画龙点睛地指出："邠宁节度使白孝德以王故，戚不敢言。"

　　士卒的胡作非为，白孝德的懦弱无能，适足以映衬段秀实的果敢。他挺身而出，自荐担任都虞候，即军队中的执法官，前往邠州平乱。在叙写人物行为时，借助于人物的语言，着意揭示人物的心理动机，以彰显人物的内在品格，这是柳宗元传记描写人物形象的特殊手法。文章写到段秀实毛遂自荐时，对白孝德说："今不忍人无寇暴死，以乱天子边事。公诚以都虞候命某者，能为公已乱，使公之人不得害。"在柳宗元看来，段秀实之所以勇于任事，正是出自"不忍人无寇暴死，以乱天子边事"的仁民爱国之心，而丝毫不考虑自身的利害得失。

段秀实就任一个月，郭晞士卒十七人又入市取酒，刺伤酒翁，毁坏酒器。段秀实果断地派士兵擒斩十七人，把头插在长矛上，竖立在街市示众。读到这里，我不禁毛骨悚然。儒家是主张德政而非议暴政的。即便是为了"道"，也不可任意杀戮，而应该导以善行。季康子曾问政于孔子："如杀无道，以就有道，何如？"孔子回答说："子为政，焉用杀？子欲善，而民善矣。君子之德风，小人之德草，草上之风，必偃。"（《论语·颜渊》）因此，尽管有"治乱世必用重典"之说，尽管段秀实的确是在为民除害，但是他的执法未免过于严峻，做法也未免过于残酷。这十七位士卒固然有罪，但毕竟罪不当死，更不应十七人皆死，或有首犯从犯之别；即使这十七位士卒罪皆当死，也不必如此血淋淋地"断头注槊上，植市门外"。

话说回来，柳宗元之所以如此叙写，并不是要刻意展示血腥场面，而是以之作为铺垫，造成独特的叙事效果。这里所描写的段秀实疾恶如仇，与下文他无微不至地体恤农民，足以形成鲜明

广西柳州柳侯祠

对比，从正反两面昭示他"不忍人无寇暴死"的"仁心"。所以柳宗元叙写段秀实惩治士卒，措辞极为简捷，而将叙事的重点放在段秀实事后异于常人的行为与义正词严的言谈。

段秀实的行为如此异于常人：在"晞一营大噪，尽甲"的危机情势下，他何其镇定自若："解佩刀，选老躄者一人持马，至晞门下。"在说服郭晞以后，他又何其从容不迫："太尉曰：'吾未晡食，请假设草具。'既食，曰：'吾疾作，愿留宿门下。'命持马者去，旦日来。遂卧军中。晞不解衣，戒候卒击柝卫太尉。"正因为"坦荡荡"的"君子"，所以段秀实方能如此"勇者不惧"。

段秀实的言谈如此义正词严：在见"甲者"时，他正气凛然地说："杀一老卒，何甲也？吾戴吾头来矣！""吾戴吾头来矣"，六个字掷地有声，令士卒不禁愕然。段秀实晓谕士卒道："尚书固负若属耶？副元帅固负若属耶？奈何欲以乱败郭氏？"接连三问，一问紧似一问，令士卒哑口无言。及见郭晞，段秀实更是慷慨陈词，晓以大义，面斥郭晞"恣卒为暴，暴且乱"，甚至危言耸听地警诫道：一旦"乱天子边"，"郭氏功名其与存者几何？"一席话说得郭晞豁然大悟，再拜曰："公幸教晞以道，恩甚大，愿奉军以从。"

这一大段文字，出神入化地叙写段秀实异于常人的行为与义正词严的言谈，"写得千人辟易，一军皆惊"(孙琮《山晓阁选唐大家柳柳州集》卷四评语)。林纾评道："其写忠义慷慨处，气壮而语醇，力伟而光敛，可称极笔。"(《柳文研究法》)读文至此，我们不禁联想到《史记》中那些描写春秋战国时期策士风貌的精彩片段。不仅段秀实的言行与春秋战国时期策士的言行如出一辙，柳宗元的叙事文字也与《史记》的叙事文字相互媲美。所以韩愈评柳宗元文章"雄深雅健似司马子长"（《刘禹锡集》卷一九《唐故尚书礼部员外郎柳君集记》引韩愈语，中华书局，1990，236页）。清曾弗人说："宗元叙段太尉事，其刻画生动，无论永叔诸志，几欲追子长而掩退之。"（王之绩《铁立文起》前编卷五引）蔡世远也说："段公忠义明决，叙得懔懔有生气，文笔酷似子长，欧、苏亦未易得此古峭也。"（《古文雅正》卷九）

　　而我更为看重的，则是郭晞所说的"公幸教晞以道"。郭晞是否说过这样的话，我们无从知晓，但是至少柳宗元认为段秀实是以"道"服人，而不仅仅是以"勇"服人的。这里所谓"道"，就郭晞的现实考虑而言，是家族利益和身家性命所关，正如段秀实所说的："副元帅勋塞天地，当务始终。今尚书恣卒为暴，暴且乱，乱天子边，欲谁归罪？罪且及副元帅。"段秀实推己及人，站在郭氏父子的角度考虑利害关系，所以能够打动郭晞。再进一步看，这里所谓"道"，就柳宗元着力彰显的段秀实"大节"而言，则是"勇者不惧"的"君子之道"。柳宗元曾说："柳子读古书，观直道守节者即壮之，盖有激也。"（《柳宗元集》卷二《佩韦赋》，41页）。他之所以撰写《段太尉逸事状》，不就是激赏于段秀实的"直道守节"吗？

君子之道

　　因此，"直道守节"之人，既是"勇者"，更是"仁者"。为了说明段秀实绝不是"不必有仁"的"勇者"，而是"必有勇"的"仁者"，柳宗元以大开大合的叙事结构，分别讲述了段秀实"以勇服郭晞"前后的两个事迹，即"以仁愧焦令谌"和"以廉服朱泚"（孙琮《山晓阁选唐大家柳柳州集》卷四评语）。

"以仁愧焦令谌"，发生在段秀实"以勇服郭晞"之前，柳宗元以追叙手法，叙写段秀实"仁者不忧"的"君子之道"。

白孝德初任邠宁节度使时，署段秀实以支度营田副使。唐制，诸军万人以上置营田副使一人，掌管军队屯垦。有泾州大将焦令谌横行一方，霸占农田数十顷，强迫农民为他耕种，索取一半的收成。这一年大旱，土地干裂，寸草不生，百姓几乎饿死。农民请求焦令谌免除租粮，焦令谌不但不允许，反而"督责益急"。农民无奈之下，求助于段秀实，段秀实写了一封委婉谦恭的判词，派人送呈焦令谌。焦令谌竟然召来农民，"取判铺背上，以

名将段秀实之子段伯伦墓志拓片

大杖击二十，垂死，舆来庭中"，公开向段秀实示威。段秀实却不
与他计较，一面"自取水洗去血，裂裳衣疮，手注善药，旦夕自
哺农者，然后食"，一面"取骑马卖，市谷代偿，使勿知"。如此忍
辱负重，体恤平民，段秀实真不愧是"仁信大人"！

淮西寓军帅尹少荣性格刚直，获知此事后，登门大骂焦令谌：
"汝诚人耶？""凡为人，傲天灾、犯大人、击无罪者，又取仁者
谷，使主人出无马，汝将何以视天地，尚不愧奴隶耶！"一席话，
骂得焦令谌冷汗淋漓，羞愧难当，说："吾终不可以见段公！"甚至
于"一夕自恨死"。

考之史实，焦令谌并没有因为尹少荣的痛骂而羞愧至死，《通
鉴考异》根据《段公别传》的记载指出，直至大历八年（773）吐
蕃入侵时，令谌仍然在世（参《旧唐书》卷一二八《段秀实传》）。但是为
了达到塑造"仁者"的叙事目的，柳宗元不惜像司马迁一样"好
奇"，"信以为真"地采纳焦令谌"一夕自恨死"的民间传闻。柳宗
元别出心裁，既要从正面揭示段秀实仁慈爱民，有口皆碑，具有
"恻隐之心"，又要从反面描写焦令谌虽然品行"暴抗"无耻，但
仍有"羞恶之心"，从而从不同的侧面彰显"仁者"的"不忍人之
心"，与"非人"判然有别（《孟子·公孙丑上》）。逸事状固然以"体
貌本原，取其事实"（刘勰《文心雕龙·书记》）见长，但是为了彰显人
物品格，加强叙事效果，也不妨稍事夸张，略加虚饰。柳宗元这
种以虚写实的叙事手法，显然也得益于司马迁的真传。

"以廉服朱泚"一事，发生在段秀实"以勇服郭晞"之后，
柳宗元以顺叙手法，叙写段秀实的"知者不惑"的"君子之道"。

建中元年（780）二月，段秀实自泾原节度使召为司农卿。

他明智地预见到，时任凤翔府尹的朱泚将图谋不轨，危害国家。所以他特地告诫族人，从汧阳赴长安途中，路过岐州（今陕西凤翔南）时，如果朱泚赠送钱财，千万不可受纳。但是段秀实的女婿因为地位卑微，无法拒绝朱泚的强行馈赠，不得已接受了大绫三百匹。到长安后，段秀实将礼物原封不动，放置在司农治事堂的梁木之上。段秀实殉难后，朱泚从梁上取得大绫，"其故封识 | 具存"。

毫无疑问，段秀实的这一行为，的确凸显了他一以贯之的廉洁清正节操。但是我认为更重要的是，他的这一行为显示出他洞察人心的智慧。孔子说："里仁为美。择不处仁，焉得知？"（《论语·里仁》）在人生选择中，君子始终秉持"仁"的本性，就能体现出最高的智慧。段秀实作为"仁者"，就禀赋着这种高超的智慧。孔子说："不知命，无以为君子也；不知礼，无以立也；不知言，无以知人也。"（《论语·尧曰》）作为君子，应该知天命，明礼义，识人心。段秀实虽然未尝与朱泚有深交，但因为他坚守"君子之道"，所以能做到"知者不惑"，明白透彻地预见朱泚的贿赂行为，洞悉朱泚的狼子野心。

知者不惑

从行文脉络看，《段太尉逸事状》全文呈现出由"勇"及"仁"、由"仁"及"知"的叙事顺序；但是从哲思理路看，全文则呈现出由"勇"溯"仁"、由"仁"溯"知"致思顺序。段秀实之"勇"根基于其"仁"，而段秀实之"仁"又溯源于其"知"。

《礼记·中庸》说："知、仁、勇，三者天下之达德也。""知"先于"仁""勇"，是居于"达德"之首位的。"知者不惑"，作为段秀实"勇必有仁"的行为依据、心理动机与道德良知，既是全文的落脚点，更是全文的出发点。这一点最能体现柳宗元不同寻常的远见卓识。

兴元元年（784）二月，朝廷颁发《赠段秀实太尉诏》，聚焦于段秀实的"忠烈"，这段秀实"扬善"，称道："见危致命之谓忠，临义有勇之谓烈。""操行岳立，忠厚精至，义形于色，勇必有仁。"（《全唐文》卷五一，中华书局，1983，556页）而柳宗元敬呈史馆的这篇《逸事状》，则更看重段秀实的"君子之道"，为段秀实"存心"。孟子说："君子所以异于人者，以其存心也。君子以仁存心，以礼存心。仁者爱人，有礼者敬人。爱人者，人恒爱之；敬人者，人恒敬之。"（《孟子·离娄下》）有一次，孔子的弟子司马牛请教如何做君子，孔子回答说："君子不忧不惧。"司马牛又问："不忧不惧，斯谓之君子已乎？"孔子回答："内省不疚，夫何忧何惧？"如果自己问心无愧，那有什么可以忧愁和恐惧的呢？而"内省不疚"，应该就是"存心"的另一种说法，它是"知者不惑"的本原。

在柳宗元看来，称职的史官，"凡居其位，当思直道。道苟直，虽死不可回也；如回之，莫若亟去其位。"（《与韩愈论史官书》，252页）而所谓"直道"，就体现在秉笔为史时，像《春秋传》所说的一样"传信传著"，"虽孔子亦犹是也"。柳宗元撰写《段太尉逸事状》，足以传述段秀实"知者不惑，仁者不忧，勇者不惧"的"君子之道"，所以他信心满满地说："窃自以为信且才。"（《与史官韩愈致段秀实太尉逸事书》，812页）

附　录

段太尉逸事状

柳宗元

太尉始为泾州刺史时，汾阳王以副元帅居蒲，王子晞为尚书，领行营节度使，寓军邠州，纵士卒无赖。邠人偷嗜暴恶者，卒以货窜名军伍中，则肆志，吏不得问。日群行丐取于市，不嗛，辄奋击折人手足，椎釜鬲瓮盎盈道上，袒臂徐去，至撞杀孕妇人。邠宁节度使白孝德以王故，戚不敢言。

太尉自州以状白府，愿计事，至则曰："天子以生人付公理，公见人被暴害，因恬然，且大乱，若何？"孝德曰："愿奉教。"太尉曰："某为泾州，甚适，少事。今不忍人无寇暴死，以乱天子边事。公诚以都虞候命某者，能为公已乱，使公之人不得害。"孝德曰："幸甚！"如太尉请。

既署一月，晞军士十七人入市取酒，又以刃刺酒翁，坏酿器，酒流沟中。太尉列卒取十七人，皆断头注槊上，植市门外。晞一营大噪，尽甲。孝德震恐，召太尉曰："将奈何？"太尉曰："无伤也。请辞于军。"孝德使数十人从太尉，太尉尽辞去，解佩刀，选老躄者一人持马，至晞门下。甲者出，太尉笑且入曰："杀一老卒，何甲也？吾戴吾头来矣。"甲者愕。因谕曰："尚书固负若属耶？副元帅固负若属耶？奈何欲以乱败郭氏？为白尚书，出听我言。"晞出，见太尉。太尉曰："副元帅勋塞天地，当务始终。今尚书恣卒为暴，暴且乱，乱天子边，欲谁归罪？罪且及副元帅。今邠人恶子弟以货窜名军籍中，杀害人，如是不止，几日不大乱？大乱由尚书出，人皆曰尚书倚副元帅，不戢士。然则郭氏功名其与存者几何？"

言未毕，晞再拜曰："公幸教晞以道，恩甚大，愿奉军以从。"顾叱左右曰："皆解甲，散还火伍中，敢哗者死！"太尉曰："吾未晡食，请假设草具。"既食，曰："吾疾作，愿留宿门下。"命持马者去，旦日来。遂卧军中。晞不解衣，戒候卒击柝卫太尉。旦，俱至孝德所，谢不能，请改过。邠州由是无祸。

先是太尉在泾州，为营田官。泾大将焦令谌取人田，自占数十顷，给与农，曰："且熟，归我半。"是岁大旱，野无草，农以告谌。谌曰："我知入数而已，不知旱也。"督责益急。〔农〕且饥死，无以偿，即告太尉。太尉判状辞甚巽，使人（求）〔来〕谕谌。谌盛怒，召农者曰："我畏段某耶？何敢言我！"取判铺背上，以大杖击二十，垂死，舆来庭中。太尉大泣曰："乃我困汝！"即自取水洗去血，裂裳衣疮，手注善药，旦夕自哺农者，然后食。取骑马卖，市谷代偿，使勿知。

淮西寓军帅尹少荣，刚直士也。入见谌，大骂曰："汝诚人耶？泾州野如赭，人且饥死；而必得谷，又用大杖击无罪者。段公，仁信大人也，而汝不知敬。今段公唯一马，贱卖市谷入汝，汝又取不耻。凡为人，傲天灾、犯大人、击无罪者，又取仁者谷，使主人出无马，汝将何以视天地，尚不愧奴隶耶？"谌虽暴抗，然闻言则大愧流汗，不能食，曰："吾终不可以见段公！"一夕自恨死。

及太尉自泾州以司农征，戒其族："过岐，朱泚幸致货币，慎勿纳。"及过，泚固致大绫三百匹，太尉婿韦晤坚拒，不得命。

至都，太尉怒曰："果不用吾言！"晤谢曰："处贱，无以拒也。"
太尉曰："然终不以在吾第。"以如司农治事堂，栖之梁木上。泚
反，太尉终，吏以告泚，泚取视，其故封识具存。

太尉逸事如右。元和九年月日，永州司马员外置同正员柳宗
元谨上史馆。今之称太尉大节者出入，以为武人一时奋不虑死，
以取名天下，不知太尉之所立如是。宗元尝出入岐、周、邠、
鄜间，过真定，北上马岭，历亭障堡戍，窃好问老校退卒，能言
其事。太尉为人姁姁，常低首拱手行步，言气卑弱，未尝以色待
物，人视之儒者也。遇不可，必达其志，决非偶然者。会州刺史
崔公来，言信行直，备得太尉遗事，覆校无疑。或恐尚逸坠，未
集太史氏，敢以状私于执事。谨状。

（《柳宗元集》卷八，中华书局，1979，175—179 页）

生于忧患，死于安乐
——读欧阳修《读李翱文》

言"忧"之作

欧阳修像

说到北宋文学家欧阳修（1007—1072）的散文，人们最为津津乐道的是《醉翁亭记》《六一居士传》《丰乐亭记》等畅然言"乐"之文，也喜读《秋声赋》等悲中有乐之文，欣赏欧阳修那种怡然自乐、达观洒脱的处世态度。但是，人们却往往有意无意地淡忘了欧阳修的言"忧"之作与"忧患"之情。其实，"忧"恰恰是欧阳修最为深沉的感慨和最为隐秘的心曲，甚至是建构欧阳修士大夫人格的潜在基因。而作于北宋景祐三年（1036）的《读李翱文》（《欧阳修全集》卷七二，中华书局，2010，1049—1050页），就是一篇值得细细阅读、慢慢品味的言"忧"之作。

虽然标题为《读李翱文》，但这篇文章并不仅仅是一篇单纯的

"读书随笔"，而是针对现实政治状况有感而发的作品。

明道二年（1033）三月，仁宗赵祯（1010—1063）在登基第十二个年头后，开始亲自主持朝政，第二年改年号为"景祐"。这十来年间，前朝老臣吕夷简（978—1044）以宰相之职，长期执掌大权，位尊势盛。庆历三年（1043），欧阳修上疏批评吕夷简"二十四年间坏了天下"的行为，说："盖其在位之日，专夺国权，胁制中外，人皆畏之，莫敢指摘。"（《欧阳修全集》卷一百《论吕夷简札子》，1543页）

天圣七年（1029），范仲淹（989—1052）曾给晏殊（991—1055）写信，说："侍奉皇上，当危言危行，绝不逊言逊行、阿谀奉承，有益于朝廷社稷之事，必定秉公直言，虽有杀身之祸也在所不惜。"（《范仲淹全集·文集》卷十《上资政晏侍郎书》，四川大学出版社，2007，230—237页）仁宗亲政后，授范仲淹右司谏一职，他仍然"危言危行"，"言事无所避，大臣权倖多恶之"（《续资治通鑑》卷四〇，中华书局，1957，943页）。

景祐三年（1036）五月，范仲淹时任吏部员外郎、权知开封府，因不满宰相吕夷简把持朝政，培植党羽，任用亲信，向仁宗皇帝进献《百官图》，指明任命官员要公私分明，升降有序，强调"进退近臣，不宜全委宰相"。吕夷简不甘示弱，与范仲淹交章论辩，反而弹劾范仲淹"越职言事，勾结朋党，离间君臣"。范仲淹又连上四章，论斥吕夷简狡诈机变。于是范仲淹坐讥刺大臣，罢黜现职，贬为饶州太守。侍御史韩缜曲意迎合吕夷简，奏请在朝堂张榜，公示范仲淹同党姓名，以警戒百官越职言事（《续资治通鑑》卷四〇，943页）。

　　范仲淹被贬以后，朝廷中的谏官、御史无人敢言。只有秘书丞、集贤校理余靖独自上书，论范仲淹过不当贬，却被落职监筠州酒税。太子中允、馆阁校勘尹洙随即上书，自请与范仲淹同贬，并说："仲淹既以朋党得罪，臣固当从坐，乞从降黜，以明典宪。"于是贬为崇信军节度掌书记，监郢州酒税。（《续资治通鑑》卷四〇，944页）

　　这时，欧阳修任镇南节度掌书记、馆阁校勘，写信给右司谏高若讷，谴责他身任言官，却不敢进言为范仲淹辩护（《欧阳修全集》卷六八《与高司谏书》，988—990页）。高若讷阅信后，恼羞成怒，随即将信进呈仁宗，并上疏论列，于是欧阳修也受到牵连，贬为夷陵县令（《续资治通鑑》卷四〇，944页）。

　　面对如此混乱不堪、颠倒黑白的朝政，欧阳修难免忧从中来，悲愤难抑。景祐三年十月十七日，在贬谪途中，欧阳修撰写了《读李翱文》。他深深地感受到，当时的宋王朝，就像李翱生活的中唐时期一样，面临着重重政治危机，如果不改革弊政，擢用贤能，必将重蹈历史的覆辙。有鉴于此，欧阳修虽然身处逆境，却难以抑制心中忧虑，感慨万千："呜呼！在位而不肯自忧，又禁他人使皆不得忧，可叹也夫！"

读心之术

　　李翱（772—841），字习之，陇西成纪（今甘肃天水）人。唐德宗贞元十四年（798）中进士，授任校书郎，累迁至京兆府司录参军。宪宗元和初，任国子博士，擢考功员外郎、史馆撰修。李翱性情刚烈，跟范仲淹一样，在朝中议事论人，往往激切直言，无所回避，这导致他仕途时升时降，屡进屡出。所以他执笔为文，往往借题发挥，抨击时政。

　　李翱的文集不知何人编纂，但去取精审，编纂有序。现存最好的版本，是明末毛晋汲古阁刊刻的十八卷本《李文公集》，也就是《四库全书》所收本（《景印文渊阁四库全书》第1078册）。按这一版本的编纂体例，大略以类相从，卷一"赋类"第二篇即《幽怀赋》，卷二为《复性书》三篇，卷六第一篇为《答韩侍郎书》（即《与韩侍郎荐贤书》）。由此可见，欧阳修撰写的《读李翱文》，虽然表面上呈现为"顺叙法"，即依次叙述阅读的先后过程——先读《复性书》，次读《与韩侍郎荐贤书》，最后读到《幽怀赋》。但是实际上，这应当不是他真正的"阅读顺序"，而是他在阅读李翱文集后，"有意为

南宋马公显绘《药山李翱问答图》（局部），画中描绘了李翱和药山禅师的问道之会。

之"地撰述读后感受的"写作顺序"。这样的行文结构，既揭示了欧阳修别具匠心的"作文之法"，更表露了欧阳修独具一格的"读心之术"。

欧阳修首先谈论读《复性书》的感受，这也许是因为这篇文章在李翱本人和后世的读者看来，无疑是李翱最重要的代表作。《复性书》分上、中、下三篇，发挥《中庸》"天命之谓性"的思想，主张"性善情恶"的人性说，论述"性命之源"等问题，并提出复性的途径是"视听言行，循礼而动"，做到"忘嗜欲而归性命之道"，使心身在"弗思弗虑"中达到"清明""至诚"的境界。《复性书》在唐宋"道学"思想发展史上具有相当重要的意义，南宋范浚甚至认为此文"贯穿群经，根极理要，发明圣人微旨良多，疑（韩）愈所不逮。"（《范香溪先生文集》卷一六《答徐提干书》，《四部丛刊续编》第65册）但是在欧阳修看来，《复性书》的内容，不过是为《中庸》作注释和阐发，既缺乏精辟的见识，理解能力强的人可以不读它而直接读《中庸》，也缺乏感人的魅力，理解能力弱的人读它也读不懂。因此这样的文章可以不写。

接着，欧阳修谈论读《与韩侍郎荐贤书》的感受。在中国古代，书札尺牍是文士之间社会交往、思想交流、情感沟通的主要媒介。如果说，《复性书》之类的文章是一种公开发表的学术论著，多少带有"自我装饰"的特征，那么，书札尺牍则既在公共领域流传，也因其"私人写作"的特点，带有某些"私密性"，相对而言有着更为浓重的"自我表达"特征。李翱是韩愈（768—824）的侄婿，曾从韩愈学古文、倡古道，两人亦师亦友，晚唐五代时人们已并称"韩、李"（《旧唐书》卷一六四《韩愈传》，中华书局，

1975，4215页）。李翱写这封信时，韩愈正在朝中任吏部侍郎，执掌职务任免。而李翱感愤于当世没有愿意荐拔自己的人，"故丁宁如此"，当有希望韩愈举荐自己的意思。当然文章称颂韩愈"好贤"，将韩愈比作"秦汉间好义行侠之一豪隽耳"，评论还是有分寸的。《与韩侍郎荐贤书》对现实政治已经表露出一些"愤愤然"的感慨，但是欧阳修却一针见血地指出，李翱写这篇文章，仅仅是因为个人的升迁不顺而"心有戚戚焉"，并没有超越一己的求名私利，如果他得志了，就未必如此。因此，这样的文章价值有限，意义不显。

经过这两层铺垫以后，欧阳修才切入正题，谈论阅读《幽怀赋》的体会。但是他仍然没有直说明言，而是有意地宕开一笔，以夸张的笔调，表达由衷的赞赏，用以先声夺人，感染读者："最后读《幽怀赋》，然后置书而叹，叹已复读，不自休。恨翱不生于今，不得与之交；又恨予不得生翱时，与翱上下其论也。"

中怀自得

那么，在李翱的文章中，欧阳修为什么如此欣赏《幽怀赋》呢？欧阳修特意将韩愈跟李翱相比较，写道："凡昔（《文粹》本作'况乃'）翱一时人，有道而能文者，莫若韩愈。愈尝有赋矣，不过羡二鸟之光荣，叹一饱之无时尔。此其（《文粹》本作'推是'）心使光荣而饱，则不复云矣。若翱独不然，其赋曰：'众嚣嚣而杂处兮，咸叹老而嗟卑。视予心之不然兮，虑行道之犹非。'又怪神尧以一旅取天下，后世子孙不能以天下取河北，以为忧。呜呼！使当时君子皆易其叹老嗟卑之心，为翱所忧之心，则唐之天下岂有乱与亡哉！"

从贞元二年（786）到八年，韩愈在长安参加了四次进士科考试，千辛万苦才考中进士。按照唐代制度，礼部录取的进士，还要经过吏部考试才能任官。于是贞元九年，韩愈参加吏部的博学宏辞科考试，不幸落选。贞元十一年正月到三月，他接连三次上书宰相，陈述自己"遑遑乎四海无所归，恤恤乎饥不得食，寒不得衣"的窘况（《韩昌黎文集校注》卷三《上宰相书》，上海古籍出版社，1986，155页），请求宰相予以援手。但如此洋洋洒洒的宏文，并没有打动宰相，却如石沉大海，杳无音信。

这年五月，韩愈怀着悲愤失意的心情离开长安，东归故乡。在路上，他看到使臣进献的白乌、白鹨鸰两只鸟，"惟以羽毛之异，非有道德智谋、承顾问、赞教化者，乃反得蒙采擢荐进，光耀如此"。回观自己，虽然才高品正，却"曾不得名荐书，齿下士于朝，以仰望天子之光明"。于是他撰写了《感二鸟赋（并序）》，抒发"不遇时之叹"。赋中写道："感二鸟之无知，方蒙恩而入幸。唯进退之殊异，增余怀之耿耿。"欧阳修认为，如果韩愈当时能像二鸟一样"光荣而饱"，满足入仕做官的意愿，就会忻忻然地"有食而从之"，而不会写《感二鸟赋》，发泄牢骚满腹了（以上引文均见《韩昌黎文集》卷一《感二鸟赋（并序）》，1—2页）。

其实，"光荣而饱"并非韩愈刻意倡扬的人生旨趣，更非韩愈努力锻铸的人格精神。苏舜钦（1008—1049）对韩愈这篇文章的批评，就说得颇有分寸，可资玩味："又观其《感二鸟赋》，悲激顿挫，有骚人之思，疑其年壮气锐，欲发其藻章，以耀于世，非其所存也。"（《苏舜钦集》卷十《答马永书》，上海古籍出版社，1981，112页）而欧阳修之所以借评论《感二鸟赋》来贬抑韩愈，更为重要的是因为不满于韩愈所彰显的"光荣而饱"的士人人格，而极力褒扬《幽怀赋》的独到旨趣。这是欧阳修用笔行文，有意而为之的，借以达到"纡余委备，往复百折，而条达疏畅，无所间断"的艺术效果（苏洵《嘉祐集》卷一二《上欧阳内翰第一书》，《景印文渊阁四库全书》第1104册）。

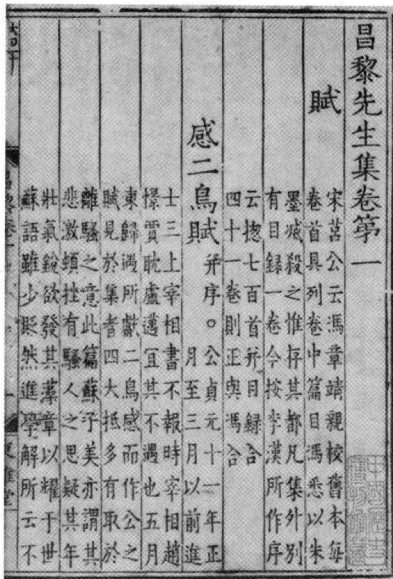

明东雅堂翻刻本《昌黎先生集》卷首

　　比较李翱的《幽怀赋》与韩愈的《感二鸟赋》，二者的确面貌迥异，旨趣判然。《幽怀赋》开门见山就直陈："众嚣嚣而杂处兮，咸叹老而嗟卑。视予心之不然兮，虑行道之犹非。傥中怀之自得兮，终老死其何悲？"李翱虽然仕途不顺，但并没有像韩愈等人那样"叹老而嗟卑"，斤斤计较一己之得失，而是心怀天下，深深忧虑"行道之犹非"。他由衷地感慨，唐高祖李渊兵微将寡，却能"以一旅取天下"。而后继者，如与李翱同时的德宗李适、宪宗李淳，却姑息河北诸藩镇，如吴元济、王承宗、李师道等，拥兵自重，导致战乱不息。

　　《幽怀赋》写道："自禄山之始兵兮，岁周甲而未夷。"安禄山范阳之变，在天宝十四载（755），历六十年，即元和十年（815），《幽怀赋》当撰于此时。李翱四十二岁，被河南尹郑权辟为河南府户曹参军，远离朝廷，地位卑微，却没有像韩愈那样"为赋以自悼"，而是一腔热血，感伤国事，忧心忡忡，希冀挽狂澜于既倒，憧憬"中怀之自得"。此志此怀，岂不令欧阳修肃然起敬，感慨万千："呜呼！使当时君子皆易其叹老嗟卑之心，为翱所忧之心，则唐之天下岂有乱与亡哉！"

归重愤世

然而，对欧阳修来说，述古乃为鉴今，感唐实则悲宋。欧阳修读李翱《幽怀赋》，从内心中喷薄而出的，是对当下政治局势的深切忧愤。正如明人茅坤所说的："其结胎全在感当时事上，归重于愤世。"（《唐宋八大家文钞》卷六〇评语，《景印文渊阁四库全书》第1383册）

欧阳修生活的时代，恰值北宋王朝的鼎盛时期。苏轼概括道："宋兴七十余年，民不知兵，富而教之，至天圣、景祐极矣。"（《苏轼文集》卷十《六一居士集叙》，中华书局，1986，315页）但是，北方契丹觊觎南侵，西北西夏亦虎视眈眈，宋王朝仍然面临重重危机。所以欧阳修沉痛地说："然翱幸不生今时，见今之事，则其忧又甚矣。"

而当时手握重权的宰相吕夷简、王曾等人，却一味尸位素餐，沉湎逸乐，不仅毫无忧患意识，甚至陶醉于升平景象。欧阳修曾上疏批评道："以夷简为陛下宰相，而致四夷外侵，百姓内

困，贤愚失守，纪纲大隳，二十四年间坏了天下。"（《欧阳修全集》
卷一百《论吕夷简札子》，1542—1543页）

　　面对这样的现实政治，欧阳修提出了诛心之论："奈何今之
人不忧也？余行天下，见人多矣，脱有一人能如翱忧者，又皆贱
（《文粹》本作'疏'）远，与翱无异。其余光荣而饱者，一闻忧
世之言，不以为狂人，则以为病痴子，不怒则笑之矣。"像范仲
淹等人这样清醒自觉，敢于忧心国事，犯颜直谏的朝臣，在当时
实在是凤毛麟角。所以梅尧臣称许范仲淹说："古来中酒地，今
见独醒人。"（《寄饶州范待制》，《梅尧臣集编年笺注》卷五，上海古籍出版
社，1980，95页）而这些忧民忧国的士大夫，反而却被人们视为"狂
人"，或讥为"病痴子"，悉数贬官逐远，难以在朝秉政。

　　行文至此，欧阳修因读李翱文章而激发出来的情感，已然千
回百旋，曲折跌宕，层层递进，仿佛题无剩义了。但是欧阳修偏
偏能再推进一层，以犀利而又悲怆的警世之言，突作变徵之声，
最终戛然而止："呜呼！在位而不肯自忧，又禁他人使皆不得忧，
可叹也夫！"宋末元初人李淦读此文，至最后这一句，不禁凛然一
振，说："有'呜呼'二字，固是世变可叹，亦是此老文字遇感慨
便精神。"（《文章精义》）清初人林云铭也评价说："文之曲折感怆，
能令古今来误国庸臣无地生活。"（《古文析义》卷一四）

心怀天下

　　然而，"在位"者可以"不肯自忧"，而想要做到"禁他人使皆
不得忧"，毕竟是徒劳无功的。欧阳修在贬谪途中，率然以"忧"

为主脉，撰写《读李翱文》，称许李翱"所忧之心"，就是显例。因为恰恰是李翱的"所忧之心"，凝聚成北宋士大夫昭彰较著的理想人格，而且蔚然成为一代士风。作为北宋时期士大夫理想人格的典型，范仲淹就以敢于言"忧"、善于言"忧"而享誉天下。在欧阳修撰写此文之前的天圣五年（1027），范仲淹在丁母忧之际，仍然心系天下，甚至逾越典制，上书宰相，畅论天下大事，倡言："不以一心之戚，而忘天下之忧，庶乎四海生灵长见太平。"（《范仲淹全集》卷九《上执政书》，第210—219页）在欧阳修撰写此文之后的庆历四年（1044），范仲淹撰写《岳阳楼记》，更是明确地倡导："先天下之忧而忧，后天下之乐而乐""居庙堂之高则忧其民，处江湖之远则忧其君"（《范仲淹全集·文集》卷八，194—195页）。

　　欧阳修所说的不敢"忘天下之忧"，或不可"忘天下之忧"，换一种表达方式，就是"以天下为己任"（《宋史·范仲淹传》）。景祐三年范仲淹被贬后，梅尧臣撰写《灵乌赋》一文赠送他，赋中以好心告诫主人而被视为凶兆的灵乌比喻范仲淹，为之鸣不平。范仲淹复赠一篇《灵乌赋》，回应梅尧臣"结尔舌兮铃尔喙"的劝诫，坦率地表白：在"告之则反灾于身"与"不告之则稔祸于人"二者之间，他情愿选择"宁鸣而死，不默而生"（《范仲淹全集·文集》卷一，8—9页）。这就是说，面对天下大事，不仅要"忧"，而且还要敢于"言忧"。这种坚毅的担当精神，是支撑范仲淹等士大夫实践政治理想的内在动力。

　　士大夫身处湍激的政治漩涡之中，对于一己而言，固然是"鸣而死""默而生"；但是对于天下而言，却是"生于忧患而死于安乐"（《孟子·告子下》》。因此，当士大夫抱定"以天下为己任"信念之时，无时不"忧"，无地不"忧"，"宁鸣而死，不默而生"，就熔铸成他们高迈的主体人格。这种高迈的主体人格，无疑是北宋定鼎以来独特的政治文化环境的养成，并且成为后世士人瞻仰的典型和砥砺的范式，堪称中华文化中的一股清流。

附　录

读李翱文

欧阳修

予始读翱《复性书》三篇，曰：此《中庸》之义疏尔。智者诚（《欧阳先生文粹》本作"识"）其性，当读（《文粹》本作"复"）《中庸》。愚者虽读此，不晓也，不作可焉。又读《与韩侍郎荐贤书》，以谓翱特穷时，愤世无荐己者，故丁宁如此，使其得志，亦未必然。以韩为"秦汉间好侠行义之一豪隽"，亦善论（《文粹》本作"喻"）人者也。最后读《幽怀赋》，然后置书而叹，叹已复读，不自休。恨翱不生于今，不得与之交；又恨予不得生翱时，与翱上下其论也。

凡昔（《文粹》本作"况乃"）翱一时人，有道而能文者，莫若韩愈。愈尝有赋矣，不过美二鸟之光荣，叹一饱之无时尔。此其（《文粹》本作"推是"）心使光荣而饱，则不复云矣。若翱独不然，其赋曰："众嚣嚣而杂处兮，咸叹老而嗟卑。视予心之不然兮，虑行道之犹非。"又怪神尧以一旅取天下，后世子孙不能以天下取河北，以为忧。呜呼！使当时君子皆易其叹老嗟卑之心，为翱所忧之心，则唐之天下岂有乱与亡哉！

然翱幸不生今时，见今之事，则其忧又甚矣。奈何今之人不忧也？余行天下，见人多矣，脱有一人能如翱忧者，又皆贱（《文粹》本作"疏"）远，与翱无异。其余光荣而饱者，一闻忧世之言，不以为狂人，则以为病痴子（《欧阳修全集》本据清嘉庆二十四年欧阳衡编校本作"予"，从下读，此从周必大本、《四部丛刊》本、《文粹》本），不怒则笑之矣。呜呼！在位而不肯自忧，又禁他人使皆不得忧，可叹也夫！

　　景祐三年十月十七日，欧阳修书。

（《欧阳修全集》卷七二，中华书局，2010，1049—1050 页，标点略有改动）

"精悍之色，犹见于眉间"
——读苏轼《方山子传》

真传神手

苏轼像

苏轼写过一篇短文《传神记》，以春秋时期楚国宫廷艺人优孟化装成已故宰相孙叔敖，"抵掌谈笑，至使人谓死而复生"的故事为例证，说明人物肖像画的真谛在神似，而不在形似，他说："此岂举体皆似，亦得其意思所在而已。"（《苏轼文集》卷一二，中华书局，1986，400页）演员扮演现实人物，无论演技多么高超，都不可能做到"举体皆似"，但却能做到捕捉人物之"神"，从而"得其意思所在"。画家也是如此。所以苏轼认为："论画以形似，见与儿童邻。"（《苏轼诗集》卷二九《书鄢陵王主簿所画折枝二首》其一，中华书局，1982，1525页）如果仅仅以是否"形似"来评价一幅人物肖像画的水平高低，那是缺乏艺术眼光的，而且更重要的是缺乏生活的阅历。

人物肖像画以传神见长，人物传记也应该以传神取胜。苏轼的《方山子传》之所以脍炙人口（《苏轼文集》卷一三，420—421页），就是因为它是一篇传神的人物传记。清初储欣评道："始侠而今隐，侠处写得豪迈，须眉生动，则隐处益复感慨淋漓，真传神手也。"（《唐宋八大家类选》卷一三）

《方山子传》的传主陈慥（1040—?），字季常，眉州青神（今四川眉山青神县）人，是苏轼的同乡好友。元丰二年（1079）七月二十八日，苏轼被控诗语讥讽朝廷，在湖州被捕。从八月十八日开始到十二月二十八日，苏轼在京城御史台狱中一百三十天，经受了严酷的审讯，史称"乌台诗案"。"诗案"结束后，苏轼被贬谪黄州（今湖北黄冈），限时离京。

元丰二年（1079）正月二十五日这天，阴云密布，雨雪漫山，草木黯然，只见陈季常"白马青盖"，跋涉二十五里，"长啸歌吟"迎接苏轼。"他乡遇故知"，这实在出乎苏轼意料，惊喜之情，溢于言表。苏轼在陈季常的岐亭住所逗留五日，方才依依不舍地别离（见《苏轼诗集》卷二三《岐亭五首（并序）》，1203—1209页）。这次见面，给苏轼留下极其深刻的印象，所以大约第二年，他就撰写了《方山子传》（见孔凡礼《苏轼年谱》。一说写于元丰五年，见闫笑非《读苏轼〈方山子传〉》，《求是学刊》1991年第5期）。

那么，怎么才能像画一幅栩栩如生的肖像画一样，给陈季常这位好友写一篇活灵活现的人物传记呢？苏轼没有采用一般传记的写法，平铺直叙地交代人物的籍贯、世系、姓名、生平、家庭成员，因为那顶多只能做到"形似"。而苏轼着意追求的是"得其意思所在而已"的"神似"，所以特意运用画龙点睛、白描勾勒、细节刻画、意在言外等灵动的笔触，传神地描绘出陈季常的形

象。明人李贽赞叹说："变传之体，得其景趣，可惊可喜。"〔郑圭
（之惠）评选《苏长公合作·补》卷下引，明万历间书林叶敬轩刻本〕不是求其
"实"，而是得其"趣"，这正是《方山子传》的用心所在。

以笔勾取其形

苏轼认可东晋画家顾恺之的说法："传形写影，都在阿堵中。"
所以他说："传神之难在目。"又说："其次在颧颊。"眼睛也好，
颧颊也好，都是人体的一个小小的部位，但是却具有以小显大、
由表及里的独特功能，这是因为正是这一个小小的部位，恰恰揭
示了一个人与众不同的特征。正如苏轼所说的："凡人意思各有所
在，或在眉目，或在鼻口。"他甚至举例顾恺之名言，说："颊上加
三毛，觉精采殊胜。"（均见《传神记》）在苏轼看来，陈季常与众不同
的"意思"，首先就在那顶别出心裁的"方山冠"。

"方山冠"是汉代乐舞人佩戴的一种方形高帽，前高七寸，
后高三寸，长八寸，用有皱纹的彩色细纱制成，以青、白、红、
黑、黄五色代表木、金、火、水、土五行，并且象征东、西、
南、北、中五方神力，这是汉代宗庙祭祀活动时歌乐舞蹈者特有
的服饰（参东汉蔡邕《独断》《后汉书·舆服志下》、胡三省注《资治通鉴·汉昭
帝元平元年》）。据说，唐代隐士喜欢佩戴方山冠，所以方山冠就成为
隐士的标志性服饰。

陈季常"白马青盖"迎接苏轼时，是否戴着方山冠？我们不
得而知，但他的确是以遗世独立的隐士形象出现在我们面前的，
《方山子传》开门见山就说："方山子，光、黄间隐人也。"并且

解释道，因为陈季常戴着"方屋而高"的奇特帽子，人们认定这是"古方山冠之遗像"，所以称他为"方山子"——"子"是古代对有道德、有学问的人的尊称。

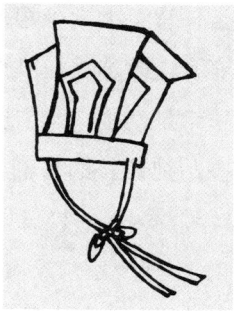

方山冠

当然，能看出陈季常戴的奇特帽子是"古方山冠之遗像"的人，绝不是平民百姓，而是熟悉古代典籍的读书人。《方山子传》的第一段借助这些读书人的叙述口吻，概述了陈季常的"人生三部曲"："少时慕朱家、郭解为人，闾里之侠皆宗之。稍壮，折节读书，欲以此驰骋当世。然终不遇，晚乃遁于光、黄间曰岐亭。庵居蔬食，不与世相闻。弃车马，毁冠服，徒步往来山中，人莫识也。"同样采用"全知叙事"的视角，但苏轼并没有像一般传记那样，用繁复、精细的笔触详细地叙述陈季常的生平事迹，而是以极其简洁、极其跳脱的白描笔法，勾勒出陈季常少年侠士、壮年志士、晚年隐士的神情状貌。

秦汉之际的朱家、西汉初年的郭解等游侠，平生好助人之急，济人之危，而从不居功自傲，就像司马迁所称道的那样："虽时扞当世之文罔，然其私义廉洁退让，有足称者。名不虚立，士不虚附。"（《史记·游侠列传》）少年陈季常之所以受到人们的普遍爱戴，以至于"闾里之侠皆宗之"，应该是具有这种古游侠"为人"的风范。

当然，任侠尚义不过是陈季常"少不更事"时的行径，他毕竟是官宦出身，心中向往的还是成为"驰骋当世"的志士。陈季常的父亲希亮（1001？—1065），字公弼，天圣五年（1027）中进士，官至太常少卿。嘉祐八年（1063）夏天，陈希亮赴任凤翔知府，这时苏轼任凤翔府通判，是他的僚属。陈希亮有四个儿子，季常是幼子，本来应该受到父母的疼爱，受恩荫而得官。但陈希亮却把荫补的名额先尽着其他族人，季常终究没有得到恩荫（参范镇《琬琰集删存》卷二《陈公少卿希亮墓志铭》、《苏轼文集》卷一三《陈公弼传》）。所以季常发愤图强，壮年时"折节读书"，像宋朝绝大多数士人一样，希冀走科举入仕的道路，施展才学抱负。

但不幸的是，科举入仕的大门始终未向陈季常敞开。所以到他四十岁左右，仍当壮年，季常却避世隐居，甚至隐姓埋名，远遁他乡，带着妻子奴婢，到光州、黄州交界的岐亭（今湖北麻城西南），过起隐居生活。苏轼的方外友人道潜（1043—1106）赠诗给季常，说："先生妙龄已绝人，放浪江湖弃簪组。"（孙海燕点校《参寥子诗集》卷一《陈季常静庵》，上海古籍出版社，2017，8页）

中国传统绘画擅长白描，即以墨色线条勾勒轮廓或人物，而不加设色渲染。清人沈宗骞说：凡画人物，"其最初而最要者，在乎以笔勾取其形，能使笔下曲折周到，轻重合宜，无纤毫之失，则形得而神亦在个中矣。"（《芥舟学画编》卷四《人物琐论》，《续修四库全书》第1068册影印清乾隆四十六年冰壶阁刻本，552页）《方山子传》的第一段，便是借助于第三人称的白描手法，"以笔勾取其形"，简洁明了地描绘出陈季常四十年来大起大落的人生轨迹。

气韵生动

白描勾勒之所以足以传神，是因为画家和作家善于捕捉人物形象最富特征的细节，做到由小见大，以少胜多。这是因为只有细节才最富于生气，元人杨维桢说得好："故论画之高下者，有传形，有传神。传神者，气韵生动是也。"（《东维子文集》卷一一《图绘宝鉴序》，《四部丛刊初编》影印鸣野山房钞本）传神之所以能达到"气韵生动"的境界，是因为人物形象周身充溢着人格的魅力。而恰恰是细节，最能透露出人物的"气韵"。

细节的捕捉得力于画家和作家的独特眼光。在莫逆之交苏轼的眼中、心中，陈季常即使佩戴方山冠，即使"庵居蔬食"，即使"不与世相闻"，但仍然是他的"故人"，仍然具有一以贯之的人格特征——"精悍之色，犹见于眉间，而岂山中之人哉！"于是，从《方山子传》的第二段开始，苏轼便转而采用第一人称叙事，在今昔对比中，运用细节刻画，凸显陈季常之所以堪称"方山子"的精神所在。

曾几何时，陈季常是一位狂放不羁的少年侠士，"使酒好剑，用财如粪土"。十九年前，苏轼在岐山初识季常，两人声气相投，相见恨晚。少年季常意气风发，飞扬跋扈："从两骑，挟二矢，游西山。鹊起于前，使骑逐而射之，不获。方山子怒马独出，一发得之。"这一飞马射鹊的细节，深深地烙印

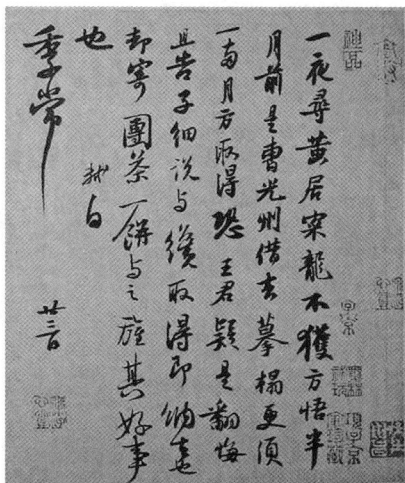

苏轼《致季常尺牍》（又名《一夜帖》）

在苏轼心中，也给读者留下深刻的印象。更何况自诩为"一世豪士"的陈季常，还富有文韬武略，擅长"论用兵及古今成败"。

然而时过境迁，十九年后，苏轼在岐亭再见季常，却不禁"耸然异之"。他写道："方山子亦矍然问余所以至此者。余告之故，俯而不答，仰而笑，呼余宿其家。环堵萧然，而妻子奴婢皆有自得之意。"

陈季常得知苏轼因"乌台诗案"贬谪黄州的缘由之后，他的动作和表情是"俯而不答，仰而笑"。这一生动的细节，包蕴着极其丰富的意味。"俯而不答"，隐含季常对友人贬谪遭遇的理解与同情；"仰而笑"，则表现出季常对自身目前处境的坦然与满足。

孔颜乐处

苏轼寄宿在季常之家时，最让他感到"耸然异之"的，还是他深深感受到，季常一家弃富贵而甘贫贱的"自得之意"，居然契合于中国古代士人心向往之的"孔颜乐处"的人生境界！

孔子说："富与贵，是人之所欲也，不以其道得之，不处也；贫与贱，是人之所恶也，不以其道得之，不去也。君子去仁，恶乎成名？君子无终食之间违仁，造次必于是，颠沛必于是。"（《论语·里仁》）朱熹在《四书章句集注》中解释道："言君子所以为君子，以其仁也。若贪富贵而厌贫贱，则是自离其仁，而无君子之实矣，何所成其名乎？"

在孔子看来，君子之所以堪称"君子"，是因为他无论处在什么样的境遇中，都不会违背仁德，而只是一心向道，因此都能得到内心的快乐。因此，"忧道不忧贫"，甚至"君子固穷"（《论语·卫灵公》），就成为儒家追求的一种人格理想。孔子以为，"不义而富且贵，于我如浮云"；相反，如符合正道，则"饭疏食饮水，曲肱而枕之"，也同样"乐亦在其中矣"（《论语·述而》）。这样的"乐"是一处精神享受，是支撑"道"的具体力量。这时的人格世界，是安和、宁静而充实、自得的世界。

颜回从小就跟着孔子学习，在孔子"四科十哲"中首屈一指。孔子称赞他："贤哉，回也！一箪食，一瓢饮，在陋巷，人不堪其忧，回也不改其乐。贤哉，回也！"（《论语·雍也》）颜回身处穷困而精神乐观，不因外物之"陋"而影响内心之"乐"，这就达致最高意义上的"贤"。程颢解释道："箪瓢陋巷非可乐，盖自有其乐耳。'其'字当玩味，自有深意。"（王孝鱼点校《二程集·河南程氏遗书》卷一二，中华书局，1981，135页）不是"穷"本身有什么可"乐"的，而是内心精神世界"自有其乐"，颜回只不过是乐其所乐而已。

陈季常出身于豪贵之家，《方山子传》写道："其家在洛阳，园宅壮丽与公侯等。河北有田，岁得帛千匹，亦足以富乐。"他年轻时享受过富贵荣华，也曾"用财如粪土"。但是到晚年，他居然"皆弃不取，独来穷山中"，带着一大家子，居住在狭窄破败的屋子里——"君家大如掌，破屋无遮幕。"（《岐亭五首（并序）》其四，1208页）这不是自讨苦吃吗？但是，这一家子居然还"皆有自得之意"，这岂不让苏轼"耸然异之"，并且刨根问底："此岂无得而然哉？"那么，陈季常的"自得"究竟是什么呢？

南宋罗大经说得很透彻："吾辈学道，须是打叠教心下快活。……学道而至于乐，方是真有所得。大概于世间一切声色嗜好洗得净，一切荣辱得丧看得破，然后快活意思方自此生。"（王瑞来点校《鹤林玉露》丙编卷二《忧乐》，中华书局，1983，273页）孔子说："君子坦荡荡，小人长戚戚。"（《论语·述而》）这是因为君子从不将得失放在心上，而小人却不是这样，"其未得之也，患得之；既得之，患失之"（《论语·阳货》）。苏轼对此是深有体会的，他曾经对苏辙说："士方其未得，惟以不得忧。既得又忧失，此心浩难收。"（《苏轼诗集》卷四《和子由〈闻子瞻将如终南太平宫溪堂读书〉》，179页）只有得失不萦于心，才能做到"自有其乐"。苏轼称许陈季常是"啸歌方自得"的"隐君子"（《岐亭五首（并序）》其一，1204页），就是因为他超越顺逆得失的计较，享受乐在其中的人生境界，就像古代隐士典型陶渊明所说的："啸傲东轩下，聊复得此生。"（陶潜著、龚斌校笺《陶渊明集校笺》卷三，上海古籍出版社，1996，《饮酒二十首（并序）》其七，224页）

当然，无论是心中的"耸然异之"，还是眼中的"妻子奴婢皆有自得之意"，这都是苏轼主观的自我言说，而不是陈季常客观的形象外现。所以，《方山子传》与其说是"他传"，不如说是"自传"。苏轼在为陈季常传神写照的同时，重新"发现"了陈季常与他自身在人生道路与人格追求上的某种相似性，以类似直觉的方式确认自我存在的价值与意义。苏轼在黄州前后历经五年，他深深地感慨道："桃花流水在人世，武陵岂必皆神仙。"（《苏轼诗集》卷三〇《书王定国所藏烟江叠嶂图》，1608页）对他来说，五年黄州的贬谪生涯，竟然与陶渊明笔下武陵渔人游历的桃花源一样，享受到世外神仙般的乐趣。如果没有充溢心灵的"自得"之情，怎么能达到这样的境界！

精悍之色

在叙写陈季常的"自得之意"中，苏轼获得了精神与人格的自我确证，陈季常形象成为他精神和人格的"镜像"。正因为如此，在苏轼看来，作为"方山子"的陈季常真正值得称道之处，不仅仅在于他"庵居蔬食，不与世相闻"，也不仅仅在于他"环堵萧然"仍"有自得之意"，而更在于他像"光、黄间异人"一样"阳狂垢污"，以至于"精悍之色，犹见于眉间，而岂山中之人哉"！与这位情投意合的好友倾谈，苏轼深深地感受到，陈季常的内心仍然涌动着"驰骋当世"的执着、梦想与追求。这种难以消磨的执着、梦想与追求，与其说是隐居岐亭的陈季常的形象写照，毋宁说是贬谪黄州的苏轼的精神投射。

苏轼以陈季常"终不遇"而隐于世的人生经历，反观自身辗转宦途而屡遭弃置的不幸遭遇，由衷地感叹道："枯松强钻膏，槁竹欲沥汁。两穷相值遇，相哀莫相湿。"那么，这种人生经历与不幸遭遇，让苏轼体会到什么呢？他说："心法幸相语，头然未为急。"[《岐亭五首（并序）》其五，1209页] 他的确领悟到了白居易所谓"万缘成一空"的"心法"（顾学颉校点《白居易集》卷十《梦裴相公》，中华书局，1979，188页），就像晋僧肇《梵网经序》所说的"当求精进，如救头然"只是空幻的梦想，而"但念无常，慎勿放逸"才是清醒的选择。但是领悟到"心法"是一回事，现实的人生却是另一回事。所以他反用杜甫"莫作翻云鹘，闻呼向禽急"（仇兆鳌《杜诗详注》卷五《送率府程录事还乡》其四，中华书局，1979，345页）的诗句，勉励陈季常说："愿为穿云鹘，莫作将雏鸭。"（《岐亭五首（并序）》其五，

1209页）不妨说，身处逆境却始终保持精进之心和鹏举之志，这才是苏轼与季常交游的真正所"得"。

所以，苏轼在《方山子传》的最后写到，做一位"阳狂垢污，不可得而见"的"异人"，这也许是可遇的——"方山子傥见之欤"？但这却是不可求的——"此岂无得而然哉"？连续出现的两个问句，其实是苏轼"问中有答"的"反诘"句。因为苏轼认识到，正是陈季常的"种种以不当隐而隐，方验其非无得而为之"（林云铭《古文析义》卷一三"评语"）。苏轼从季常"独来穷山中"的人生处境，不仅感悟到"皆有自得之意"的超越人格，而且感受到"精悍之色，犹见于眉间"用世之心，从而由正而反、复由反而正地确证自身的人生选择与人格持守。

在苏轼的自我表述中，呈现出极其复杂的思想性格。他既有"少小慕真隐"（《苏轼诗集》卷一九《与胡祠部游法华山》，989页）乃至"本欲逃窜山林"（《苏轼文集》卷六〇《与王庠五首》，1820页）的心理预期，也有"不能便退缩，但使进少徐"（《苏轼诗集》卷二《涮阳早发》，70页）的清醒自戒，还有"虽曰功名富贵所由之途，亦为毁誉得丧必争之地"（《苏轼文集》卷四六《谢馆职启》，1326页）的深刻认知，更有"功名意不已，数与危机会"（《苏轼诗集》卷九《韩子华石淙庄》，463页）的沉痛教训。尽管如此，同宋代大多数士大夫一样，苏轼衷心向往与不懈追求的却是积极用世，利国济民。直到晚年，经历蹭蹬坎坷的仕途，他在给挚友李公择的私信中还说："吾侪虽老且穷，而道理贯心肝，忠义填骨髓，直须谈笑于死生之际。……兄虽怀坎壈于时，遇事有可尊主泽民者，便忘躯为之，祸福得丧，付与造物。非兄，仆岂发此！"（《苏轼文集》卷五一《与李公择十七首》其十一，1500

页）苏轼的人格价值就在于，厌世归隐始终是精神表征，而积极进取则一直是行为主调。

陈季常不愧是苏轼的知己。元丰四年，苏轼三访岐亭，赠季常诗道：“西方正苦战，谁补将帅缺。”[《岐亭五首（并序）》其三，1207页] 这时宋在对西夏战争中连遭惨败，苏轼真诚希望季常放弃隐居生活，施展过人才华，以其文韬武略为国家守边，建功立业。第二年五月，陈季常到黄州见苏轼，苏轼称赞他“夫子胸中万斛宽”，勉励道：“好戴黄金双得胜，休教白苎一生酸。臂弓腰箭何时去，直上阴山取可汗。”（《苏轼诗集》卷二一《谢陈季常赠一揞巾》，1117页）宋人戴头巾，以黄金为大环，双系其带，称之为“得胜环”，隐喻战胜获捷的意思。苏轼并不希望看到陈季常头戴方山冠的装

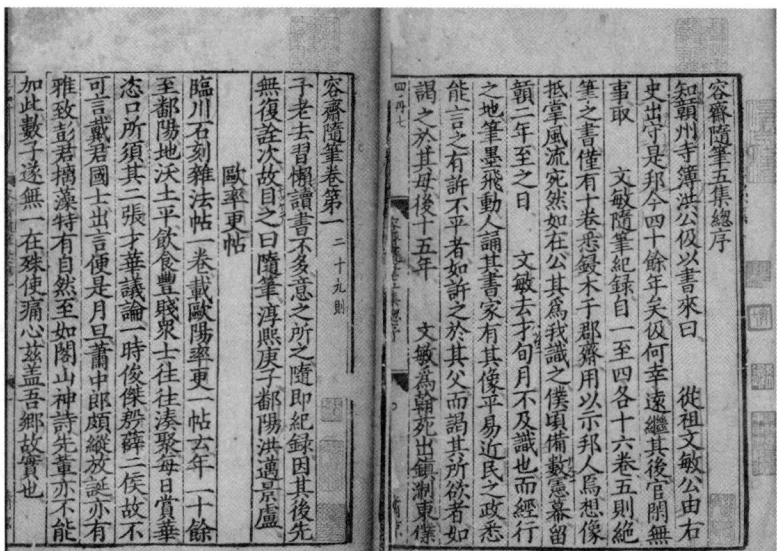

宋刻本《容斋随笔》卷首

束，更不愿看到他戴着白绢巾翩然起舞的样子，而衷心期望季常能够"臂弓腰箭"，驰骋沙场，建功立业。

可是谁也没料到，陈季常让后人津津乐道的，既不是他飞马射鹊的侠士英姿，也不是他头戴方山冠的隐士风范，而是他作为"季常癖"的"惧内"典型。据南宋人记载，陈季常夫人柳氏，性妒凶悍。每逢季常在家里宴请宾客，让歌女即席陪酒时，柳氏就会用木棍敲打墙壁，大声咒骂，把客人吓走。人们还引证苏轼诗句"忽闻河东狮子吼，拄杖落手心茫然"（《苏轼诗集》卷二五《寄吴德仁兼简陈季常》，1341页），盛传为"河东狮吼"的典故（参见《东坡诗话》、《容斋随笔·容斋三笔》卷三等）。元丰四年秋日，陈季常在岐亭家中宴请苏轼时，确实有"村姬"侍酒（《苏轼年谱》据《壮陶阁书画录》引苏轼《跋周韶落籍事后》）但却从未见柳氏"狮子吼"的记载，这显然是后人附会的。不过，这个"莫须有"的故事，倒给"方山子"陈季常涂染上浓厚的喜剧色彩——这位好色而惧内的龙丘先生，如何安分守己、心静如水地度过"穷山中"的寂寞生涯呢？

附　录

方山子传

苏　轼

　　方山子，光、黄间隐人也。少时慕朱家、郭解为人，闾里之侠皆宗之。稍壮，折节读书，欲以此驰骋当世。然终不遇，晚乃遁于光、黄间曰岐亭。庵居蔬食，不与世相闻。弃车马，毁冠服，徒步往来山中，人莫识也。见其所著帽，方屋而高，曰："此岂古方山冠之遗像乎？"因谓之方山子。

　　余谪居于黄，过岐亭，适见焉。曰："呜呼，此吾故人陈慥季常也。何为而在此？"方山子亦矍然问余所以至此者。余告之故，俯而不答，仰而笑，呼余宿其家。环堵萧然，而妻子奴婢皆有自得之意。

　　余既耸然异之。独念方山子少时，使酒好剑，用财如粪土。前十有九年，余在岐下，见方山子从两骑，挟二矢，游西山。鹊起于前，使骑逐而射之，不获。方山子怒马独出，一发得之。因与余马上论用兵及古今成败，自谓一世豪士。今几日耳，精悍之色，犹见于眉间，而岂山中之人哉！

　　然方山子世有勋阀，当得官，使从事于其间，今已显闻。而其家在洛阳，园宅壮丽与公侯等。河北有田，岁得帛千匹，亦足以富乐。皆弃不取，独来穷山中，此岂无得而然哉？余闻光、黄间多异人，往往阳狂垢污，不可得而见。方山子傥见之欤？

（《苏轼文集》卷一三，中华书局，1986，420—421 页）

人 文 篇

"绝境"原来是"梦境"
——读陶渊明《桃花源记》

世外桃源

陶渊明（365?—427）以诗人著称于世，但是他的古文也别具风貌，意味隽永。大约在南朝宋永初二年（421）前后，陶渊明已过"知天命"之年，撰写了《桃花源记并诗》(陶潜著、龚斌校笺《陶渊明集校笺》卷六，上海古籍出版社，1996，402—403页)。《桃花源记》也许是率意而为，也许是精心构撰，竟然成为中国古代散文史上不可多得的名篇。

《桃花源记》以第三人称叙事的笔调，生动地描写了一个与人世隔绝的地方——"绝境"，后人称为"世外桃源"。在陶渊明的笔下，武陵渔人偶然进入人迹罕至的"绝境"，跟他所生活的现实世界相比较，这里显得如此安宁祥和："土地平旷，屋舍俨然。有良田、美池、

陶渊明像

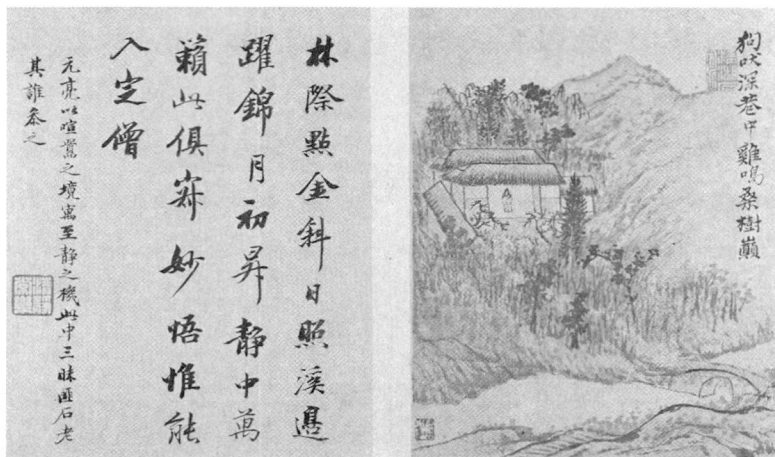

清代石涛绘《陶渊明诗意图》图册之"第四开：狗吠深巷中，鸡鸣桑树颠。"
图册是作者根据东晋著名诗人陶渊明诗句而创作。

桑竹之属。阡陌交通，鸡犬相闻。其中往来种作，男女衣着，悉
如外人。"

　　置身这种远离尘嚣、恍如仙境的境地，不能不让武陵渔人为
之"大惊"，就像武陵渔人的突然出现也让"绝境"中人"大惊"
一样。而跟武陵渔人所生活的现实世界尤为明显的差别，更在于
氤氲于"绝境"之中的人们的心境、风习与情趣。

　　在"绝境"中，"黄发垂髫，并怡然自乐"。这种舒畅和乐的
心境，隐然反衬着武陵渔人所生活的现实世界是不"乐"或不那
么"乐"的，至少不像"绝境"中人这样，无论老少，都无忧无
虑，自得其乐，如同《桃花源诗》所写的"童孺纵行歌，斑白欢
游诣"。

　　在"绝境"中，人们见到武陵渔人这一"不速之客"，毫无

猜忌之心，"便要还家，设酒杀鸡作食。村中人闻有此人，咸来问讯"，"众人各复延至其家，皆出酒食"。这种淳朴友善的风习，隐然反衬着武陵渔人所生活的现实世界少有如此待客的温情而更多人与人之间的"机心"，至少也不会像"绝境"中人这样，无论哪一家都如此热情地接待陌生的来客。这不能不使陶渊明由衷地感叹"淳薄既异源"（《桃花源诗》），人情世态的淳厚与浮薄，差距居然如此巨大。

更有意味的是，在"绝境"中，人们对自身生存的世界心满意足，而对"外面的世界"，一方面固然感叹其瞬息万变，惋惜自己未曾亲见——"问今是何世，乃不知有汉，无论魏晋。此人一一为具言所闻，皆叹惋"；一方面却又丝毫不萦于怀，更毫无"歆羡"之情、"攀比"之心——"此中人语云：'不足为外人道也。'"这种安居乐业、与世无争的情趣，隐然反衬着武陵渔人所生活的现实世界充满"天下熙熙，皆为利来；天下攘攘，皆为利往"（《史记·货殖列传》）的纷扰与喧嚣。

因"忘"而"得"

那么，武陵渔人偶入"绝境"时这种截然不同的人生体验又是怎么发生的呢？陶渊明运用委婉曲折的叙事之笔，为我们娓娓道来。

原来，在陶渊明的笔下，武陵渔人对"绝境"的追寻原本出于"无意"——"缘溪行，忘路之远近"。沿着溪流逶迤而行，不知道道路的远近。这里的点睛之笔是一个"忘"字。与"忘"相对的，便是文章末尾写到的"志"——"但扶向路，处处志之"、"寻向所志"。"忘"与"志"，二者形成如此鲜明的对照："忘"而"忽逢"，"志"而"遂迷"；无意的"缘溪行"反而"忽逢桃花林"，而有意的"寻向所志"反而"不复得路"——人生的缘分竟然如此吊诡！武陵渔人之因"忘"而"得"，略近于庄子所谓"心斋"："无听之以耳而听之以心，无听之以心而听之以气。听止于耳，心止于符。气也者，虚而待物者也。唯道集虚。虚者，心斋也。"（《庄子·人间世》）。这也正如苏轼《和桃花源诗》所说的："心闲偶自见，念起忽已逝。欲知真一处，要使六用废。"（《苏轼诗集》卷四十，中华书局，1982，2196页）

而武陵渔人到达"绝境"之路则让他"甚异之"，陶渊明写道："忽逢桃花林，夹岸数百步，中无杂树，芳草鲜美，落英缤纷。"这一"中无杂树"而只有一片桃林的景象，这一五彩缤纷的道路，不仅仅出乎武陵渔人的意料，应当还是武陵渔人平生罕见甚至从未曾见的。所以，武陵渔人才会从无意地追寻转而为有意地探索——"复前行，欲穷其林"。这种追求美好、"欲穷其林"的不懈求索，不正是人生游历的潜在动力吗？

并且武陵渔人进入"绝境"之口的路径既迷离惝恍，又意味深长——"林尽水源，便得一山，山有小口，仿佛若有光。便舍船从口入。初极狭，才通人。复行数十步，豁然开朗。"桃花林的尽头就是溪水的源头，溪水的源头居然是一座山峦，真是走到"绝路"了。可偏偏绝处逢生，"山有小口"，而且竟然"仿佛若有光"。看来，在武陵渔人内心"穷其林"之"欲"的深处，潜藏着的隐然是对光明的渴望和追求！尽管由"小口"透出的"光"仅仅是

明代李在绘《归去来兮图·临清流而赋诗》

隐隐约约、若有若无的，是朦胧的而非清晰的，但"光"毕竟是"光"，是穿越绝路之"光"，是昭示希望之"光"。迎着隐约的光明，穿过狭窄的山口，"复行数十步"，武陵渔人便"豁然开朗"，来到了前所未见的"绝境"。而"豁然开朗"的，当然不仅仅是出乎意外的景物见闻，还有超乎想象的人生体验。

武陵渔人无意于追寻"绝境"，却意外地发现通向"绝境"之路；有意地探索"绝境"，却幸运地进入意想不到的"绝境"——从无意到有意，从有意又到无意，正是伴随着起伏不定的内心波澜，方才使武陵渔人身处"绝境"时生发出截然不同的人生体验。

虚实兼具

从篇名来看，《桃花源记》应该属于记体文，是一种叙写作者所见、所闻、所感的文体。明末贺复徵《文章辨体汇选》卷五七三，曾将这篇文章与元结《右溪记》、柳宗元"永州八记"一同纳入记体文的"游览"类。但是《桃花源记》却与一般的记体文迥然不同，引入了武陵渔人独特的"叙事视角"，全篇着重叙写武陵渔人的所见、所闻、所感、所知。武陵渔人显然不是陶渊明本人，而是陶渊明"建构"的"人物形象"。陶渊明就像一位新闻记者，手握摄像机，追踪着武陵渔人的行踪进行拍摄，用鲜活的影像记录下"世外桃源"的"绝境"，也用生动的文字记录下武陵渔人的心境。

为了赋予这一影像记录以鲜明的"真实感"，陶渊明运用独特的叙事手法，着力营造出既真实又虚幻的氛围，力图将武陵渔人这位不知其名的"人物形象"及其故事"化虚为实"，同时又"化实为虚"，构成一幅虚实兼具、真幻并存的图景。

首先，陶渊明在文章一开头就点明了桃花源故事发生的真实时间——"晋太元中"。"太元"是东晋孝武帝司马曜的年号（376—396），共二十一年。当然，陶渊明又让这"真实时间"多少透露出"虚幻"的底色，因为他并没有确切地告诉读者是太元几年。时间的不确定性，隐喻着故事的不确定性。

其次，陶渊明在篇末又引入两位真实人物——武陵太守和南阳刘子骥，以此作为桃花源故事的"证人"。据说出自陶渊明之手的《搜神后记》卷一收录《桃花源记》（张海鹏辑、汪绍楹校注《搜神后记》，中华书局，1981，4页），记载太守之名为"刘歆"。而南阳刘子骥即刘骥之，此人在《世说新语》《搜神后记》《太平御览》卷五〇四引《晋中兴书》、《晋书》卷九四《隐逸传》中都有记载。有的学者甚至推想武陵渔人的原型就是刘子骥（范子烨《桃花源记中的渔人是谁》,《中华读书报》2011年1月12日第15版)。无论如何,《桃花源记》的文本中至少出现了两位真实人物,于是,武陵渔人"说如此"而太守"闻之"、刘子骥"欣然规往"的桃花源故事,就俨然成为"确有其事"的真实故事,连带着武陵渔人也得以解脱"虚饰"的迷幻而似乎成为"确有其人"的"现实人物"了。

但是,细心的读者都会注意到,《桃花源记》行文中三次出现"外人"这一语词——"悉如外人""遂与外人间隔""不足为外人道也"。有的学者认为,这三个"外人"都指桃花源以外之人。有的学者认为是互为"外人",第一次所说的"外人"指方外或尘外之人,实指桃花源中人,与渔人作为"世人"相对应;第二次、第三次所说的"外人"指桃花源以外之人。其实不管是哪一种解释,其意义指向都一样,即桃花源中人与桃花源外人是"内外有别"的。因此,武陵渔人始终是以"他者"的身份观赏和体验"世外桃源"这一"绝境",最终当然也是以"他者"的身份言说"世外桃源"这一"绝境"的。反过来看,对于武陵渔人来说,桃花源世界虽然是在他生活的现实世界之"外"的世界,但他毕竟亲身见闻并且体验了桃花源世界,因此这是一个真实的世界。但同时,由于只有他一个人见闻、体验了桃花源世界,而且他也只有一次机会看到、听到、体验到桃花源世界,因此这又是一个虚幻的世界——是他所"言说"的世界。

陶渊明的梦境

究其实,"桃花源世界"原本就是陶渊明"言说"的世界。

在这一意义上，我们可以说《桃花源记》并不是非虚构性的"游记"，而是虚构性的"小说"。陶渊明不是一位"历史家"，而是一位"诗人"，就像古希腊哲学家亚里斯多德所辨析的："两者的差别在于一叙述已发生的事，一描述可能发生的事。"（亚里士多德著、罗念生译《诗学》，人民文学出版社，1962，28—29页）

经由陶渊明的生花妙笔，桃花源世界被赋予了迷离惝恍的特质，归根结底它是陶渊明的"心象"而不是社会的"实象"，是陶渊明的"梦境"而不是社会的"实境"。即使武陵渔人离开桃花源之时"处处志之"，但是"向路"终究不可"扶"——曾经走过的路无法再顺着标记重寻旧迹，空间一旦被赋予时间特性，便进入了"时过境迁"的人生轨迹。而人们要"寻向所志"，终究只能"迷"而"不复得路"——这就是梦境中的景像梦是可以言说的，可以记录的，但却绝不可能依照原样重复呈现。人们要想"寻梦"，岂非水中捞月？

《桃花源记》对于一场"梦境"的追述，陶渊明并非"叙述已发生的事"，而是"描述可能发生的事"。梦由心生，境由心造。"梦境"不仅描述的是心里想要看到的景象，并且描述的是心里想要这么看的景象。"世外桃源"这一"绝境"，是陶渊明心灵向往的世界，更是陶渊明精心建构的世界。清方堃《桃源避秦考》说："考《博异记》以桃花神为陶氏，则篇中夹岸桃花，盖隐言'陶'；沿溪水源，盖隐言'渊'；小口有光，盖隐言'明'。渊明旷世相感，故述古以自况，谓之寓言可也，谓之为仙幻不可也。"（《陶渊明资料汇编》，下册，中华书局，1962，360页）其说虽然过于穿凿附会，但是方堃认为《桃花源记》不同神仙传说，而是陶渊明"述古以自况，谓之寓言"，这一见解殊为可取。借事寓意，这原本就是中国古代源远流长的"寓言"传统。

当然，梦境并不同于虚无，更不同于虚幻，梦境甚至蕴含着更为深刻的"真实"——这是一种源自心灵的"真实"，超越现象的"真实"。亚里士多德在谈到"诗人"与"历史家"的差别时，就接着说道："因此，写诗这种活动比写历史更富于哲学意味，更被严肃地对待；因为诗所描述的事带有普遍性，历史则叙述个别的事。"（《诗学》，29页）

"诗"比"历史"更富于哲学意味，这是因为"历史"记录的是个别的"现象"，而"诗"则营构出带有普遍性的"镜像"。"现象"是现实社会"真实无隐"的存在，是用文字所叙述的已经发生的事情；而"镜像"则是现实社会"或有其事"的映现，是用文字所描述的按照可然律或必然律可能发生的事情。换句话说，"镜像"的价值不在"像"本身，而在"像"所蕴含的意义与"像"所指称的意义。

遵循将文学作品与政治时事牵连在一起的批评传统，后代读者在阅读《桃花源记》时，很容易地就将秦世之乱作为晋宋之际政权更替的影射，而特别看重文章中"自云先世避秦时乱……乃不知有汉，无论魏晋"的表述。人们甚至以为，"秦时乱"虽然字面上指的是秦王嬴政兼并六国的战争，但在内涵上却代指南朝时刘裕剪灭异己（如桓玄等人）、镇压叛乱的战争，甚至可以说是直指晋安帝义熙六年（410）发生在浔阳的卢循、刘裕大战（参《宋史》卷一《武帝纪》、《资治通鉴》卷一一五等）。如宋洪迈《容斋随笔·三笔》卷十"桃源行"条就说："然予切意桃源之事，以避秦为言。至云

'无论魏、晋'，乃寓意于刘裕，托之于秦，借以为喻耳。"（上海古籍出版社，1978，537页）

其实，将"避秦时乱"落实为陶渊明时代人们避刘裕之乱，就如同千百年来人们锲而不舍地从文献与现实中"寻找桃花源"的所谓"原型"一样，实在是一种"舍本求末"的做法。《桃花源记》的"绝境"原本就是陶渊明的"梦境"，具有贯通古今的穿透性和超然世外的超越性，因此是一种极富"哲学意味"的人生境界。对于古代士人来说，《桃花源记》所呈现的"梦境"可以是抚慰心灵、安身立命的精神家园；对于现代中国人来说，《桃花源记》所呈现的"梦境"可以是回归自然、解脱尘嚣的理想境界。同属于"乌托邦"（Utopia）形象序列，如果你仔细地辨析"桃花源""伊甸园""理想国"之间的共同点和差异处，进而深入地发掘"桃花源"的象征意义，也许就能从一个侧面破译中华文化有别于基督教文化、古希腊文化的精神密码。

附注：

在文本传播上，《桃花源记》与《桃花源诗》既可合之为一，亦可离之为二。本文遵从古文选本惯例，将《桃花源记》独立而论，而未将《桃花源记并诗》合并而论。读者如果关注二者之关系，最新的研究成果可参阅吴怀东《〈桃花源记并诗〉文体形态论》（《淮北师范大学学报（哲学社会科学版）》，2019年第4期）。

附 录

桃花源记

陶渊明

晋太元中，武陵人捕鱼为业。缘溪行，忘路之远近。忽逢桃花林，夹岸数百步，中无杂树，芳草鲜美，落英缤纷。渔人甚异之，复前行，欲穷其林。

林尽水源，便得一山。山有小口，仿佛若有光。便舍船从口入，初极狭，才通人。复行数十步，豁然开朗。土地平旷，屋舍俨然。有良田、美池、桑竹之属。阡陌交通，鸡犬相闻。其中往来种作，男女衣着，悉如外人。黄发垂髫，并怡然自乐。

见渔人乃大惊，问所从来，具答之。便要还家，设酒杀鸡作食。村中闻有此人，咸来问讯。自云先世避秦时乱，率妻子邑人，来此绝境，不复出焉，遂与外人隔绝。问今是何世，乃不知有汉，无论魏晋。此人一一为具言所闻，皆叹惋。余人各复延至其家，皆出酒食。停数日，辞去。此中人语云："不足为外人道也。"

既出，得其船，便扶向路，处处志之。及郡下，诣太守说如此。太守即遣人随其往，寻向所志，遂迷不复得路。

南阳刘子骥，高尚士也，闻之，欣然规往，未果，寻病终。后遂无问津者。

（《陶渊明集校笺》卷六，上海古籍出版社，1996，402—403页）

人文知识、史传笔法与游戏心态
——读韩愈《毛颖传》

博物学知识

有一句成语"脱颖而出",也作"颖脱而出",喻指人的才能鲜明地显现出来。成语出自《史记》卷七六《平原君虞卿列传》,说

韩愈《毛颖传》将"笔、墨、砚、纸"拟称为形影不离的文房"四友",可以说这是"文房四宝"出现的最早名称

的是战国赵孝成王八年(前258),秦兵围困赵国都城邯郸,平原君奉命赴楚国求救,门下食客毛遂自荐。平原君问道:"先生在我门下几年了?"毛遂说:"三年了。"平原君说:"真正有才能的人处身世间,就像锥子放在袋子里一样,立刻会显露出锥头。先生在我门下三年,一直无所作为,还是别跟我去了。"毛遂说:"我直到今天才请您把我放进袋子里。如果早早把我放在袋子里,锥尖已经刺穿袋子,而不仅

仅是显露出锥头了。"结果毛遂跟着平原君到楚国后，果然建立奇功，说服楚王出兵抗秦。

大约在唐宪宗元和元年、二年间（806—807），韩愈（768—824）撰写《毛颖传》(韩愈撰、马其昶校注、马茂元整理《韩昌黎文集校注》卷八，上海古籍出版社，1986，566—569页)，应该就是根据"脱颖而出"这一成语发想的，以"毛颖"即毛笔的锋毫，代称毛笔。这篇文章运用拟人化手法，以"毛颖"作为传主的名称，原本就隐喻"士才能拔类者亦曰颖"的含义(张自烈《正字通·禾部》)。而毛笔锋毫的原料之一是兔毛，所以作为"贤士"与毛笔之间的中介，韩愈巧妙地拈出兔毛及其来源——兔子，作为传文的叙事焦点，彰显其渊博的人文知识。

韩愈渊博的人文知识，首先见之于丰富的博物学知识。在文章中，韩愈介绍兔子的产地、兔子的别称、兔子与物候的关联，以及有关兔子的神话传说，向读者展示了丰富多彩的博物学知识。

文章开篇就介绍传主的籍里，说："毛颖者，中山人也。"中山，一说是古国名，在今河北定县一带，后被赵国所兼并。据说此地兔子肥硕，因此以产紫毫毛笔著称于世。相传东汉蔡邕所作的《笔论》说："若迫于事，虽中山兔毫不能佳也。"(蔡希综《法书论》引录，卢辅臣主编《中国书画全书》第二册，上海书画出版社，1993，490页)唐欧阳询《艺文类聚》卷五八引《广志》说："汉诸君献兔豪，书鸿门题，唯赵国豪中用。"(汪绍楹校《艺文类聚》，上海古籍出版社，1982，1054页)另一说中山是山名，在今江苏溧水东南十五里，唐李吉甫《元和郡县图志》卷二八"宣州·溧水县"条记载："中山在县东南一十五里，出兔毫，为笔精妙。"

从地理方位来看，《毛颖传》下文说"蒙将军恬南伐楚，次中山"，韩愈所说的"中山"，应该是位于溧水东南的山名，而不是位于河北定县的古国名。所以明人李日华《六研斋笔记》卷四说："中山故多狡兔，其可为笔者，乃溧水之中山，非晋地之中山也。"(郁震宏等点校本，凤凰出版社，2010年，66页) 但是从"中山"一词多义的词义特征来看，文章下文叙述了从战国到秦统一的历史过程，所以也不妨说韩愈所说的"中山"虽位于南方，却隐指古国，二者兼而有之。这恐怕正是文人用笔的狡狯之处。我们可以说，正是知识的不确定性，给这篇文章的文学叙事提供了腾挪的空间和丰富的意涵。

接着，《毛颖传》运用了一系列兔子的别称，叙述毛颖显赫

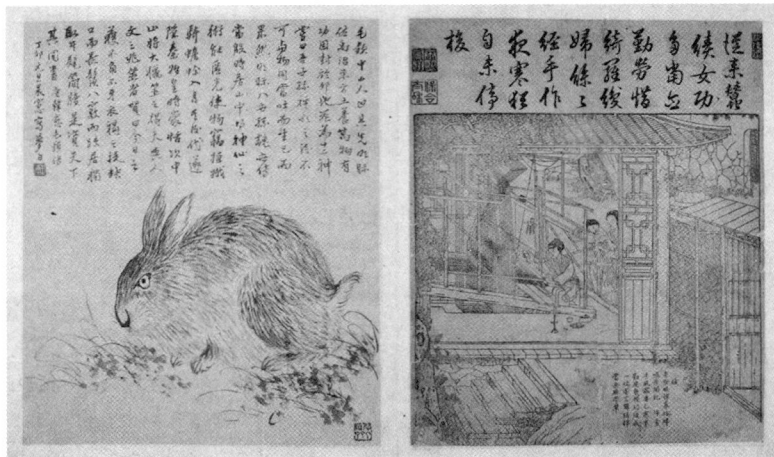

清《木刻纺织图册》纸本版画
图左绘一兔，其上抄录唐韩愈《毛颖传》

的家世。所谓"其先明眎（视）"，见于《礼记·曲礼下》："兔曰明眎。"疏云："兔曰明眎者，兔肥则目开而眎明也。"所谓"明眎八世孙虪（nóu）"，见于《广雅·释兽》："虪，兔子也。"指刚出生的幼兔，一说是江东一带对兔子的称呼。所谓"居东郭者曰㑺（jùn）"，见于西汉刘向《新序·杂事》五："昔者，齐有良兔曰东郭㑺，盖一旦而走五百里。"《战国策·齐策》由作"东郭逡者"。《说文》释"㑺"为"狡兔也"。

兔子不仅家世显赫，能力超群，而且是"神明之后"，所以出生奇异。《毛颖传》写道："（明眎）佐禹治东方土，养万物有功，因封于卯地，死为十二神。"在神话传说中，大禹曾治理天下洪水，布土以定九州。古人以十二地支划分方位，卯位指东方；又以十二地支相配十二生肖（即十二神），卯为兔；又以东西南北与四季相配，东配春，而春天万物生，所以说"养万物有功"。从"东方土"说到"养万物有功"，再说到"封于卯地"，归结为"十二神"之一，兔子的来历的确神乎其神，所以就有了兔子"当吐而生"的传说。东汉王充《论衡·怪奇篇》说："兔吮毫而怀子，及其子生，从口而出。"张华《博物志》卷四《物性》也说："兔舐毫望月而孕，口中吐子。旧有此说，余目所未见也。"

兔子既为"神明之后"，自有"神仙之术"，《毛颖传》道："能匿光使物，窃恒娥、骑蟾蜍入月。""匿光"即隐形于光亮之中，是隐身术、障眼法之类的幻术。《〈本草纲目〉集解》引天玄《主物簿》说："孕环之兔，怀于左腋，毛有文采。至百五十年，环转于脑，能隐形也。""使物"即用法术驱使各种东西。"恒娥"即姮娥，羿的妻子，后世称为嫦娥。据《淮南子·览冥训》记载："羿请不死之药于西王母，姮娥窃以奔月。"至于兔子拐骗嫦娥入月的传说，未详所据，或者是韩愈"想当然耳"。但是月中有兔，却本于历代传说，见《楚辞·天问》王逸注，又见西晋傅玄《拟天问》："月中何有？白兔捣药。"（《北堂书钞》卷一五五引）而且据说月中的兔子还和蟾蜍阴阳相配，《初学记》卷一《天部》引刘向《五经通义》说："月中有兔，与蟾蜍何？兔，阴也；蟾蜍，阳也。而与兔并明，阴系于阳也。"（中华书局，1962，10页）

而且，兔子既为"神明之后"，还有体态之奇——"不角不牙，衣褐之徒，缺口而长须，八窍而趺居"。兔子不长角，也无利齿，全身长毛，嘴有豁口，坐着的时候两只后腿交叠而蹲。这些还都不算奇怪，最奇怪的是传说兔子身上居然有"八窍"——八个孔穴。张华《博物志》卷四《物性》说："九窍者胎化，八窍者卵生。"北宋陆佃《埤雅》卷三《释兽》说："盖咀嚼者九窍而胎生，独兔雌雄八窍。"像兔子这样奇异的生理结构，在动物族群中可谓独一无二。

从籍里到家世，从能力到体态，韩愈将这些真真假假、虚虚实实的博物学知识，组织成一篇"兔子知识大全"，不能不让读者大开眼界，大涨知识。而且这些博物学知识还往往"义取双关"，不动声色地引导读者品味其中隐含的"话外音"。如远祖"明眎"，足以"佐禹治东方土，养万物有功"，照应后文毛颖虽然"强记而便敏"，为君"尽心"，但终究难免"以老见疏"，隐指传主既不"明"也不"颖"；祖先䲩洞察人世，自觉地"隐不仕"，照应后文毛颖"亲宠任事"，甚至"与上益狎"，但却不免"归封邑，终于管城"的结局；东郭䝙"狡而善走"，照应后文毛颖被俘，"聚其族而加束缚焉"——如此等等，不一而足。读者如果细细体察，便不难寻绎出韩愈行文中精心结撰、刻意隐藏而又若隐若现的叙事意蕴。

历史学知识

韩愈渊博的人文知识，还见之于丰富的历史学知识。文章运用虚实兼半的历史学知识，在秦灭六国、一统天下的历史背景之中，让毛颖"闪亮登场"，而且显耀一生，最终却黯然失色，这成为整篇传记的叙事重点。

旧有"蒙恬造笔"的传说，始见于《艺文类聚》卷五八引张华《博物志》。韩愈据此发想，虚构了"秦始皇时，蒙将军恬南伐楚，次中山，将大猎以惧楚"的历史故事。蒙恬是史有其人，秦伐楚是史有其事，以大规模的军事演习（所谓"大猎"）让敌国惧怕，也是战国时期常见的军事行为。但是"蒙恬伐楚"却纯属虚构，引出蒙恬这一人物，无非是为了附会"蒙恬造笔"的传说而已。而这一"附会"之中隐含的"文—武"关系也不免让人浮想联翩。

为了让"蒙恬伐楚"的故事更具"真实感"，《毛颖传》刻意融入了一连串的历史知识：一则煞有介事地点缀了秦国的官爵名称——左庶长、右庶长、军尉（即护军都尉），以及秦国的宫殿名——章台宫，这都见之于史书明文记载。二则依据先秦时代国有大事，用蓍草占卦的文化传统，叙写蒙恬"以《连山》筮之，得天与人文之兆"。《连山》是夏朝的占卦之术，与商朝的《归藏》、周朝的《周易》，统称为"三易"。三则描写筮者贺词，说："独取其髦，简牍是资，天下其同书。秦其遂兼诸侯乎！""髦"的本义是毛中之长毫，这里也是义取双关，隐指人中之俊杰，《尔雅·释言》说："士中之俊如毛中之髦。""简"即竹片，"牍"即木片，二者都是古时的书写载体，"简牍"合称则代指书籍。而"天下同其书"也是双关语，指秦兼并魏、齐、楚、燕、赵、韩六国，一统天下后的"书同文"。

与此相同，为了让毛颖入秦后的仕宦经历更具"真实感"，文章写道："自秦皇帝及太子扶苏、胡亥、丞相斯、中车府令高，下及国人，无不爱重。"扶苏是秦始皇的长子；胡亥是秦始皇的少子，即秦二世。"丞相斯"即丞相李斯，"中车府令高"即中车府令赵高，二人都是掌握秦王朝大权的重臣。文章还写道："上亲决事，以衡石自程。""衡"即秤，"石"即一百二十斤，"程"即限量。"以衡石自程"，指每天用秤称出阅读公文的分量指标。《史记·秦始皇本纪》记载："天下之事，无大小皆决于上，上自以衡石量书，日夜有呈（程），不中呈不得休息。"仅仅这么一个细节，就足以使秦始皇宵衣旰食而又乾纲独断的形象跃然纸上。

韩愈对历史知识的展演甚至卖弄，还见之于文章结尾的论赞："毛

韩愈《谒少室李渤题名》

氏有两族，其一姬姓，文王之子，封于毛，所谓鲁、卫、毛、聃者也，战国时有毛公、毛遂；独中山之族，不知其本所出，子孙最为蕃昌。"按周文王有四子，即周公旦、康叔封、毛伯郑、聃季戴，分别封于鲁（今山东曲阜）、卫（今河南淇县）、毛（今河南宜阳）、聃（今河南开封），事见《左传·僖公二十四年》。而毛公是战国时赵国隐士，"藏于博徒"，后为魏国信陵君门客，见《史记·信陵君列传》。至于所谓"中山之族"，则纯粹出于韩愈因毛笔盛行于世而臆想的杜撰。

知识与类书

　　韩愈渊博的人文知识，还体现在将博物学与历史学融合为一。文章写到蒙恬大军"载颖而归"后，就别具匠心地运用历史知识叙述制作毛笔的过程，说："聚其族而加束缚焉。秦始皇使恬赐之汤沐，而封诸管城，号曰管城子。"古代诸侯朝见天子，事前要沐浴斋戒，以表虔诚。后来天子赐给诸侯以供"沐浴之资"的封地，就称为汤沐邑。《汉书·高帝纪》颜师古注："凡言汤沐邑者，谓以其赋税以供汤沐之具也。""管城"是周初管叔的封地，春秋时为郑地。隋朝置管城县，即今河南郑县。制作毛笔时，要将兔毛用热水洗净——所谓"赐之汤沐"，并将兔毛捆系起来——所谓"加束缚焉"，还必须嵌入竹管中——所谓"封诸管城"。在这段叙述中，制作毛笔的博物学知识和周秦以降的历史学知识相因相生，构成妙趣横生的叙事笔调。

　　文章写到毛颖的友人时，还特意旁及与毛笔形影不离的墨、砚、纸，说："颖与绛人陈玄、弘农陶泓及会稽褚先生友善，相推致，其出处必偕。"据史载，唐代时，绛郡（今山西新绛县一带）向朝廷贡墨，弘农郡（今河南灵宝县南）贡瓦砚，会稽郡（今浙江绍兴）贡纸。而"陈玄"意为旧墨，墨以陈者为佳；"陶泓"意为陶制砚台，"泓"指砚台的下凹积水之处；"褚先生"意为纸张，"褚"谐音"楮"，楮树皮是造纸的重要原料。在这样的叙事中，历史学知识与博物学知识同样呈现水乳交融的状态。

《毛颖传》中这些信手拈来、悉成妙喻的博物学和历史学知识，就像类书一样，为我们展示出丰富的"兔子知识大全""毛笔知识大全"。如果我们反过来从写作的角度看，韩愈正是借助当时类书所提供的"兔子知识""毛笔知识"，运用自如地融入传文的写作。只要翻阅欧阳询《艺文类聚》、徐坚《初学记》之类的类书，我们就不难察知唐人撰写诗文时赖以取资的"知识宝库"了。如这篇文章中"兔曰明视""兔舐雄毫而孕""东郭㖹"等，都见于《初学记》卷二九"兽部·兔第十二"。韩愈作为一位著名的诗人、文人，也许具有"过目成诵"的超强能力，但是我更愿意揣测，当他撰写《毛颖传》的时候，案头会摊开一本《初学记》之类的类书，作为写作时信手取资的"独门秘笈"。

真良史才

在《毛颖传》中，韩愈对丰富的人文知识的运用，不仅没有牵强附会之嫌，而且精心地结构成一篇饶有趣味的"兔传"（郭预衡《中国散文史》中册，上海古籍出版社，1993，193页），展现出一种堪称典型的史家风范。前人早已指出，这篇文章高超的史传笔法，得益于司马迁《史记》的熏陶浸染。唐李肇《国史补》卷下说："韩愈撰《毛颖传》，其文尤高，不下史迁"，"真良史才也"（上海古籍出版社，1979，55页）明茅坤评此文说："设虚景摹写，工极古今。其连翩跌宕，刻画司马子长。"（《唐宋八大家文钞》卷八）清林云铭也说："以文滑稽，叙事处皆得史迁神髓。"（《韩文起》卷七，华东师范大学出版社，2015，241页）

作为一篇传记，《毛颖传》犹如《史记》列传一样，结构完备工整，传主的籍里、家世、居处、姓名、出身、职务、历仕、遭际等，一应俱全。文章着意运用祖先的显赫与传主的遭际的对比、传主的"劳"与君王的"赏"的对比，构筑出一个意涵丰富的叙事空间，这种史传笔法，也源自于司马迁。由此全文完整地展示了传主仕宦经历：秦之灭诸侯，颖与有功；虽为俘虏，却日渐亲宠任事；从君主以下，"无不爱重"，进退自适；累拜中书君，"与上益狎"，甚而"不待诏辄俱往"；虽然"尽心"，但终因"所摹画不能称上意"，于是被斥；因不复召，贬归封地以终老。

而《毛颖传》的史传笔法最为外在的特征，是直接承袭《史记》，结尾以"太史公曰"作为论赞。这篇论赞概述毛氏两族的不同命运，最终落笔于："颖始以俘见，卒见任使。秦之灭诸侯，颖与有功。赏不酬劳，以老见疏，秦真少恩哉！"明人王正德《徐师录》卷二引陈长文评说道：这样的论赞"甚似太史公笔势"（《丛书集成新编》第80册，台湾新文丰出版公司，1985，22页）。

对于这段评论，历来的读者大多看重"以老见疏"的指斥，而我却特别留意"赏不酬劳"的诉说。这是因为，《毛颖传》既为

"毛颖"立传，则整篇文章的"文眼"实在"中书"二字——毛笔原本就是书写的工具。所以文章中一而再、再而三地写到"累拜中书令""呼为中书君""所摹画不能称上意""中书君老而秃，不任吾用。吾尝谓君中书，君今不中书邪"，甚至论赞中还说到"《春秋》之成，见绝于孔子，而非其罪"。

更重要的是，文章在叙述毛颖"累拜中书令"之前，首先不惮辞费，洋洋洒洒地叙写了毛颖无所不能的"能吏"品格："颖为人，强记而便敏，自结绳之代以及秦事，无不纂录。阴阳、卜筮、占相、医方、族氏、山经、地志、字书、图画、九流、百家、天人之书，及至浮图、老子、外国之说，皆所详悉。又通于当代之务，官府簿书、市井贷钱注记，惟上所使。"进而言简意赅地揭示毛颖忠恳勤勉的"贤臣"品性："又善随人意，正直、邪曲、巧拙，一随其人；虽见废弃，终默不泄。惟不喜武士，然见请，亦时往。"然而，作为"能吏"和"贤臣"的毛颖，无论如何"中书"，如何

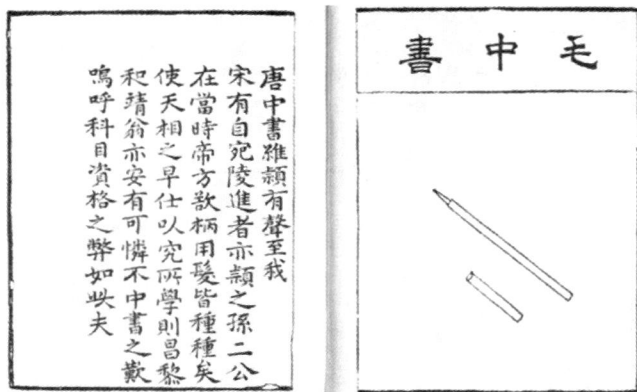

《文房图赞》中关于"毛中书"的记载

"尽心"，殚精竭虑，劳苦功高，也不过是唯君所用、得君所赏而已，终究无法逃脱因"不任吾用"而随意弃置的命运！

　　照应前文蒙恬卜筮时"得天与人文之兆"，筮者贺道"独取其髦，简牍是资，天下其同书"，毛颖作为"能吏"、"贤臣"的能耐，正在于他"中书"以彰显"人文"，即擅长于以文字书写传承文明。《易·贲·彖传》道："文明以止，人文也。"王弼注云："止物不以威武而以文明，人之文也。""观乎天文以察时变，观乎人文以化成天下。"孔颖达疏云："言圣人观察人文，则《诗》《书》《礼》《乐》之谓，当法此教而化成天下也。"以文字书写彰显礼教文化，这不仅是文人士子的本事，也是文人士子的天职。而这，不正是毛颖所说的"臣所谓尽心者"的深刻意涵吗？正因如此，韩愈好友柳宗元读《毛颖传》，深有体会地说："且凡古今是非六艺百家，大细穿穴用而不遗者，毛颖之功也。韩子穷古书、好斯文，嘉颖之能尽其意，故奋而为之传，以发其郁积。而学者得以励，其有益于世欤！"（《柳宗元集》，卷二一《读韩愈毛颖传后题》，中华书局，1979，570—571页）

　　清初顾炎武曾说："古人作史，有不待论断而于序事之中既见其指者，惟太史公能之。"（黄汝成集释、栾保群等校点《日知录集释》卷二六，上海古籍出版社，2006，1429页）《毛颖传》深得司马迁《史记》叙事精髓，其深刻旨意恰恰隐含在毛颖作为文人士子的象征，从"中书"到"不中书"的生平叙事之中。毛颖从被俘至封邑，从封邑到显爵，从显爵到被弃，无疑隐喻着文人士子的人生历程。韩愈刻意将时代置于秦朝，而秦始皇原本就有"焚书坑儒"的政治行为，所以文章所说的"秦真少恩哉"，也是喻意深远的。北宋宋祁称《毛颖传》等"皆古人意思未到"（《宋景文公笔记》卷中），恐怕正是着眼于此处。

游戏心态

因此，从文章体性上看，与其说《毛颖传》是一篇典型的传记文章，不如说它是一篇"意在言外"的"俳文"。柳宗元记载道，当时人们谈论韩愈《毛颖传》时，"不能举其辞，而独大笑以为怪"，"世人笑之也，不以其俳乎？"（《柳文指要上·体要之部·读韩愈所著毛颖传后题》，文汇出版社，2000，569页）"俳"之为义，《说文》释作"戏"，刘勰《文心雕龙·谐隐》则释作"内怨为俳"。在这个意义上，《毛颖传》作为"俳文"，既是一篇"戏谑"之文，又是一篇"内怨"之文。

大约在《毛颖传》问世的十年前，贞元十三年（797）前后，身居宰相之位的裴度写信给韩愈弟子李翱，批评韩愈说："近或闻诸侪类云：恃其绝足，往往奔放，不以文立制，而以文为戏。可矣乎！可矣乎！今之不及之者，当大为防焉尔。"（《全唐文》卷五三八《寄李翱书》，上海古籍出版社，1990，2418页）这一批评虽然不是直接针对《毛颖传》而发，但基本意思是很明白的，即将"以文应制"与"以文为戏"相对立，强调文字著述的"神圣性"、"正统性"、"规范性"。章士钊认为裴度这封信，"不止独抒己见，而实代表唐贤通论"（《读韩愈所著毛颖传后题》，510页），这是有道理的。

而《毛颖传》的问世，无疑加重了这种"唐贤通论"的传播，使对韩愈"以文为戏"的批评成为当时文坛上的"热搜"现象。因此，柳宗元不得不为之辩护道：这篇文章"若捕龙蛇，搏

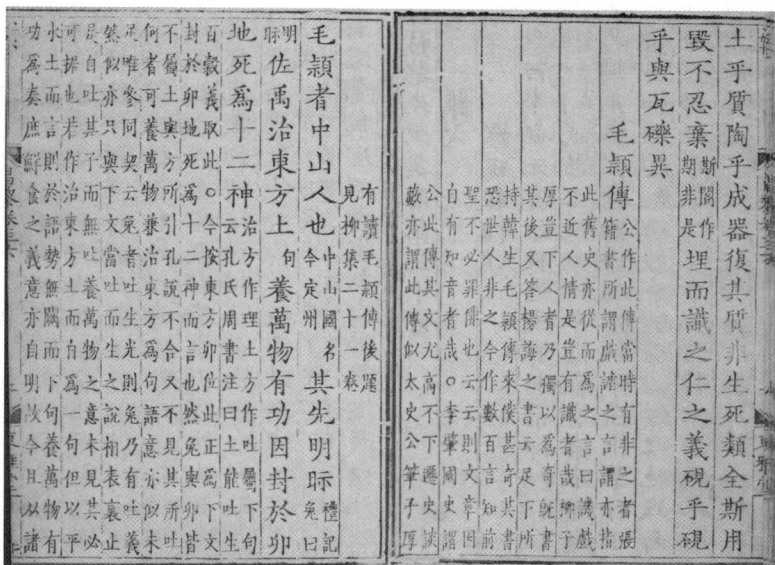

东雅堂本《韩昌黎集》中的《毛颖传》

虎豹，急与之角而力不敢暇，信韩愈之怪于文也。……而俳又非圣人之所弃者。《诗》曰：'善戏谑兮，不为虐兮。'《太史公书》有《滑稽列传》，皆取乎有益于世者也"（《读韩愈所著毛颖传后题》，569—570页）。

后晋刘昫《旧唐书·韩愈传》批评韩愈说："为《毛颖传》，讥戏不近人情，此文章之甚纰缪者。"（卷一六〇，中华书局，1975，4204页）韩愈之所以"讥戏不近人情"，这是因为他"发言真率，无所畏避"，"鲠言无所忌"（《新唐书》本传），也就是"敢于讲话，而且敢讲真话"（郭预衡《中国散文史》中册，第179页）。甚至敢讲"群臣不言其非，御史不举其失"的话（《韩昌黎文集校注》卷八《论佛骨表》，616页），

或讲"群臣之所未言，陛下之所未知"（《御史台上论天旱人饥状》，588
页）的话。而《毛颖传》作为"俳文"，正好为韩愈提供了极佳的
游戏文体，使他可以畅快地驰骋自己的游戏心态，嬉笑怒骂，
悉成妙文。宋王柏评道："托物作史，以文为戏，自韩昌黎传毛
颖始。"（《鲁斋集》卷一四《大庚公世家传》跋语，《景印文渊阁四库全书》第
1186册，219页）明王慎中评道：《毛颖传》"通篇将无作有，所谓以
文滑稽者。"（茅坤《唐宋八大家文钞》卷八引）清储欣也评道："《毛颖
传》以史为戏，巧夺天工。"（《唐宋八大家类选》卷一三）

德国文豪席勒认为，游戏状态，特别是审美游戏，是一种
克服了人的片面和异化的最高的人性状态，是人的自由的真实体
现。他说："只有当人在充分意义上是人的时候，他才游戏；只有
当人游戏的时候，他才是完整的人。"（《美育书简》，中国文联出版公司，
1984，第90页）《毛颖传》"敢于讲话，而且敢讲真话"，恰恰是韩愈这
种游戏心态的文学样本。

附 录

毛颖传

韩 愈

毛颖者，中山人也。其先明眎，佐禹治东方土，养万物有功，因封于卯地，死为十二神。尝曰："吾子孙神明之后，不可与物同，当吐而生。"已而果然。明眎八世孙䨲，世传当殷时居中山，得神仙之术，能匿光使物，窃姮娥，骑蟾蜍入月，其后代遂隐不仕云。居东郭者曰䨲，狡而善走，与韩卢争能，卢不及，卢怒，与宋鹊谋而杀之，醢其家。

秦始皇时，蒙将军恬南伐楚，次中山，将大猎以惧楚，召左右庶长与军尉，以《连山》筮之，得天与人文之兆。筮者贺曰："今日之获，不角不牙，衣褐之徒，缺口而长须，八窍而趺居，独取其髦，简牍是资。天下其同书，秦其遂兼诸侯乎！"遂猎，围毛氏之族，拔其豪，载颖而归，献俘於章台宫，聚其族而加束缚焉。秦皇帝使恬赐之汤沐，而封诸管城，号曰管城子，日见亲宠任事。

颖为人，强记而便敏，自结绳之代以及秦事，无不纂录。阴阳、卜筮、占相、医方、族氏、山经、地志、字书、图画、九流、百家、天人之书，及至浮图、老子、外国之说，皆所详悉。又通于当代之务，官府簿书、市井贷钱注记，惟上所使。自秦皇帝及太子扶苏、胡亥、丞相斯、中车府令高，下及国人，无不爱重。又善随人意，正直、邪曲、巧拙，一随其人；虽见废弃，终默不泄。惟不喜武士，然见请亦时往。

　　累拜中书令，与上益狎，上尝呼为"中书君"。上亲决事，以衡石自程，虽宫人不得立左右，独颖与执烛者常侍，上休方罢。颖与绛人陈玄、弘农陶泓，及会稽褚先生友善，相推致，其出处必偕。上召颖，三人者，不待诏辄俱往，上未尝怪焉。

　　后因进见，上将有任使，拂拭之，因免冠谢。上见其发秃，又所摹画不能称上意。上嘻笑曰："中书君老而秃，不任吾用。吾尝谓君中书，君今不中书邪？"对曰："臣所谓尽心者。"因不复召，归封邑，终于管城。其子孙甚多，散处中国、夷狄，皆冒管城，惟居中山者，能继父祖业。

　　太史公曰：毛氏有两族。其一姬姓，文王之子，封于毛，所谓鲁、卫、毛、聃者也，战国时有毛公、毛遂。独中山之族，不知其本所出，子孙最为蕃昌。《春秋》之成，见绝于孔子，而非其罪。及蒙将军拔中山之豪，始皇封诸管城，世遂有名，而姬姓之毛无闻。颖始以俘见，卒见任使。秦之灭诸侯，颖与有功，赏不酬劳，以老见疏，秦真少恩哉！

　　（《韩昌黎文集校注》卷八，上海古籍出版社，1986，566—569页）

"为国者无使为积威之所劫"
——读苏洵《六国论》

赂秦而力亏

秦王嬴政十七年（前230）至二十六年，秦国先后灭韩、赵、魏、楚、燕、齐六国，建立了大一统的秦朝，这是中国历史上一个重大事件。此后千百年间，六国覆亡的话题常常引起人们关于朝代更替、历史兴亡的沉痛喟叹和深刻反思，经久不衰。

宋仁宗皇祐三年（1051）至嘉祐元年（1056）间，眉州眉山人苏洵（1009—1066）居家读书，考究古今治乱得失，撰写了《权书》十篇。《权书》的第八篇题为《六国》(苏洵撰，曾枣庄、金成礼笺注《嘉祐集笺注》卷三，上海古籍出版社，1993，62—63页)，后人习称《六国论》。文章在重新审视秦灭六国这一重大历史事件时，斩钉截铁地指出："六国破灭，非兵不利，战不善，弊在

苏洵像

赂秦。赂秦而力亏，破灭之道也。"

细读《六国论》，我们看到，苏洵将六国的"赂秦而力亏"，区分为三种不同的情况，我们可以称为直接"赂秦"、变相"赂秦"和间接"赂秦"。

第一种情况，是与秦国接壤的韩、魏、楚三国，直接地"割地以赂秦"，"今日割五城，明日割十城，然后得一夕安寝"，日积月累，导致国土益缩，国力遽衰。早在战国时期，著名的纵横家苏秦为赵国"合纵"，就游说魏王道："夫事秦必割地效质，故兵未用而国已亏矣。"（刘向辑录《战国策》卷二二《魏策一》，上海古籍出版社，1985，790页）汉初贾谊在《过秦论》中也指出：战国后期，天下诸侯"从散约败，争割地而赂秦"（《史记》卷六《秦始皇本纪》引）。总结韩、魏、楚三国"割地以赂秦"的情况，苏洵指出："诸侯之地有限，暴秦之欲无厌，奉之弥繁，侵之愈急，故不战而强弱胜负已判矣。至于颠覆，理固宜然。"他还引用战国时期孙臣、苏代进谏魏安釐王时，先后都用过的比喻，说："以地事秦，犹抱薪救火，薪不尽，火不灭。"（参《战国策·魏策三》《史记·魏世家》）纳地于秦，求和自保，这种行为就像抱薪救火一样，总有一天，土地都送给秦国，魏国也就灭亡了。

第二种情况，是像齐国那样，虽然与秦国不接壤，不至于"割地以赂秦"，但是却目光短浅，不思进取，采取"与嬴而不助五国"，即亲附秦国而不帮助其他五国的外交方略。据《史记·田敬仲完世家》记载，齐王田建十七年（前248）以后，后胜相齐，一改君王后"事秦谨，与诸侯信"的国策，伙同众宾客，私下接受秦国贿赂，劝齐王"去从（纵）朝秦，不修攻战之备，不助五国攻秦，秦以故得灭五国"。苏洵认为，齐国这种明哲保身的做法，导致自身孤立无援，最后"五国既丧，齐亦不免矣"。在战国时期，齐国是大国，原本可以与秦国一较高低的。然而，齐国表面上"未尝赂秦"，却以阿附秦国的方式变相地"赂秦"，从而导致其最终覆亡。

第三种情况，是像燕、赵两国那样，起初坚守大义，以兵抗秦，保全领土，因此虽然国土不广，实力不强，但却能免于亡国。但是，在秦王政二十年时，燕太子丹派遣荆轲，以樊於期的首级和燕督亢地图伴献秦王，图谋乘机刺杀秦王嬴政，结果荆轲反而被秦王所杀。这一惹火烧身的举动，大大激怒了秦王。秦王当即发兵伐燕，第二年就攻克了燕都。燕王喜逃到辽东，杀太子丹，献给秦王。不久燕国就灭亡了（参《史记·燕召公世家》）。

四川眉山三苏祠

赵国曾凭借大将军李牧，多次击败秦兵，保卫国土。后来秦国派大将王翦进攻赵国时，以重金贿赂赵王宠臣郭开，行反间计，郭开诬陷李牧等谋反。赵王听信谗言，捕杀李牧。于是王翦大破赵军，虏赵幽缪王迁，赵遂亡国（参《史记·赵世家》及《廉颇蔺相如列传》）。燕、赵两国，虽然没有用土地直接"赂秦"，也没有以实力变相"赂秦"，但却由于"用武而不终"，要么谋略不当，要么祸起萧墙，从而削弱了自身的国力，间接地导致"赂秦而力亏"的结局。

反思六国灭亡的历史，苏洵深有感触地总结道："向使三国各爱其地，齐人勿附于秦，刺客不行，良将犹在，则胜负之数，存亡之理，当与秦相较，或未易量。"六国假使不采取这三种殊途同归的"赂秦"策略，而是捍卫国土，独立自强，讲求智谋，珍惜人才，而且合力抗秦，那么，六国与秦国，孰胜孰负，孰存孰亡，相互较量，结局也许未可轻易判定。

不赂者以赂者丧

当然，认为楚、韩、魏三国"以地事秦"是直接"赂秦"，而齐国的做法实属变相"赂秦"，燕、赵两国的做法则是间接"赂秦"，这是笔者阅读《六国论》以后所做的分析和归纳。在文章中，苏洵并没有明确地做这样的区分。显然，苏洵过于钟情"六国破灭，非兵不利，战不善，弊在赂秦。赂秦而力亏，破灭之道也"的论述主旨，所以在文章中开门见山，以造成"先声夺人"的效果。但是他心知肚明，这一判断难以全面解释六国灭亡的历史事实。所以在文章开篇提出这一主旨后，苏洵立即设问："六国互丧，率赂秦耶？"并且自我辩解道："不赂者以赂者丧，盖失强援，不能独完。故曰：弊在赂秦也。"文章在畅论楚、韩、魏三国将土地"举以予人，如弃草芥"之后，转而分析"不赂者以赂者丧"，以"齐人未尝赂秦"，燕、赵之君"义不赂秦"，但最终难逃覆亡的结局，作为文章主旨的拓展。

苏洵这种从"赂秦而力亏"说到"不赂者以赂者丧"的论述理路，体现出战国纵横家般的雄辩习气。所以明人茅坤评此文说："一篇议论，从《战国策》纵人之说来，却能与《战国策》相伯仲。"（《唐宋八大家文钞》卷一一三评语）清人恽敬也评说："苏明允自兵家、从横家入，故其言纵厉。"（《大云山房文稿》卷首《大云山房文稿二集自序》，《清人文集汇编》第449册影印清同治八年刻本，144页）

但是从论说文的写法上看，这种论述理路颇有刻意诡辨之嫌，而难以自圆其说。道理很简单，既然六国中存在"不赂者以赂者丧"的历史事实，就难以断然宣称"六国破灭……弊在赂秦"。

当然，阅读古人的文章，我们与其为古人行文不当而辩解，不如仔细琢磨，古人为什么这样行文呢？苏洵之所以选择从"赂秦而力亏"说到"不赂者以赂者丧"的论述理路，显然是因为这篇文章旨在以古喻今，具有非常自觉而明确的现实指向性，所以不惜借题发挥。苏洵自己说得很明白："洵著书无他长，及言兵事，论古今形势，至自比贾谊。所献《权书》，虽古人已往成迹，苟深晓其义，施之于今，无所不可。"（《嘉祐集笺注》卷一一《上韩枢密书》，301页）对此，欧阳修（1007—1072）也是"心不灵犀一点通"

的。嘉祐五年（1055），他将苏洵《权书》十篇等文章转呈仁宗皇帝时，就称这些文章"辞辩闳伟，博于古而宜于今，实有用之言"（欧阳修撰，李逸安点校《欧阳修全集》卷一一二《奏议》卷一六《荐布衣苏洵状》，中华书局，2001，1698页）。时任雅州（今四川雅安）同知的雷简夫（1001—1067），也称道《六国论》等文章托古论今，"讥时之弊"（邵博撰，刘德权、李剑雄点校《邵氏闻见后录》卷一五引《上韩忠献书》，中华书局，1983，119页）。

尤其是《六国论》一文的末段，苏洵痛切地说："夫六国与秦皆诸侯，其势弱于秦，而犹有可以不赂而胜之之势。苟以天下之大，下而从六国破亡之故事，是又在六国下矣。"在这种颇为含蓄的"不说之说"中，人们不难听出苏洵的弦外之音：这是将北宋以岁币与契丹、西夏和议，与战国时诸国"以地事秦"相类比，同样视为国之大患，甚至认为等而下之。所以明人袁宏道评说："末影宋事，尤妙。"（杨慎选《嘉乐斋三苏文范》卷二引，《四库全书存目丛书·集部》第299册，影印明天启二年刻本，204页）

史书记载，宋真宗景德元年（1005）与契丹订立"澶渊之盟"后，宋输契丹岁币银十万两，绢二十万匹。仁宗庆历二年（1042），岁增银十万两，绢十万匹。次年，又输西夏银十万两，绢十万匹，茶三万斤。在宋王朝虽称之为"岁赐"，契丹和西夏则视之为"岁纳"（参《宋史》真宗、仁宗本纪及《续资治通鉴长编》）。所以，在苏洵看来，银、绢、茶等虽然不是土地，但宋王朝的这种屈辱求和的外交方略，却与楚、韩、魏三国"以地赂秦"如出一辙。在《几策·审敌》中，苏洵论当代之事，同样尖锐地指出："天下孰不知赂之为害而无赂之为利"，"天下之大计不如勿赂"（《嘉祐集

笺注》卷一，15—16页）。所以明人陈士贤评说："老泉论六国赂秦，其
实借论宋赂契丹之事，而宋卒以此亡，可谓深谋先见之智，未可
以文士目之。"（杨慎选《嘉乐斋三苏文范》卷二引，204页。一说何景明语，参
《御选古文渊鉴》卷四七引，《景印文渊阁四库全书》第1417册，第351—352页）
宋朝是否因为"赂契丹"而亡且不论，但苏洵痛切"赂之为害"，
而借古喻今，则是事实。

　　不过，苏洵坚决反对"赂秦"，主张"用兵"、"用武"的观
点，并未为当时的朝廷所真正采纳。苏洵明白，他呈上《权书》
等"略言当世之要"的著述，虽然因此得到皇帝召见，但"特以
其文采词致稍有可嘉，而未必其言之可用也"（《嘉祐集笺注》卷十《上
皇帝书》，292页）。他的这一观点，甚至没有被他的儿子苏轼、苏辙
所继承。嘉祐五年（1060），苏辙二十二岁时，撰《六国论》（苏辙
撰，陈宏天、高秀方校点《苏辙集·栾城应诏集》卷一，中华书局，1999，1247—
1248页）。他认为，六国覆亡，是由于"当时之士虑患之疏而见利
之浅，且不知天下之势"，进而从分析六国地理、形势入手，提出
"厚韩亲魏以摈秦"的主张。《苏轼文集》卷五收录《论养士》一
篇（苏轼撰，孔凡礼点校《苏轼文集》，中华书局，1996，139—141页），古人
也题为《六国论》（郎晔选注、庞石帚校订《经进东坡文集事略》卷一四，文
学古籍刊行社，1957，193—196页）。文章约撰于哲宗元符年间（1098—
1110），时苏轼谪居海南（李之亮《苏轼文集编年笺注》，巴蜀书社，2011，
333页）。文章以"养士"为主旨，认为："六国养士而久存，秦朝
逐士而速亡。"苏辙和苏轼的史论文章，都未曾延续乃父"六国破
灭……弊在赂秦"的观点。

不可为积威所劫

究其实，《六国论》这篇文章，在论述技巧上，采用的是先声夺人，而后层层推进的方式。从六国灭亡的历史中，苏洵推论出的深刻思想，或者说他想揭示的核心观点，并不是"劈空而来"的"六国破灭，非兵不利，战不善，弊在赂秦"，或者"赂秦而力亏，破灭之道也"，而是"水到渠成"的"为国者无使为积威之所劫哉"。清康熙间《御选古文渊鉴》评此文就说："稔悉情势，步步深入，归到大意，如千钧一发，壁垒皆新。"（《景印文渊阁四库全书》第1417册，第351页）

苏洵明确地指出，只有提升自身的实力，不为他国的政治、经济或军事的"积威"所胁迫，这才是立国之本、强国之本。而"六国破灭"之所以"弊在赂秦"，恰恰是因为六国畏惧并屈服于秦国的强势威压，放弃"与秦相较，或未易量"的勇气，采取"赂秦"的外交方略，贪图"得一夕安寝"的日子，从而丧失了足以使"秦人食之不得下咽"的战略优势，导致国家覆亡。

明白这一点，回过头来阅读"则秦之所大欲，而诸侯之所大患，固不在战矣"一段文字，就能得到更深的体会——原来，这一段文字恰恰是就"为国者无使为积威之所劫"而发的。苏洵指出，秦国所希望的，是借助于"积威"，迫使诸侯"以地事秦"，而不是攻取征战。因为，秦国"小则获邑，大则得城"，所获之利与"战胜而得者"相较，"其实百倍"。与此相同，诸侯"以地事秦"，"日削月割，以趋于亡"，所失去的与"战败而亡者"相较，"其实亦百倍"。既然如此，秦国何不凭借"积威"而获利，既能满足自身扩张领土的欲望，又不至于损伤自身的实力呢？反之，诸侯又何不以兵、战对抗秦国的"积威"，捍卫自身的领土，避免国家的覆亡呢？

由此看来，无论是直接"赂秦"、变相"赂秦"，还是间接"赂秦"，其实都是慑于秦国的"积威"，从而放弃自身的实力。苏洵认为，面对霸气十足、咄咄逼人的强国，无论是割让土地、进献钱帛，是忍让阿附，还是用武不终，都不可能保证国家的安全，只能导致丧权辱国，国破家亡。因此，怎能能够任凭"为国者"为"积威之所劫"，而不愤然抗争呢？

并力向西

那么，"为国者"如何才能做到"无使为积威之所劫"呢？苏洵指出，如果六国"以赂秦之地封天下之谋臣，以事秦之心礼天下之奇才，并力西向，则吾恐秦人食之不得下咽也"。在这里，苏洵提出了两条极富于启示意义的治国方略：一是以重金激励人才，以诚心礼敬人才，这是内政之要；二是"并力西向"，即加强六国之间的团结，建立同盟，这是外交之要。

就前者而言，苏洵希望借助于物质刺激和道德关怀的方式，激励"天下之谋臣"，重用"天下之奇人"，从而实现"兵良而食足，将贤而士勇"（《嘉祐集笺注》卷一《几策·审敌》，13页），这无疑是一种理想化的政治主张，在北宋的现实政治中难以落到实处。但是这种注重人才的观点却的确是北宋士人的共识，所以苏轼在《六国论》中才会极力强调"重士"，认为"故先王分天下之富贵与此四者共之，此四者不失职，则民靖矣"。

　　而就后者而言，苏洵所说的"并力西向"，并非首创之说。早在战国时期，苏秦主张"合纵"，就说："六国为一，并力西乡而攻秦，秦必破矣。"而苏洵生活的北宋时期，宋王朝已经是"天下之大"了，不可能有"六国为一，并力西乡而攻秦"的战略选择。所以，苏洵的进言，实际上是打了一记华而不实的"空拳"。

　　但是，苏洵重新提出这种与他国建立同盟，以抗衡强国、形成共赢局面的外交方略，却赋予我们以极为深刻的现实启发。在国际关系中，弱国面对强国，要坚持自身的独立自主，要发展自

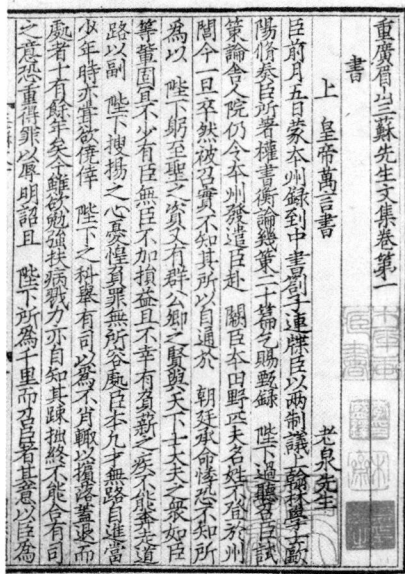

选编苏洵、苏轼、苏辙重要文章而成的《重广眉山三苏先生文集》（宋绍兴三十年刻本）

身的政治经济，要使自身真正做到"强身健体"，最佳的外交方略，就是建立广泛的国际同盟，与他国同心携力，休戚与共，实现合作共赢、共同发展的局面。这不正是符合努力推动构建"人类命运共同体"的治国方略吗？

《六国论》为《权书》中的一篇，就其文体特征而言，属于策论。汉文帝以后有策士制度，唐、宋时期策论更用于科举考试。尤其是宋代，又有私自著策议政而上进的文章，如苏洵的《几策》《权书》《衡论》，苏轼的《策略》《策别》《策断》，苏辙、秦观的《进策》之类。因为《六国论》是就史立论，所以也可以说是策论性质的史论。

历代策论为了达到"耸人听闻"的效果，大多采用"剑走偏锋"的行文方式。策论文章的旨趣与一般的史论文章不同，并不在于全面地考察历史文献，客观地考辨历史事实，深入地解析历史谜团，而在于"即史论人"、"即史论事"或"即史论世"，阐述论者自身的观点。这也就是前引苏洵《上韩枢密书》所说的，论述"古人已往成败之迹"，旨在"深晓其义，施之于今"。所以，策论文章大多有立论偏颇、史实失当、论述不周之处，《六国论》也不例外。而在阐述论者自身观点的时候，策论文章的旨趣也往往不同于一般的史论文章，不追求严谨的逻辑结构和缜密的论证推理，而总是刻意彰显精辟的见解与深刻的思想。因此，见人所未见，言人所未言，以气行文，雄辩滔滔，就成为策论文章的基本特征和独特价值。像苏洵《六国论》这种带有浓厚的纵横家气息的策论文章，更是如此。这两点应该是我们阅读古人策论文章的"读法"。

附　录

六　国

苏　洵

六国破灭，非兵不利，战不善，弊在赂秦。赂秦而力亏，破灭之道也。

或曰：六国互丧，率赂秦耶？曰：不赂者以赂者丧，盖失强援，不能独完。故曰：弊在赂秦也。

秦以攻取之外，小则获邑，大则得城。较秦之所得，与战胜而得者，其实百倍；诸侯之所亡，与战败而亡者，其实亦百倍。则秦之所大欲，诸侯之所大患，固不在战矣。思厥先祖父，暴霜露，斩荆棘，以有尺寸之地。子孙视之不甚惜，举以予人，如弃草芥。今日割五城，明日割十城，然后得一夕安寝。起视四境，而秦兵又至矣。然则诸侯之地有限，暴秦之欲无厌，奉之弥繁，侵之愈急。故不战而强弱胜负已判矣。至于颠覆，理固宜然。古人云："以地事秦，犹抱薪救火，薪不尽，火不灭。"此言得之。

齐人未尝赂秦，终继五国迁灭，何哉？与嬴而不助五国也。五国既丧，齐亦不免矣。燕、赵之君，始有远略，能守其土，义不赂秦。是故燕虽小国而后亡，斯用兵之效也。至丹以荆卿为计，始速祸焉。赵尝五战于秦，二败而三胜。后秦击赵者再，李牧连却之。洎牧以谗诛，邯郸为郡，惜其用武而不终也。且燕、赵处秦革灭殆尽之际，可谓智力孤危，战败而亡，诚不得已。向使三国各爱其地，齐人勿附于秦，刺客不行，良将犹在，则胜负之数，存亡之理，当与秦相较，或未易量。

　　呜呼！以赂秦之地封天下之谋臣，以事秦之心礼天下之奇才，并力西向，则吾恐秦人食之不得下咽也。悲夫！有如此之势，而为秦人积威之所劫，日削月割，以趋于亡。为国者无使为积威之所劫哉！

　　夫六国与秦皆诸侯，其势弱于秦，而犹有可以不赂而胜之之势。苟以天下之大，下而从六国破亡之故事，是又在六国下矣。

　　（《嘉祐集笺注》卷三，上海古籍出版社，1993，62—63 页）

地志知识、自然美景与人生境界
——读姚鼐《登泰山记》随感

地志知识

姚鼐像

一说起泰山，人们自然而然地想到唐代诗人杜甫（712—770）的千古名篇《望岳》："岱宗夫如何，齐鲁青未了。造化钟神秀，阴阳割昏晓。荡胸生层云，决眦入归鸟。会当凌绝顶，一览众山小。"全诗风景之美、文化之美与性情之美因缘生发、浑融一体，表达了杜甫青年时代的胸襟抱负，并建构了诗人独特的文化人格，达到"仁者，浑然与物同体""仁者，以天地万物为一体，莫非己也"的崇高的人生境界（《河南程氏遗书》卷二上程颢语）。尤其是诗篇的最后两句，展现出杜甫像孔子那样"登东山而小鲁，登泰山而小天下"的壮阔胸襟（《孟子·尽心上》），千百年来一直激荡人心。

时隔一千多年，清乾隆四十年（1775）正月，姚鼐（1732—1815）又撰写了一篇经典之作——《登泰山记》（姚鼐著、刘季高标校

《惜抱轩文集》卷一四，上海古籍出版社，1992，220—221页，下同，参附录），带我们进入了另一种人生境界，一种在地志知识与自然美景中流连、徜徉的人生境界。

地志知识，包括区划建置、地理方位、山川形势、田地户口、道路里程、物产资源、名胜古迹、风俗民情等，是人们对自身生存的自然环境和社会环境的认知与传承的结晶。中国古代地志知识的文本传播，主要借助于《山海经》《水经注》之类专门的地理书、地记与历代史志中的地理志、州郡志，源远流长。从魏晋南北朝以降，文人撰著的地理游记（或称地学游记、舆地游记），也逐渐成为人们认知与传承地志知识的重要载体。

在《登泰山记》里，姚鼐借鉴历代史志的客观、凝练笔法，遵循文人地理游记的传统写作规范，向读者扼要地呈示有关泰山的地志知识，内容颇为丰富，描写相当简洁。首先高屋建瓴地俯视泰山地理方位："泰山之阳，汶水西流；其阴，济水东流。阳谷皆入汶，阴谷皆入济。当其南北分者，古长城也。最高日观峰，在长城南十五里。"其次纵向粗笔地勾勒北京至泰山旅游路线："自京师乘风雪，历齐河、长清，穿泰山西北谷，越长城之限，至于泰安。"再次具体而微地介绍泰山登山路线："由南麓登"，"始循"中谷"以入，道少半，越中岭，复循西谷，遂至其巅"。复次是简明扼要地考释泰山地名沿革："中谷绕泰安城下，郦道元所谓'环水'也"；"古时登山，循东谷入，道有天门。东谷者，古谓之'天门溪水'，余所不至也。今所经中岭及山巅崖限当道者，世皆谓之'天门'云。"又次点到为止地说明泰山的名胜古迹："亭西有岱祠，又有碧霞元君祠；皇帝行宫在碧霞元君祠东。是日，观

泰山賛 并序

蓋夫泰山者　上摭角九天精　下揚春二氣

工巒以獨宗　繫一元之肇始　遂東角

隆根以崙　獨已迤北跨渤澥

龍乃位震男　麻別仁梓　闢羣萌已

帝牲本乾剛心

青尺鮮菲蘊風雷而鼓萃是以晴

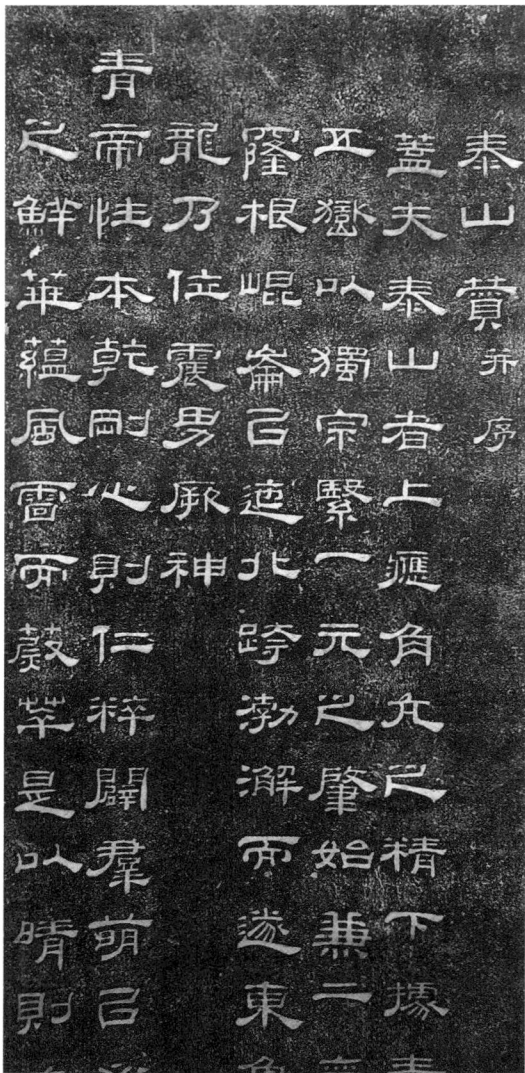

《泰山赞》碑立于清乾隆四十年（1775），位于泰山岱庙配天门西侧，泰安知府朱孝纯撰书。碑文歌颂了泰山的雄伟壮丽和古老文明，其书体为隶书，端雅秀丽，隶中有篆，变化多端，为泰山碑刻隶书之杰作，碑阴刻泰山全图。

道中石刻，自唐显庆以来，其远古刻尽漫失。"最后还朴素无华地补叙泰山的地貌和物产："山多石，少土；石苍黑色，多平方，少圆。少杂树，多松，生石罅，皆平顶。"大要言之，《登泰山记》对于泰山的介绍，基本涵盖了一般地志图书的知识内容，虽仅勾勒轮廓，但却清晰明了。所以清光绪间王锡祺编纂《小方壶斋舆地丛钞》，就将此文视为地志图书，收录其中。

但是问题在于，姚鼐既然以《登泰山记》标题，而不是以《泰山记》或《泰山志》标题，就明确地标示出这篇文章作为游记，并非像一般地志图书那样旨在如实地介绍、描述泰山的地理状貌，而是有意地传达登山者游历泰山的所见、所闻、所感。因此，这篇文章所涉及的地志知识，并不像明末徐弘祖撰写《徐霞客游记》那样，来源于亲历亲为的地理测量、地图测绘或行踪记录，而是主要来源于姚鼐游历之前对书本知识的阅读，游历之时对书本知识的印证，以及游历之后与书本知识的比对。对姚鼐而言，以书本为载体的地志知识，在游历泰山的行走过程中，在记述游历的书写过程中，转化成、或者说"伪装"成个人的经验知识，在表面上呈现为一种"用脚步丈量"山水地理的个人实践过程。

实际上也正是有赖于这次游历，姚鼐才第一次较为系统地阅读有关泰山的地志图书。乾隆三十九年岁末，姚鼐应挚友朱孝纯（1729—1785，字子颖）的邀请，前往泰安，而朱孝纯撰著的《泰山图志》一书，恰好刊行于这一年。两年前，朱孝纯赴任山东泰安知府。他有憾于前代府志、县志，记载泰山地理，大都语焉不详；而已有的泰山专志，如明代查志隆《岱史》、孔贞瑄《泰山纪事》等书，又大都记述驳杂，不合史法。于是，在政务倥偬之余，他"求亡书，聘名士，悉力搜辑，凡阅岁余而始告成，冠以图三十有一，故曰《图志》"（周中孚《郑堂读书记·补逸》卷一六）。同时，朱孝纯还绘有《泰岱全图》，撰刻《泰山赞碑》，著有《泰山金石记》等，为世人所称道。

在朱孝纯聘请的名士当中，最著名的是泰安本地文人聂𫓶。聂𫓶"生长泰山下，尝搜讨岱故，更思以游屐得其实"，常常同友人"攀幽跻险，探稽往躅"，"而又质之野老，参考群书"，历时三十年，撰著《泰山道里记》（聂𫓶《泰山道里记序》，清乾隆间杏雨书房刻本《泰山道里记》卷首）。《泰山道里记》成书于乾隆三十七年，具有很高的地理学价值，姚鼐在京城时就听钱大昕等学者交口称赞。这次姚鼐到泰安，适逢其时，就专门拜访聂𫓶，索读《泰山道里记》，并且当即撰写序文，盛赞这部著作的学术价值（《惜抱轩文后集》卷一《泰山道里记序》）。

毫无疑问，姚鼐有关泰山的地志知识，主要得益于这次游历的阅读收获，同时也唤醒了他以往阅读《水经注》等图书的记忆。我们不难想象，当他撰写《登泰山记》时，案头至少放置着《泰山道里记》《泰山图志》这两部图书，也许还有《泰岱全图》《泰山赞碑》《泰山金石记》等其他参考书。这些图书中记录的地志知识，不断地同姚鼐亲身游历泰山的实践经验进行"对话"，转化成他书写的游记文字。这就像我们现在到一个地方旅游，在旅途中或返程后，撰写旅游日志或游记文章时，一定会搜集相关的文献资料，作为写作的参考。所以我们所写的文字，尤其是跟景点的地志知识有关的文字，并非都来源于我们的"所闻""所见"，

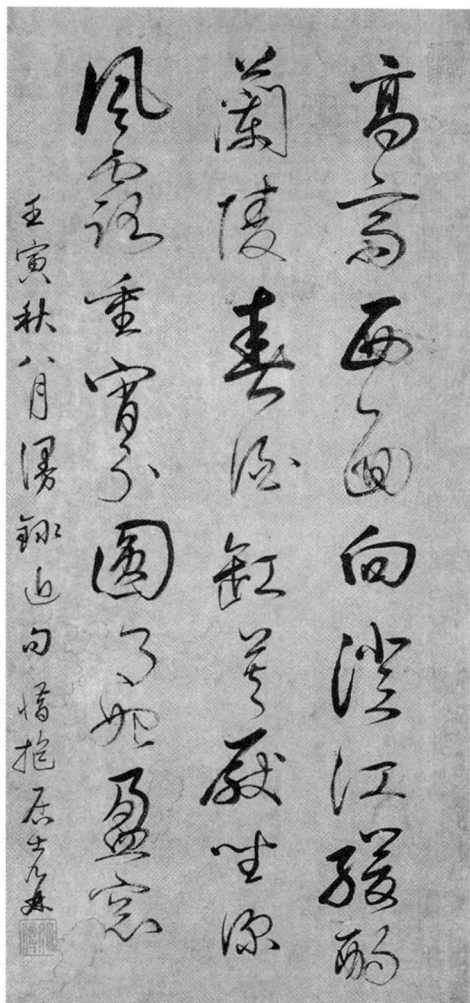

姚鼐行草《高斋西面七言》诗轴

还必然包括我们的"所读"。

我们注意到，姚鼐特别称许像朱孝纯、聂鈫这样，以亲身践履与目击的事实，来校正考辨古书的记载，撰著"详核可喜"的地志图书。他在《泰山道里记序》中说："余尝病天下地志谬误，非特妄引古记，至纪今时山川道里，远近方向，率与实舛，令人愤叹。设每邑有笃学好古能游览者，各考纪其地土之实据，以参相校订，则天下地志，何患不善？"在这字里行间，我们不难感受到当时学术界崇尚征实考辨的汉学风气，是如何"无孔不入"地影响姚鼐的。

受到汉学风气的波染，姚鼐撰写《登泰山记》时，不能不体现出"实事求是"的征实精神，因此他饶有趣味地记录和考证泰山的方位和登山的行迹。后人阅读《登泰山记》，也有一种潜在的期待，希望从姚鼐的记录和考证中，获取有关泰山的地志知识，即使不那么翔实，至少也比较准确。比如文章中写到，泰山阳、阴两面分别有汶、济二水，战国齐地就有"古长城"，登山石阶"其级约七千有余"等，这些无疑都是可以取信的地志知识。

考证助文

然而有趣的是，如果将《登泰山记》与《泰山图志》《泰山道里记》两相对读，我们却不无失望地发现，姚鼐既没有完全遵照时人考察与辨正的成果准确讲述泰山地理知识，也没有严格按照自身的行迹如实地记录行程实况，而是或多或少向读者传述了一些似是而非的地志知识。

　　比如泰山"中谷"（即中溪）之水，流出泰山以后，依傍旧泰安府城东面南流，成为地下潜流，而不是像《登泰山记》所说的"中谷绕泰安城下"，其"中谷"与郦道元所说的"环水"更是了不相关。泰山沿溪谷而上的三条登山路线，交会于"中岭"（即黄岘岭，又名中溪山），由此向上就是著名的十八盘，再经南天门，即可登上泰山之巅，而不是像姚鼐所说的"越中岭"后，又"复循西谷，遂至其巅"。至于姚鼐对未曾涉足的"东谷"的考证，既未能辨析泰山登山道路变迁的沿革，也未能准确地抄录原有的地志记录（如"天门下溪水"而非"天门溪水"），所以更是不知所云。此外，如文章中说由南麓登山要行走四十五里，也依据的是历代口口相传的成说，如张岱《岱志》所谓"言泰山高者，曰四十里"之类，并非实测所得。乾隆六年，吴江人沈彤（1688—1752）撰《登泰山记》（《果堂集》卷九），叙述从离开泰安城南算起，到泰山山顶约五十里，应当也是估摸所得，不可作数。聂钦《泰山道里记》已辨明历代传说的谬误，并引证明人张五典实测结果，记载登山里程应为十四余华里，与今人所测十八里左右大略相合。看来，姚鼐并没有细读聂钦的著作（参车锡伦、萧宝万《姚鼐〈登泰山记〉所述泰山南麓三谷订正》，《山东师范大学学报》1983年第3期）。

　　当然，我们并不能因为这些似是而非的地志知识，就批评姚鼐地理考证的疏失。因为姚鼐撰写《登泰山记》的潜在意图，并非显示自身的考证功夫，与《泰山道里记》、《泰山图志》之类的地志图书互相媲美。《登泰山记》毕竟是一篇游记，以游人为本位，而不是以泰山为本位。所以文章中涉及的地志知识，无论是征实还是考辨，都不过为我所用，触机便发，点到为止。作为一篇记叙文，姚鼐遵循的是桐城前辈方苞所创古文"义法"，"剪裁去取，虚实详略，自有权度，必得体要"（郭绍虞《中国文学批评史》下册，商务印书馆，2010，379页）。对他来说，地志知识、考证文字都是服务于记叙文写作的，这就是他说的："以考证助文之境，正有佳处。"（《惜抱轩尺牍》卷六《与陈硕士书》，安徽大学出版社，2014，10页）。在《登泰山记》中，这种佳妙的"文之境"，由生动的自然景物和深切的人生体验得以鲜明的彰显。

景物描写

《登泰山记》中的自然景物描写，聚焦于"最高日观峰"。日观峰原本是静态的景物，但是在姚鼐的笔下，它却在双水流东西、长城限南北的空间环境烘托下，肃穆庄严地屹立在泰山之巅。更为重要的是，姚鼐在泰山之巅，亲身体验了杜甫"阴阳割昏晓"的诗句，在一天之内尽情地领略了如画的晚照和绚烂的晨曦。于是，与惜字如金地介绍泰山的地志知识完全不同，姚鼐在文章中不惜辞费地描绘了风雪初霁时泰山奇特瑰丽的自然景物。泰山的晚照是如此优美："苍山负雪，明烛天南，望晚日照城郭，汶水、徂徕如画，而半山居雾若带然。"寥寥数语，自上而下，由远而近，为读者呈现出一幅阔大而壮丽的泰山晚照图。而泰山的日出则更为壮观："极天，云一线异色，须臾成五采。日上，正赤如丹，下有红光，动摇承之。或曰，此东海也。回视日观以西峰，或得日，或否，绛皓驳色，而皆若偻。""异色""五采""如丹""红光""绛皓驳色"……斑斓的色彩极速变幻，构成一幅神采飞动、瑰丽炫目的日出奇观。

以考证的眼光来看，在日观峰是看不见东方之海的。张岱《岱志》记载："日观望海，实不见海，极目缥缈，恍惚见沧。"仅仅说是"恍惚"如见而已。姚鼐在这里特地用"或曰"二字领起，显然他也明白把动摇的红光视为"东海"的说法是不合事实的。但是恰恰是这种"下有红光，动摇承之"的神奇景象，可以"助文之境"，渲染出仙境般的迷离恍惚、虚无缥缈。如此奇幻的景色，来自奇幻的笔调，更源自奇幻的想象，所以清末王先谦读这篇文章时，由衷地赞美道："具此神力，方许作大文。"（《续古文辞类纂》卷二四，《续修四库全书》第1610册）。

其实，姚鼐如此着力描写泰山的晚照与晨曦，可能还另有言外之意。姚鼐与朱孝纯结伴登泰山，时间是乾隆三十九年农历十二月二十八日（公历1775年1月29日）。第二天拂晓在日观亭坐赏日出，是十二月二十九日，正是除夕，这一年的最后一天。在传统民俗中，"二十八，洗邋遢"，人们要洗澡、洗衣，除去旧年的晦气，以清爽洁净的面貌迎接新春。除夕更是"月穷岁尽"之时，无论是贴门神、贴春联、祭祖、守岁，还是吃年夜饭、放爆竹等习俗，都表示除旧布新的意思。姚鼐在这一年十二月应邀至泰安，登泰山自然在行程之内。但是连日风雪，他只好在朱孝纯府上坐等天晴，有诗道："拟将雪霁上日观，当为故人十日留。"（《惜抱轩诗集》卷三《于朱子颍郡斋值仁和申改翁见示所作诗题赠一首》）直至月末，天公作美，大雪初霁，于是"无巧不成书"，在除旧布新之际，姚鼐与朱孝纯得以攀登泰山。姚鼐心中觉得，这也许是上天眷顾，所以在第二天，即乾隆四十年正月初一日，作《题子颍

所作登日观图》诗，欣喜地说："岂有神灵通默祷？偶逢晴霁漫怀欣。"（《惜抱轩诗集》卷八）

人生选择

对姚鼐一生来说，乾隆三十九年的确具有辞旧迎新的独特意义。这一年秋天，姚鼐以衰病或养亲为由，毅然辞去刑部郎中兼四库馆纂修官的职务，决计远离辗转十多年的喧嚣官场。但是他对"自此将何征"（《惜抱轩诗集》卷三《阜城作》），仍然深感迷茫与彷徨。

正是这一年岁末，姚鼐在泰安盘桓数日，与朱孝纯等友人倾心交谈，畅游泰山及周边景点，才逐渐坚定了归隐江湖的志向。他深情地对友人表白："径辞五云双阙下，欲揽青天沧海流。"（《于朱子颍郡斋值仁和申改翁见示所作诗题赠一首》）"前生定结名山诺，到死羞为《封禅文》。"（《惜抱轩诗集》卷八《题子颍所作登日观图》）朱孝纯也赠诗道："忽忽辞轩冕，而来数别离。孤怀成独往，老泪洒临岐。我有追随想，斯人未许知。寸心如不隔，明月以为期。"（《甲午残腊姚姬传乞假归过泰安即送其旋里三首》其一，《海愚诗钞》卷五，清乾隆五十九年至嘉庆十四年刻本）朱孝纯抒发的"追随"之想和"明月"之期，表达了对姚鼐"忽忽辞轩冕"的赞许和倾慕。他们的老师刘大櫆记述道：朱孝纯自重庆移守泰安后，"尝思退而稍息其劳，而辄为上官所留，欲归不得。乙未之春，姬传以壮年自刑部告归田里，道过泰安，与子颍同上泰山，登日观，慨然想见隐君子之高风，其幽怀远韵与子颍略相近云。"（《海峰文集》卷四《朱子颍诗集序》，《续修四库全书》第1427册。按，此处所谓"乙未之春"，乃刘大櫆记忆有误。）看来，朱孝纯的"幽怀远韵"对姚鼐的人生选择应该产生了重要影响。

　　经历了泰安之行的精神涤荡和心志磨砺，第二年春天返京不久，姚鼐就与四库馆同僚道别，整理行装，举家南归（《惜抱轩诗集》卷八《乙未春出都留别同馆诸君》）。从此以后，他以"隐君子之高风"，开启了持续后半生整整四十年的著书、授徒、讲学的生涯。对姚鼐来说，青壮年的仕宦岁月固然如诗如画，像晚照一般绚丽多彩，然而毕竟"夕阳无限好，只是近黄昏"，不值得留连忘返；而真正值得憧憬和期待的，甚至更为迫不急待的，则是像旭日东升一般崭新的年华和崭新

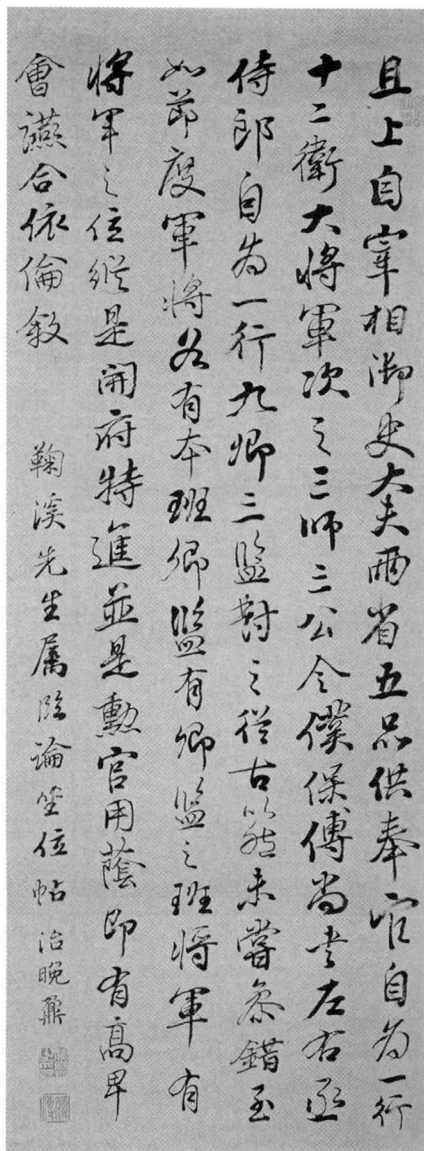

姚鼐《行书临论坐位帖》

的人生，因为这更契合他与朱孝纯"略相近"的"幽怀远韵"。因此当他登上岱顶，欣赏日出之际，胸中一片清澄明澈，离群出世之想油然而生："男儿自负乔岳身，胸有大海光明暾。即今同立岱宗顶，岂复犹如世上人。"（《惜抱轩诗集》卷三《岁除日与子颍登日观观日出作歌》）

雪中泰山

　　毫无疑问，这一崭新的年华和崭新的人生，如同姚鼐以往四十四年的人生道路，必将充满着艰难险阻，坎坷不平。但这是姚鼐自觉自愿选择的人生，也是他自娱自乐享受的人生。于是在姚鼐的笔下，泰山的自然景物呈现出以雪为"骨"、以"乘风雪"之人为"魂"的独特意境。

　　姚鼐到泰安时，恰值寒冬，"大风雪数日，崖谷皆满"（《惜抱轩文集》卷一四《晴雪楼记》）。他在大雪之后与友人畅游泰山，目之所及，雪与山融为一体：有"云中白若樗蒱数十立者，山也"的浑融合一，有"苍山负雪，明烛天南"的天地交辉，有诸峰"或得日，或否，绛皓驳色"的光辉腾映，还有山间"冰雪，无瀑水，无鸟兽音迹"的静谧空灵。白皑皑的积雪覆盖着沉寂的群山，群山呈现出晶莹纯洁的面貌，透露出傲岸冷峭的骨气，这不正是姚鼐"鹤骨撑青穹"的生动写照吗（《岁除日与子颍登日观观日出作歌》）？

　　姚鼐离京出游之始，即点出"乘风雪"三字，贯穿全篇，着意渲染，使外界的阻碍与内在的追寻无形中构成一股强大的张力。在逗留京城数月之后，他不顾严寒，毅然出行，跋涉数百里，来到朝思暮想的泰山脚下。雪后登山，"道中迷雾冰滑，磴几不可登"，周边雪气蒸发，眼前一片迷茫，脚下冻雪成冰，仍然一步一滑，奋力攀登。抵达山顶时，只见苍茫的群山背负着沉重的积雪，在夕阳的抚慰下，皎洁地映照南天，以绚丽的光芒勾勒出如画的山水城郭；而停留在山腰中的雾气，飘飘摇摇，仿佛一条丝带，依恋在山中，久久不肯离去，就像游人深深眷恋着自然美景。五鼓时分，姚鼐和朱孝纯迫不及待地登上日观亭，坐待日出，"大风扬积雪击面"，但料峭寒冬并未能冷却他们渴望日出美景的热情。破晓之时，周边漫漫云雾，恍如身在仙境。云中数十座山峰屹立，依稀可见，深青色的山峰覆盖着厚厚的积雪，宛如一枚枚骰子散落在棋盘之上。在山间来回行走，"至日观，数里内无树，雪与人膝齐"。环视周围，并无鸟兽音迹，万籁俱寂、了无生机的环境之中，只有意兴浓郁、情感激荡的人，在山间雪景中流连忘返。

在姚鼐前后两天游历泰山的过程中，他凭借内在的情感化解了外界阻碍与内在追寻的矛盾，使雪景与游人始终处在一种和谐融洽的关系之中。无论是"苍山负雪，明烛天南"，是"半山居雾若带然"，是"日上，正赤如丹，下有红光，动摇承之"，或是"日观以西峰，或得日，或否，绛皓驳色，而皆若偻"，在姚鼐的眼中笔下，沉寂静穆的泰山竟然如此生机勃勃，充满人的情味。这里呈现的不仅仅是刻意雕琢的"拟人化"手法，而是物我交融的"移情式"笔调。诚如刘勰所说："登山则情满于山，观海则意溢于海。"（《文心雕龙·神思》）姚鼐立身泰山之巅，游目骋怀，将自身的情感充溢宇宙，赋予雪中的泰山以独特的人格力量：足以背负沉重的积雪而以此为荣，足以返照绚丽的夕阳而以此为耀，足以留连如画的美景而徘徊逗留，足以承托初升的朝阳而襟怀激荡，还足以领受普照的曦轩而低首执恭……在姚鼐笔下，雪中泰山竟然如此纯净而清朗，如此淡定而从容，如此圆融而充盈，这是何等澄明的人生境界！

多少年以后，回首登岱往事，姚鼐虽然自谦"立处不知天下小"，没有像孔子、杜甫那样舒展"登泰山而小天下"的胸襟，但他却难以忘怀"雾雪高山共酒尊"的深切的人生体验（《惜抱轩诗集》卷九《朱白泉观察以仆往昔访其先公运使于泰安时所作诗文各一首同装成卷见示感题》）。"昔乘积雪被青山，曾入天门缥缈间"的一番登临（《惜抱轩诗集》卷九《跋汪稼门提刑登岱诗刻》），构筑了他衷心向往、执着追寻的人生境界，久久地铭刻在他的心灵深处，也久久地伴随着他的人生旅程。

附　录

登泰山记

姚　鼐

泰山之阳，汶水西流；其阴，济水东流。阳谷皆入汶，阴谷皆入济。当其南北分者，古长城也。最高日观峰，在长城南十五里。

余以乾隆三十九年十二月，自京师乘风雪，历齐河、长清，穿泰山西北谷，越长城之限，至于泰安。是月丁未，与知府朱孝纯子颍由南麓登。四十五里，道皆砌石为磴，其级七千有余。

泰山正南面有三谷。中谷绕泰安城下，郦道元所谓"环水"也。余始循以入，道少半，越中岭，复循西谷，遂至其巅。古时登山循东谷入，道有天门。东谷者，古谓之"天门溪水"，余所不至也。今所经中岭及山巅崖限当道者，世皆谓之"天门"云。道中迷雾冰滑，磴几不可登。及既上，苍山负雪，明烛天南。望晚日照城郭，汶水、徂徕如画，而半山居雾若带然。

戊申晦，五鼓，与子颍坐日观亭待日出。大风扬积雪击面。亭东自足下皆云漫，稍见云中白若樗蒱数十立者，山也。极天，云一线异色，须臾成五采。日上，正赤如丹，下有红光，动摇承之。或曰："此东海也。"回视日观以西峰，或得日，或否，绛皓驳色，而皆若偻。

亭西有岱祠，又有碧霞元君祠。皇帝行宫在碧霞元君祠东。是日，观道中石刻，自唐显庆以来，其远古刻尽漫失。僻不当道者，皆不及往。

山多石，少土；石苍黑色，多平方，少圆。少杂树，多松，生石罅，皆平顶。冰雪，无瀑水，无鸟兽音迹。至日观数里内无树，而雪与人膝齐。

桐城姚鼐记。

（《惜抱轩文集》卷一四，上海古籍出版社，1992，220—221页，标点略有改动。）

人生篇

"书于石，所以贺兹丘之遭也"
——读柳宗元《钴鉧潭西小丘记》

发现之美

人们通常认为，唐代散文家柳宗元（773—819）的"永州八记"是山水游记的经典作品。所谓"游记"，顾名思义，当因"游"而为"记"，即对游览、旅行进行记录的文章。但细读"永州八记"，你却不难看到，柳宗元并非如寻常所说的因"游"而"记"，而更多的是因"见"而"记"、因"得"而"记"，模山范水，别有寓意。

就像"赌石"一样，天然生成的璞玉是否有幸成为精美绝伦的翡翠，有赖于识者的慧眼，有赖于良工的雕琢，还有赖于智者的"赋意"，柳宗元笔下的美景也都经过他的发现、创造和鉴赏。"永州八记"第三记《钴鉧潭西小丘记》（《柳宗元集》卷二九，中华书局，1979，765—766页），最后写道："书于石，所以贺兹丘之遭也。"经由柳宗元灵心慧目的发现、创造和鉴赏，永州钴鉧潭西一块朴实无华的小丘焕然一新，成为赏心悦目的美景，如此遭遇，岂非可喜可贺？

首先，在柳宗元的笔下，山水景物呈现为一种"发现之美"。像钴鉧潭西小丘这样一块"货而不售"的"弃地"，得以跻身为"大喜出自意外"的"异地"，需要有心者慧眼独具的发现。明人茅坤评论道："愚窃谓公与山川两相遭，非子厚之困且久，不能以搜岩穴之奇；非岩穴之怪且幽，亦无以发子厚之文。"（《唐宋八大家文钞》卷二三）

对于主体而言，景物是客体。景物如西山、钴鉧潭、小丘……都是人所习见，客观存在的，而景物异于寻常的美则需要主体有意识的发现。永贞元年（805）十一月，柳宗元贬为永州司马。到了永州后，他常常"上高山，入深林，穷回溪，幽泉怪石，无远不到"，于是"以为凡是州之山水有异态者，皆我有也，而未始知西山之怪特"。这时候的西山诸景虽然存在，却始终不为人知。直到元和四年（809）九月二十八日，柳宗元"因坐法华西亭，望西山，始指异之"。柳宗元登山观景后感慨道："然后知是山之特立，不与培塿为类"（《柳宗元集》卷二九《始得西山宴游记》，762页）。

十月初七日，柳宗元又发现了西山之西的钴鉧潭以及钴鉧潭西的小丘。正是因为主体的发现，使原本无知无识的山石赋予了生机勃勃的生命，《钴鉧潭西小丘记》写道："其石之突怒偃蹇，负土而出，争为奇状者，殆不可数。其嵌然相累而下者，若牛马之饮于溪；其冲然角列而上者，若熊罴之登于山。""突怒偃蹇"四字，用笔沉重地刻画山石高耸的形状和神态；"负土而出"的"出"字，简洁地勾勒山石的顽强情状；"争为奇状"的"争"字，生动地描写山石不甘埋没的品格；像"牛马之饮于溪"一样"嵌然相累而下"，像"熊罴之登于山"一样"冲然角列而上"，则形象地展示出山石的旺盛生命力。

　　小丘的山石原本仅仅是普普通通的山石，但是经由柳宗元审美之眼的发现和审美之笔的描写，顿然焕发出勃然生机。在这一意义上我们甚至可以说，没有人美就没有景美，景美全然是人美的移位和投射。正因为人美，所以柳宗元的审美之眼投注到钴鉧潭之水，潭水荡然有趣："其颠委势峻，荡击益暴，啮其涯，故旁广而中深，毕至石乃止；流沫成轮，然后徐行。"（《柳宗元集》卷二九《钴鉧潭记》，764页）投注到小石潭中的鱼儿，鱼儿欣然有神："潭中鱼可百许头，皆若空游无所依。日光下澈，影布石上，佁然不

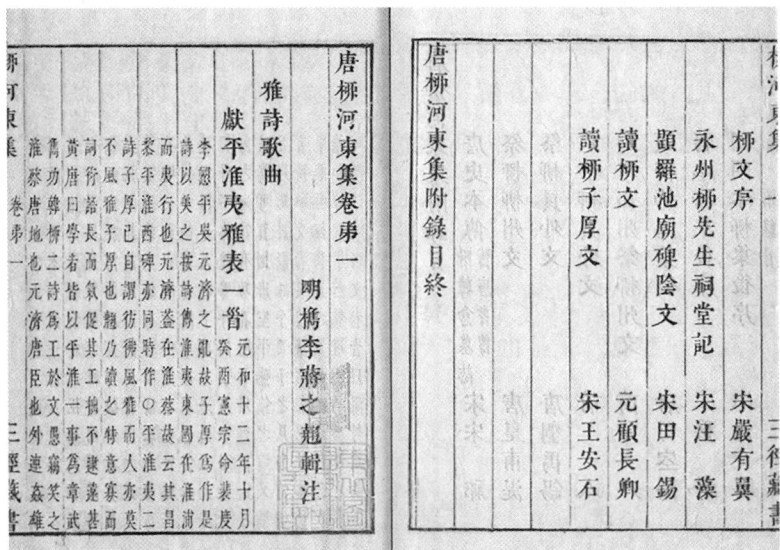

《唐柳河东集》又名《河东先生集》，是柳宗元的著作集，由柳宗元好友刘禹锡编辑。全书四十五卷，雅诗歌曲一卷、赋一卷、诗二卷、文三十九卷、非国语二卷。后人又辑外集五卷，补遗一卷。

动。俶尔远逝，往来翕忽，似与游者相乐。"（《柳宗元集》卷二九《至小丘西小石潭记》，767页）

创造之美

其次，在柳宗元的笔下，山水景物更呈现出一种"创造之美"。客体的景物固然原本就被赋予某种天然之美，然而这种"天生丽质"要么被外物遮蔽，要么未能尽情展露，因此往往必须经由主体的创造，才能完全展现其内在的美质。清初卢元昌说的好："天欲洗出永州诸名胜，故谪公于此地。观其穷一境，辄记一笔，千载下，知永州有钴鉧、石渠、西山、石涧、袁家渴诸地者，皆公之力也。"（孙琮《山晓阁选唐大家柳柳州全集》卷三引）

主体的创造，一方面是发掘景物被外物遮蔽的美的形态。《钴鉧潭西小丘记》写道，柳宗元售得小丘后，"即更取器用，铲刈秽草，伐去恶木，烈火而焚之"。为了彰显景物之美，柳宗元与他的朋友一起，对小丘景致进行一番去伪存真、去粗取精的加工，于是小丘被遮蔽的美的形态方得以呈现。

另一方面，主体的创造还在于重构景物天然潜在的美的内质。文章写道，经过柳宗元等人的努力后，"嘉木立，美竹露，奇石显"。"嘉木""美竹""奇石"，这是客体景物天然潜在的美质；而"立""露""显"，则是由主体创造而成的美质的显露。

作为美景的创造者，柳宗元非常擅长发掘与重构景物的天然美质。如《钴鉧潭记》写道："则崇其台，延其槛，行其泉于高者而坠之潭"，于是成为"有声潨然，尤与中秋观月为宜，于以见天之高，气之迥"的美景（《柳宗元集》卷二九，764页）。《石渠记》写道，从"州牧得之"石渠后，"揽去翳朽，决疏土石，既崇而焚，既酾而盈"（同上，770页）。

<h2 style="text-align:center">鉴赏之美</h2>

再次，柳宗元笔下的山水景物还呈现出一种别出心裁的"鉴赏之美"。柳宗元说："余既委废于世，恒得与是山水为伍"（《柳宗元集》卷二四《陪永州崔使君游宴南池序》，641页），可见他是有意识地将客体景物视同知己的，善于从山水景物中"读"出自身的情感之美、心灵之美、人格之美。

柳宗元明确地认识到："夫美不自美，因人而彰。兰亭也，不遭右军，则清湍修竹，芜没于空山矣。"（《柳宗元集》卷二七《邕州柳中丞作马退山茅亭记》，730页）景物之美正是借助于鉴赏者，才得以彰显。因此，只有当主体"心凝形释，与万化冥合"（《始得西山宴游记》）时，主体人格与客体景物才能融为一体，客体景物之美映衬主体人格，主体人格之心投射客体景物，二者交相增辉，相互"增殖"，从而构成富有意味的"异地"。

柳宗元《钴鉧潭西小丘记》写道，纵目所及，在这一富有意味的"异地"之中，小丘之外的景物纷至沓来，愉悦快乐地呈现其

佚名《"钴鉧潭"榜书》
原刻于宋代

秀美的姿态：“山之高，云之浮，溪之流，鸟兽之遨游，举熙熙然回巧献技，以效兹丘之下。”鉴赏者的眼光大大地扩展了小丘周边的美景，使小丘的“发现之美”与“创造之美”得以向天地宇宙“扩容”。

同时，在这富有意味的“异地”之中，更有人与自然的对话与交流。文章写道：“枕席而卧，则清泠之状与目谋，瀯瀯之声与耳谋，悠然而虚者与神谋，渊然而静者与心谋。”举目所见是清

柳宗元登柳州蛾山诗图

澈明净的溪流，盈耳所闻乃叮咚作响的水声，洗涤精神的是"悠然而虚"的高山、天空与浮云，抚慰灵魂的是"渊然而静"的嘉木、美竹与奇石。

由此一来，山水景物之美便跃升为一种有灵魂、有精神、有人格的美。景物的灵魂、精神与人格，不仅表现为山、云、溪、鸟兽等得以"拟人化"，尽情地向鉴赏者展露其美貌——"举熙熙然回巧献技，以效兹丘之下"；更表现为人的目、耳、神、心，即人的全身心得以外溢、外移，成为"清泠之状""潆潆之声"等可以触摸而及的景物的状貌，更成为"悠然而虚者""渊然而静者"等有待体悟而及的情态。正是在这一意义上，近人章士钊认为柳文写景是"虚摹"，即主观想象之景，"既谓神到，非虚摹无由得神"（《柳文指要》卷二九中华书局，1971）。

而且，在精神世界极其丰富的柳宗元看来，不同景物的鉴赏还可以激发鉴赏者不同的感受，从而适合于不同的情境和心境。例如与小丘同时发现的钴鉧潭和小石潭，就激发起柳宗元全然不同的感受。钴鉧潭的美景使他乐观旷达——"尤与中秋观月为宜，于以见天之高，气之迥。孰使予乐居夷而忘故土者，非兹潭也欤？"（《钴鉧潭记》，第764页）而小石潭的美景则让他凄寒幽怆——"坐潭上，四面竹树环合，寂寥无人，凄神寒骨，悄怆幽邃。以其境过清，不可久居，乃记之而去。"（《至小丘西小石潭记》，第767页）

此文常在

《钴鉧潭西小丘记》最后写道："书于石，所以贺兹丘之遭也。"的确，经由柳宗元的发现、创造和鉴赏，平凡朴质、默默无闻甚至遭致弃置的钴鉧潭西一小丘，完全改变了它的命运。屈居偏僻之地的"兹丘"，经由柳宗元神来之笔，不但呈现出不同寻常的美质，而且建构了超脱凡尘的境界，更隐寓了难以言表的苦衷。于是"兹丘"成为"兹人"的形象写照和生动象征。宋人洪迈评论道："士之处世，遇与不遇，其亦如是哉！"（《容斋三笔》卷九"钴鉧沧浪"条中华书局，2005）清人何焯说："兹丘犹有遭，逐客所以羡而贺也，言表殊不自得耳。"（《义门读书记》卷三六《河东集》中华书局，1987）

　　而一旦柳宗元将"兹丘"不同寻常的遭际"书于石"，"兹丘"的生命更得以不朽与永存。一代又一代的读者阅读《钴鉧潭西小丘记》，"兹丘"的生命就得以延续，得以永存，"兹丘之遭"的际遇也因此积淀成为传承久远的精神。清人过珙说："使兹丘不遇柳州，特顽土耳。今此文常在，则此丘不朽，曰'可贺'，诚可贺也。"（《古文评注》卷七）

附　录

钴鉧潭西小丘记

柳宗元

　　得西山后八日，寻山口西北道二百步，又得钴鉧潭。潭（一本无"潭"字）西二十五步，当湍而浚者为鱼梁。梁之上有丘焉，生竹树。其石之突怒偃蹇，负土而出，争为奇状者，殆不可数。其嵚然相累而下者，若牛马之饮于溪；其冲然角列而上者，若熊罴之登于山。

　　丘之小不能一亩，可以笼而有之。问其主，曰："唐氏之弃地，货而不售。"问其价，曰："止四百。"余怜而售之。李深源、元克己时同游，皆大喜，出自意外。即更取器用，铲刈秽草，伐去恶木，烈火而焚之。嘉木立，美竹露，奇石显。由其中以望，则山之高，云之浮，溪之流，鸟兽（一本"兽"下有"鱼鳖"二字）之遨游，举熙熙然回巧献技，以效兹丘之下。枕席而卧，则清泠之状与目谋，瀯瀯之声与耳谋，悠然而虚者与神谋，渊然而静者与心谋。不匝旬而得异地者二，虽古好事之士，或未能至焉。

　　噫！以兹丘之胜，致之沣、镐、鄠、杜，则贵游之士争买者，日增千金而愈不可得。今弃是州也，农夫渔父过而陋之，贾四百，连岁不能售。而我与深源、克己独喜得之，是其果有遭乎！书于石，所以贺兹丘之遭也。

　　（《柳宗元集》卷二九，中华书局，1979，765—766页）

人生无悔，其孰能讥
——读王安石《游褒禅山记》

人生选择

　　每个人从呱呱落地伊始，便面临着种种选择——有意识的或无意识的，主动的或被动的，情愿的或不情愿的。可以说，人生的历程就是一个不断选择的过程。在人生选择中往往面临重重困境，总是充满着许许多多的迫不得已、无可奈何，想做的事情可能不能做或者不去做，能做的事情可能不想做或者无法去做，去做的事情可能不能做或者不想做。

　　当然，这种人生选择的迫不得已、无可奈何，在不同的情境中有着不同的内涵。当人生选择的迫不得已、无可奈何发生在想做的事情却不能做，或者做了却不能成功的时候，人们也许可以忧伤地说："悄悄地我走了，正如我悄悄地来；我挥一挥衣袖，不带走一片云

王安石像

彩。"但却不至于终生心心念念，难以释怀。因为他们明白，随心所欲而终得偿所愿，那只能是人生的理想状态，而不可能是人生的现实状态。如果想做的事情不能做或者不能成功，却执意要去做，非得有个结果不可，那只能撞上南墙，碰得头破血流。比如我想要像鹰一样在天空中自由自在地飞翔，但我心里明白，这是不能做的，而且永远不可能做到——除非在梦里或者在神幻世界里。如果我执意要在蓝天白日相映之下，给双臂装上一对鹰一样的翅膀，扑腾腾地飞向天空，那谁都明白会是什么结果。

但是，如果这种迫不得已、无可奈何的人生选择发生在能做或者能做到的事情却不去做的时候，情况就比较复杂了。因为面对能做或者能做到的事情，人们之所以不去做，可能出于客观原因——没有机会去做，或者有人不让你去做，或者没有必要的物质条件帮助你去做，也可能出于主观原因——你觉得不该做，或者觉得做不好。当然也可能什么原因都没有，只是不去做而已。

在人生的选择中，能做、并且能做到的事情却不去做，这大概就是孟子所说的"不为也，非不能也"。孟子来到齐国，想说服齐宣王施行"仁术"，举例说："有复于王者曰：'吾力足以举百钧，而不足以举一羽；明足以察秋毫之末，而不见舆薪。'则王许之乎？"齐宣公听了，当然觉得这是不可思议的事情。孟子又举例说："挟太山以超北海，语人曰：'我不能。'是诚不能也。为长者折枝，语人曰：'我不能。'是不为也，非不能也。"人们可以不去做不能做的事情，但应该去做能做的事情，否则就是不做而不是不能做。经过擅长辩说的孟子这么一解释，齐宣王终于豁然开朗，明白施行"仁术"是他能做的事情，所以可以而且应该去做（《孟子·梁惠王上》）。

　　一千三百多年以后，宋仁宗至和元年（1054）七月，王安石（1021—1086）偕友人游览褒禅山，对人生的"不为"与"不能"又有了新的体会。他深深地感叹一个人面临人生选择时，往往不由自主地陷入一种迫不得已、无可奈何的境地——能做，并且能做到，但是却不去做。于是，他写下了这篇《游褒禅山记》（《王安石集》），记录这一深切的感受。

极乎游之乐

　　褒禅山在今安徽省含山县城东北，山水秀美。王安石对这次山水之游原本抱有很大的希望，想要"极夫游之乐"。因为他由衷地相信："世之奇伟、瑰怪、非常之观，常在于险远，而人之所罕至焉，故非有志者不能至也。"而世人传说中的"华山洞"，对他便有着莫大的吸引力，他很想要探察究竟。文章第一段叙写"褒禅"名称的来由，考辨"华山"之名的正误，为王安石这种"探险"心理做了很好的铺垫。

　　所以，王安石来到褒禅山脚时，对"其下平旷，有泉侧出"的"前洞"并不关心，因为那里"记游者甚众"，游览并且在山石上题记的人众多，缺乏神秘感和吸引力，这肯定不是"有志者"的理想境界。王安石心想往之的，是"问其深，好游者不能穷"的"后洞"。因为那里是"人之所罕至"的，王安石的内心，对可能有的"奇伟、瑰怪、非常之观"充满着浪漫的憧憬和探究的冲

位于安徽省马鞍山市含山县的褒禅山景区

动。既然是旅游，就应该尽兴，这正是他想做的。

　　那么他想做的事情能做到吗？王安石坚信能做到。因为他自认为是一位"有志"的"好游者"，抱有行远探险，观赏"奇伟、瑰怪、非常之观"的志向。游褒禅山这一年，他刚刚三十四岁，年富力强，身体健康，自然有行远探险的能力。同游的四位"旅友"——江西吉安人萧君圭、福建长乐人王回，以及他的弟弟安国、安上，也都正当壮年甚至是青年，并非七老八十的，也没有身体不适或行走不便的毛病。况且游览后洞的经历，虽然"比好游者尚不能十一"，但是已经让王安石大开眼界："入之愈深，其进愈难，而其见愈奇"，奇异的景物扑面而来，探险的冲动也越来越强烈。而处身"幽暗昏惑"的山洞中，他们又持有烛火，而且

"火尚足以明",不至于陷入伸手不见五指的黑暗中迷失方向——所有这些主观的和客观的条件,都表明王安石要继续行远探险,是能够做到的。

然而,王安石毕竟没有行远探险,而是半途而废,在朋友的劝说下"遂与之俱出"了。那么,为什么王安石想做而且能做的事情却不去做呢?他写道:"方是时,余之力尚足以入,火尚足以明也。既其出,则或咎其欲出者"。种种客观因素都足以让他们继续前行,所以想做、能做而不去做,只能埋怨同行的"怠而欲出者"了。埋怨同行者什么呢?埋怨他的松懈懒惰,即主观上不想吃苦,缺乏毅力。这当然是事实。

但是事后王安石仔细想想,这其实不能光埋怨别人,更应该埋怨的还是自己的"随以怠",即盲从他人,以至于懈怠。"好逸恶劳"原本就是人的天性,"从众心理"也是人之常态。面对想做并且能做的事情却没做,是因为自己选择了追随他人,选择了松懈懒惰,而这归根结底还是自己缺乏努力去做、不轻言放弃的信念与毅力,缺乏独立自主的判断、决心和行为。

孟子说:"行有不得,反求诸己。"(《孟子·离娄上》)这明明是自己的选择,怎么能不求诸己,反求诸人呢?所以,王安石所说的"在己为有悔",的确是发自内心深处的愧悔,愧悔自己身处十字路口,选择了"随以怠"而未能选择"尽吾志"。在人生选择上,可以接受失败,但不能接受放弃。为了无愧无悔,哪怕"尽吾志也而不能至",也可以而且应该选择尝试一番啊!能做而不去做,终究是会后悔的。

其见愈奇

不过话说回来了，王安石想要"极夫游之乐"，有一个重要的前提，就是他坚信"世之奇伟、瑰怪、非常之观，常在于险远，而人之所罕至焉"。这无疑是一种美好的理想——但也不过是理想而已。我们不妨追问："世之奇伟、瑰怪、非常之观"，果真"常在于险远"吗？"人之所罕至"之地，果真就有"世之奇伟、瑰怪、非常之观"吗？

阅读这篇文章，我特别想知道，褒禅山"好游者不能穷"的"后洞"，果真有"奇伟、瑰怪、非常之观"吗？王安石叙说他们在游览"后洞"的时候，"入之愈深，其进愈难，而其见愈奇"，究竟他们所看见的"奇"是什么样的景象呢？是"后洞"道路的曲折幽深，时明时暗？还是"后洞"中悬挂着奇形怪状的钟乳石，

褒禅山的华阳洞入口

令人目不暇接？

　　仅仅一个"奇"字，实在无法满足我作为读者的"好奇心"。我也真不知道，仅仅一个"奇"字，怎么就能满足王安石的"好奇心"？明明是一篇应以叙事写景见长的山水游记，王安石偏偏不绘声绘色地摹山绘水，为读者展现瑰奇的山水景物，而是只顾着讲"道理"，执着地以"理趣"取胜。宋人"尚理"竟至于此！

　　有一则著名的故事，说是与王安石同时代的理学家程颐（1033—1107），曾携友人拜访前辈学者邵雍（1011—1077）。时值春天，京城开封景色秀丽，一派欣欣向荣，邵雍邀请程颐等人同游天门街看花。程颐推辞说："平生未尝看花。"邵雍回答道："庸何伤乎？物物皆有至理。吾侪看花，异于常人，自可以观造化之妙。"程颐于是从游（《二程集·河南程氏文集·遗文》引邵伯温《易学辨惑》，中华书局，1981，674页）。鲜花如何艳丽绚烂，这不重要，重要的是看花"以观造化之妙"，这便是理学家对待自然万物的态度。对此，王安石应该是深有同感的，所以他所看重的并不是山水之"奇伟、瑰怪、非常之观"，而是置身自然、行远探险之中的人生体验。

　　的确，人们对山水风光的美好想象常常超乎亲眼目睹的景象，心驰神往的"卧游""神游"乃至"文游"，可能比起亲历其地更加迷人。当你一旦身临其境，你所看到的也许出乎想象，显得那么地平庸无奇。尽管如此，人生的目的不就是始终不懈地追寻美好的理想吗？所以，也许不将"眼见为实"的真实情景说破，让它多多少少披上一层神秘的面纱，这样更能使"理想"保持它所应具有的迷离惝恍的状态。

　　但是我总觉得，作为以"理性"见长的王安石，应该是非常清醒的，他并没有沉迷于"奇伟、瑰怪、非常之观"的理想之中。面对漫长而艰辛的人生旅途，王安石虽然在意想做的事情能不能做、能不能做到，但他更在意的，也许是想做的事情能不能去做，要不要去做，做了会怎样，不做又会怎样。

　　人生旅途总是面临着种种选择，当"志""力""不怠"、"有物以相之"等种种内在的和外在的因素全都具备了，你怎么选择才能于己无愧无悔，于人无以讥之呢？如果是想做而且能做的事情，由于主观原因而选择了放弃，稍有思想的人在事后往往会深感遗憾，或心生愧悔。因此王安石认为只有一种选择，而且必须坚定这样的人生选择：想做而且能做的事情，就"尽吾志"去做。他说："尽吾志也而不能至者，可以无悔矣，其孰能讥之乎？"

深思而慎取之

　　行文至此，我不免突发奇想：其实，王安石对人生的体验还有他的过人之处，这一层意思似乎瞒过了大多数的读者。这就是他明明知道自己决定了想做、能做而不去做的人生选择，也就是孟子所说的"能"而"不为"，也明明知道这么做的结果是"在己为有悔"，但是他却并没有沉迷于愧悔之中而不可自拔，而是以超然的态度省视这种迫不得已、无可奈何的人生选择。这不仅表现在王安石秉持"求思之深而无不在也"的信念，游览褒禅山之后的"所得"与众不同，更表现在他有"所得"之后仍然不萦于心，坦然陈述自己的愧悔，拷问自己的灵魂，从而重新步上"深思而慎取之"的人生征途。

明白了这一点，我们就可以理解，王安石为什么要在《游褒禅山记》短短数百字的篇幅中，一前一后地记录"其文漫灭"的"仆碑"。这貌似"闲文逸笔"，甚至可说是"节外生枝"，也许真的深含"禅机"。

林云铭说："末以山名误字推及古书，作无穷之感，俱在学问上立论，寓意最深。"（《古文析义》卷一五）这种深刻的寓意是什么呢？王安石说："古书之不存，后世之谬其传而莫能名者，何可胜道也哉！"历史能够记录一个人物，也能够记录人物的"所为"，但是真能记录人物"所为"之时或者之后的"所能""所想"吗？真能记录人物"所不为"之时或者之后的"所能""所想"吗？如果不能，或者如果不完全能清楚而准确地记录，我们所阅读的历史究竟有几分"真相"？怎么才能揭示历史的"真相"？

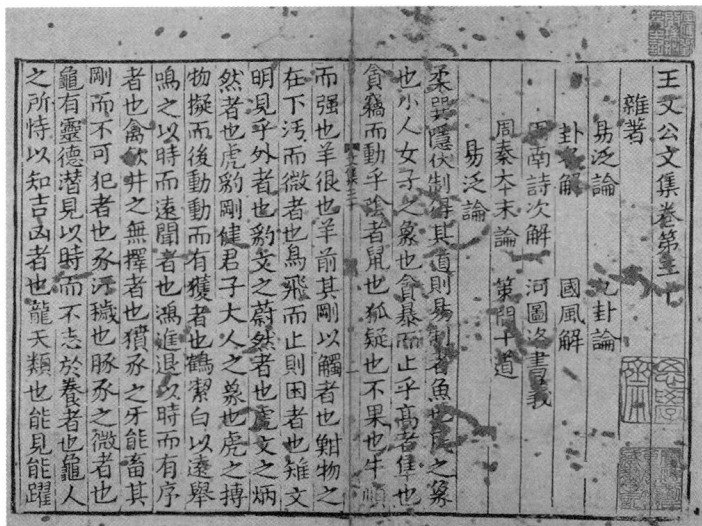

宋刊龙舒本《王文公文集》（局部）

游褒禅山记

王安石

　　褒禅山亦谓之华山。唐浮图慧褒始舍于其址，而卒葬之；以故其后名之曰"褒禅"。今所谓慧空禅院者，褒之庐冢也。距其院东五里，所谓华山洞者，以其乃华山之阳名之也。距洞百余步，有碑仆道，其文漫灭，独其为文犹可识，曰"花山"。今言"华"如"华实"之"华"者，盖音谬也。

　　其下平旷，有泉侧出，而记游者甚众，所谓前洞也。由山以上五六里，有穴窈然，入之甚寒，问其深，则其好游者不能穷也，谓之后洞。余与四人拥火以入，入之愈深，其进愈难，而其见愈奇。有怠而欲出者，曰："不出，火且尽。"遂与之俱出。盖余（一作予）所至，比好游者尚不能十一，然视其左右，来而记之者已少。盖其又深，则其至又加少矣。方是时，余之力尚足以入，火尚足以明也。既其出，则或咎其欲出者，而余亦悔其随之而不得极夫游之乐也。

　　于是余有叹焉。古人之观于天地、山川、草木、虫鱼、鸟兽，往往有得，以其求思之深而无不在也。夫夷以近，则游者众；险以远，则至者少。而世之奇伟、瑰怪，非常之观，常在于险远，而人之所罕至焉，故非有志者不能至也。有志矣，不随以止也，然力不足者，亦不能至也。有志与力，而又不随以怠，至于幽暗昏惑而无物以相之，亦不能至也。然力足以至焉，于人为可讥，而在己为有悔；尽吾志也而不能至者，可以无悔矣，其孰能讥之乎？此余之所得也。

余于仆碑，又以悲夫古书之不存，后世之谬其传而莫能名者，何可胜道也哉！此所以学者不可以不深思而慎取之也。

四人者：庐陵萧君圭君玉，长乐王回深父，余弟安国平父、安上纯父。至和元年七月某日（一作甲子），临川王某记。

（《王文公文集》卷三五，上海人民出版社，1974 标点略有改动）

"造物不自以为功"
——读苏轼《喜雨亭记》

求雨故事

苏轼（1037—1101）的《喜雨亭记》(孔凡礼点校《苏轼文集》卷一一，中华书局，1986，349—350页，后文同出此集不再标注)，写于北宋仁宗嘉祐七年（1062）三月下旬。这年他二十六岁，任大理评事，签书判凤翔府公事，协理知府处理日常事务。在这篇笔调流丽轻灵的文章背后，有一桩饶有趣味的求雨故事。

从嘉祐六年九月开始，凤翔周边除了飘过一些微雪，好几个月没正经下雪了。转过年来，入春一个月了也不下雨。土地干涸，旱情严重，农人忧心如焚，担心再不下雨的话，庄稼必然颗粒无收，盗贼难免兴风作浪。人们束手无策，唯有遵循习俗，祭祷神灵，祈求降雨。而求雨本来就是地方官的职责，苏轼自然当仁不让。何况舞文弄墨自是文人的本分，更是苏轼的特长。他写了一篇文情并茂的祈雨文，准备呈递神灵。

凤翔府在今天陕西宝鸡市一带，南临渭水。渭水以南是秦岭，秦岭最高的山峰是太白山，地处郿县。太白山上有一座上清宫，宫前有池塘，祷雨取水，多有灵应。父老传说，"太白山至灵，自昔有祷无不应"（《东坡志林》卷三"太白山旧封公爵"条，中华书局，1981，56页）。三月初七，苏轼不辞辛劳，亲自登上太白山，在上清宫前高声朗诵祝文，祈求山神普降甘霖，"上以无负圣天子之意，下亦无失愚夫小民之望"（《苏轼文集》卷六二《凤翔太白山祈雨祝文》，1914页）。

果然三月初八下雨了，十七日又下了一场雨，但是雨太小，远远不足以解救旱情。苏轼咨询当地人，说是太白山神在唐朝时封为"神应公"，到宋朝却降为"济民侯"，山神可能闹情绪，不太灵验了（《东坡志林》卷三"太白山旧封公爵"条）。于是苏轼立刻代太守宋选向皇帝草拟一份奏状，请封山神"明应公"（《苏轼文集》卷三七《代宋选奏启封太白山神状》，1061页；卷六二《告封太白山明应公祝文》，1914页）。随后又特派使者，前往上清宫敬告山神，并且恭恭敬敬地从宫前池塘里取回一盆"龙水"。苏轼还特地写了《迎送神词》一篇五章（《苏轼诗集》卷四《太白词（并叙）》，中华书局，1982，152页）。

二十日早晨，苏轼与太守宋选斋戒沐浴，到郊外迎接"龙水"，并举行祈雨仪式。数以千计的百姓聚集观看，宋太守当众宣读苏轼撰写的《祷龙水祝文》，说："府主舍人，存心为国，俯念舆民。燃香蔫以祷祈，对龙湫而恳望。优愿明灵敷感，使雨泽以旁滋；圣化荐臻，致田畴之益济。"（《苏轼文集》卷六二，1912—1913页）一时间天空渐渐乌云密布，但是还不见雨点儿。苏轼又陪宋太守到凤翔城的真兴寺祷告（《苏轼诗集》卷三《真兴寺阁祷雨》，140页）。果然天从人愿，狂风忽起，暴雨骤降，而且连下三天。枯萎的庄稼舒展挺拔，顿时充满了勃勃生机（《代宋选奏启封太白山神状》，1061页；《苏

喜雨亭，原址在陕西省凤翔府衙内，后迁入东湖，为苏轼所建。

轼文集》卷七二《太白山神》，2307页）。

　　喜雨沛然，丰收在望，凤翔百姓无不欢呼雀跃，"官吏相与庆于庭，商贾相与歌于市，农夫相与抃于野，忧者以乐，病者以愈"。这年年初，苏轼在官舍附近起造一座庭园，作为公事之余的休息之所，南有水池，北有亭子，树木环绕着流水，景色格外雅致。这时他新建的亭子刚好修成，苏轼便将这座亭子命名为"喜雨亭"，并欣然命笔，撰写了《喜雨亭记》。

天人感应

　　《喜雨亭记》依次叙写建亭的经过、下雨的过程、喜雨的情状和庆贺的场景，最后以这么一篇歌词，曲终奏雅：

使天而雨珠，寒者不得以为襦。

使天而雨玉，饥者不得以为粟。

一雨三日，　谁之力？

民曰"太守"，太守不有。归之天子，天子曰"不"。

归之造物，造物不自以为功，归之太空。

太空冥冥，不可得而名，吾以名吾亭。

　　这篇欢快的歌词有两层意思，值得我们细细品味。

　　歌词的第一层意思，说的是"西民之所恃以为生者，麦禾而已"（《凤翔太白山祈雨祝文》，1913页），而"天"恰恰善体人意，既没有"雨珠"，也没有"雨玉"，而是"雨麦"，为济民饥而赐之以麦。在传统的农耕社会里，对于百姓而言，真正的财富不是金钱珍宝而是粮食，只有丰衣足食，才能安居乐业。在这里，苏轼化用了东汉刘陶《改铸大钱议》的文意，刘陶写道："就使当今沙砾化为南金，瓦石变为和玉，使百姓渴无所饮，饥无所食，虽皇羲之纯德，唐虞之文明，犹不能以保萧墙之内也。"（《后汉书·刘陶传》）但是刘陶的原文却"不如东坡辞婉意明，所谓出蓝更青者也"（孙奕《履斋示儿编》卷七"祖意而胜"条，《丛书集成初编》本，62—63页）。

　　这年春天的求雨得雨，是有先兆的。苏轼在文章中记载道："是岁之春，雨麦于岐山之阳，其占为有年。""雨麦"的意思是天上落下麦子。麦子自天而降，这可是异常的天象。古人以为天象与人事密切相关，发生气候异象时就必须占卜，以测吉凶祸福。"雨麦"之后占卜为"有年"，即"丰年"，庄稼有好收成，这当然

《苏轼回翰林院图》（传为明代张路作）

是"吉兆"。

早在战国时期，人们就有"神农之时，天雨粟"的传说（[清] 马骕《绎史》卷四引《周书》，《景印文渊阁四库全书》本）。如果说这还仅仅是农耕起源的神话，那么汉人就多次记载了"雨粟""雨谷"的自然现象，并且还有"天雨谷，岁大熟"的占卜之说（《艺文类聚》卷八五《百谷部》引京房《易逆刺》）。苏轼记载的"雨麦"之事，有时间、地点和事件，叙事相当完整。虽然我们无法判断这一记载究竟是不是苏轼亲眼所见的"实录"，也无法知晓占卜的主角是不是苏轼，但是我们至少可以断定，饱读经史、浸染传统的苏轼，内心中是愿意相信"雨麦"之事的，更愿意相信"雨麦"是祈雨成功的先兆（参卢晓丽《苏轼〈喜雨亭记〉"雨麦"释义及内涵辨析》，《语文月刊》2014年第6期）。

所以，苏轼特意在文章中记载"雨麦于岐山之阳，其占为有年"，无疑是"有意为之"的。他要借此明确地说明："今天不遗斯民，始旱而赐之以雨，使吾与二三子得相与优游以乐于此亭者，皆雨之赐也。"上天不会遗弃下土的百姓，为了避免"无麦无禾，

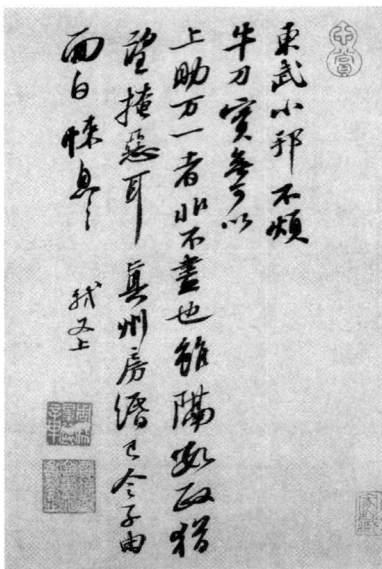

苏轼行书《东武帖》

岁且荐饥，狱讼繁兴，而盗贼滋炽”，预先就以“雨麦”的天象昭示“有年”，给百姓带来恩惠和欢乐。

“神力”之源

但是苏轼心里非常明白，即使真的有“天人感应”，也并非被动的，而是主动的，归根结底是“人心”感动“天意”。于是他不禁设问：“一雨三日，繄谁之力？”一连下了三天的喜雨，是谁有如此这般的“神力”呢？这就引出了这篇歌词的第二层意思。

因为百姓亲眼看到宋太守、苏签判一而再、再而三地虔诚祈祷，为民请命，所以他们说，“一雨三日”是太守、签判的“精诚所至，金石为开”。但是，区区太守、签判，怎么敢如此居功自傲呢？所以他们称说：普降喜雨应归功于皇帝。

在皇权时代，“溥天之下，莫非王土；率土之滨，莫非王臣。”（《诗经·小雅·北山》）更何况古人认为皇帝乃受天命而有天下，尊称为“天子”，原本就是“天”在人间的化身，是“天下之主”。所有臣民的功劳、自然的祥瑞，都应归于“天皇圣明”，这是理所当然的事。但是苏轼笔锋一转，斩钉截铁地写道：“归之天子，天子曰

'不'。"真正"圣明"的皇帝，是不会将臣民的功劳、自然的祥瑞归于自己的。他会明确地回答："否！"——这不是我的功劳。

那么，能不能将喜降甘霖的功劳归于"造物"，即一种创造、主宰万物的力量呢？苏轼却替"造物"回答说："造物不自以为功"。"造物"并不认为"一日三雨"是自己的功劳，于是只能"归之于太空"——即"天"。这应该是苏轼的"终极思考"了，因为他说过："今天不遗斯民，始旱而赐之以雨"。

苏轼既否定了官吏的"德行"、皇帝的"圣明"具有感动上苍的力量，也否定了"造物"具有呼风唤雨、护佑众生的功能。他认为，降雨之功，与太守无关，与天子无关，甚至与造物无关，而应"归之于太空"，是上天对人们的眷顾和恩赐。苏轼这种"推功让德"的思想自有来历，大抵取义于《礼记·祭义》："天子有善，让德于天；诸侯有善，归诸天子；卿大夫有善，荐于诸侯；士庶人有善，本诸父母，存诸长老。"只不过《礼记》是从天到士庶人顺着说，而苏轼则是从太守到"太空"倒着说。

但是颇有深意的是，苏轼说到"归之于太空"的时候，偏偏又宕开一笔，说"太空冥冥"，天是高远渺茫，难以着实的。苍天虚无飘渺，虽然看得见，但是有谁可以够得着它，又有谁可以把握住它呢？人们又凭借什么去"感恩"上天呢？既然"一日三雨"的"神力"最终无所归属，是"不可得而名"的，那还不如脚踏实地地用"喜雨"来命名我的亭子吧。因为这座亭子是老百姓一砖一瓦修建而成的，也是"官"和"民"休戚与共的见证。还有什么比"与民同乐"更可忻喜的事情呢？

文章以"喜雨"命亭作结，戛然而止，堪称匠心独运。这既是曲终奏雅，照应"喜雨亭记"的题目，也是由小及大，推出如此精深的道理："人人不自有其善，天下于是大善，而岂区区焉，斤斤焉，饰貌矜情，以谐媚君父，矫诬上天云尔哉？"（《唐宋文醇》卷四四评语，《景印文渊阁四库全书》本）。

心诚则灵

不过我们还可以进一步追问，如此"弃虚"而"务实"的苏轼，为什么明明知晓"太空冥冥"，天是虚无飘渺的，为了求雨，不仅撰写祝文，又撰写状文，还撰写祷词，一而再、再而三地向神灵倾诉，向上天祈祷呢？他是真心相信天有主宰人事的功能，还是虽然心存疑忌，却不得不"随乡入俗"、"逢场作戏"呢？

其实古人早就说过："心诚则灵"。只要人的心意足够虔诚，只管祈祷就对了，不管借助何方神灵向上天祈祷，上天最终都是可以显出灵验的。所以关键不在于选择何方神灵，更不在于揣测上

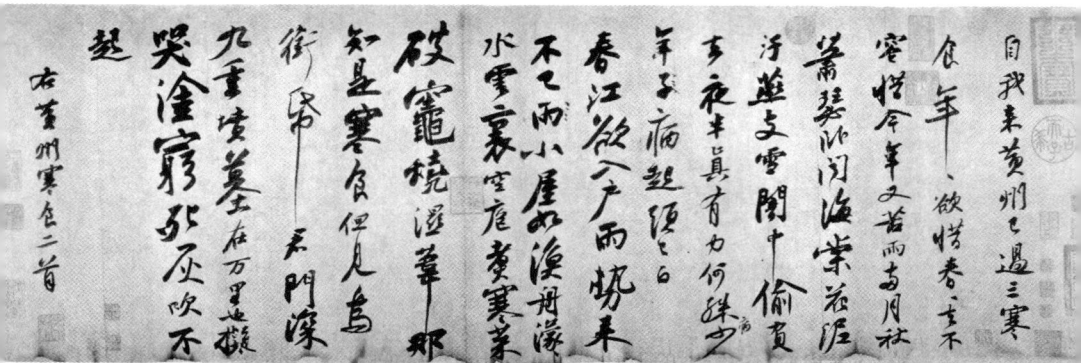

苏轼行书《黄州寒食诗卷》

天是否通晓人意而决定是否祈祷，而在于人们是否采取了祈祷的行为，是否真心地祈祷，或者说祈祷时心意是否足够虔诚。

这种虔诚的心意，对地方官来说，就是关心民生，为民谋利，与民同忧同乐，想百姓之所想，急百姓之所急，为百姓之欲为，"救一时之急，解朝夕之患"（《苏轼文集》卷四八《上韩魏公论场务书》，1393页）。苏轼说："早岁便怀齐物志，微官敢有济时心。"（《苏轼诗集》卷六《次韵柳子玉过陈绝粮二首》其二，274页）他认为，出仕为官，应"以及民为心，而惭尸禄"（《苏轼文集》卷二四《谢除两职守礼部尚书表》之二，701页）。苏轼称颂太守宋选修葺驿站，急生民之所急，就曾引用《诗经》"岂弟君子，民之父母"的诗句，解释说："所贵乎岂弟者，岂非以其不择居而安，安而乐，乐而喜从事欤？"（《凤鸣驿记》，375—376页）敢于担当，勇于任事，这本来就应该是地方官的本分。

所以，当亢旱之年，百姓信奉祈祷，地方官怎么能不为其所欲为，而且尽心尽力地为其所欲为呢？苏轼借助于为亭子命名"喜雨"，无疑是要清楚地表达：如果"弥月不雨"，官吏却毫不作为，不去祈祷降雨，任凭旱情发展，则"无麦无禾，岁且荐饥，狱讼繁兴，而盗贼滋炽，则吾与二三子，虽欲优游以乐于此亭，其可得耶"！而今地方官为百姓所欲为，一而再、再而三地虔诚祈祷，方能感动上苍，使"天不遗斯民，始旱而赐之以雨，使吾与二三子，得相与优游以乐于此亭者，皆雨之赐也"。正是有见于此，林云铭评此文道："不但舍雨之外无可名此亭，亦舍亭之外无可名此雨"，"语语为民，便觉阔大"（林云铭《古文析义》卷一三评语）余诚评此道："就一座私亭，写出绝大关系，伴忧乐同民之意，

隐然言外，而又毫不着迹。立言最为有体。"（余城《重订古文释义新编》卷八）

天灾源于人祸，天祥本于人福。天灾之所以发生、之所以蔓延，是因为人们不为所应为，甚至为所不应为。如果人们对天存一份敬畏之心，对民存一份仁爱之意，尽心尽力地为所应为，不为所不应为，天灾要么不致发生，要么一旦发生也会转危为安。宋太守、苏签判遵从民意，虔诚祈祷，终究使凤翔一地从"弥月不雨"变为"一雨三日"，这就是明证。

忧乐同民

由此可见，在苏轼看来，"雨麦于岐山之阳"的吉兆之所以能够成为天降喜雨的现实，虽非人力可为，却为人心可期，最终应该归功于人们虔诚的祈祷——不仅是宋太守、苏签判采取的虔诚祈祷的行为，也不仅是他们撰写的虔诚祈祷的祝文，而是他们内心中始终葆有的那份"当仁不让"、"与民同乐"的真心诚意。这正是苏轼一生秉持的信念和操守，晚年他还称道友人李常，并以此自励，说："兄虽怀坎壈于时，遇事有可尊主泽民者，便忘躯为之，祸福得丧，付与造物。"（《苏轼文集》卷五一《与李公择》之十一，1500页）

"忧乐同民"是一种儒家意旨，正如孟子所说的："文王以民力为台为沼，而民欢乐之，谓其台曰灵台，谓其沼曰灵沼，乐其有麋鹿鱼鳖。古之人与民偕乐，故能乐也。"（《孟子·梁惠王上》）"乐民之乐者，民亦乐其乐；忧民之忧者，民亦忧其忧。"（《孟子·梁惠王下》）苏轼一生善学孟子，对孟子"忧乐同民"的思想领悟极深，因此始终坚持"以民为重"的人生信念（四川大学中文系唐宋文学研究室编《苏轼资料汇编》，中华书局，1994，36页）。

"忧乐同民"还是一种圣人情怀，所以《喜雨亭记》开头就写道："古者有喜，则以名物，示不忘也。周公得禾，以名其书；汉武得鼎，以名其年；叔孙胜狄，以名其子。"周公得到周成王赏赐的稻禾，便用"嘉禾"作为他文章的篇名；汉武帝在汾水上得到宝鼎，便改年号为"元鼎"；鲁文公派遣叔孙得臣率兵，打败北狄军，俘获北狄国君侨如，便把儿子宣伯命名为侨如。苏轼的喜雨而名亭，正可与周公、汉武、叔孙得臣相媲美。

无论是儒家意旨还是圣人情怀，"忧乐同民"传达的是这样的政治智慧："得天下有道，得其民，斯得天下矣。得其民有道，得其心，斯得民矣。得其心有道，所欲与之聚之，所恶勿施尔。"（《孟子·离娄上》）苏轼认为："民者，天下之本。"（《苏轼文集》卷九《策别训兵旅二》，277页）在传统的观念中，"天"不仅仅是一种自然的"造物主"，而且也是一种主体的显现物，是"民"的化身，这就是古人所说的："天视自我民视，天听自我民听。"（《孟子·万章上》引《尚书·泰誓》语）因此，"得其民"而且"得其心"，不仅就能得到"天"的庇护而降祥福，而且这本身就是"天心"、"天意"的客观显现。

"喜雨"之事虽小，其中含蕴的意思却大。古人以为，苏轼为文，善于"小题从大处起议论"（茅坤《唐宋八大家文钞·苏文忠公文钞》卷二四引唐顺之评苏轼《仁宗皇帝飞白御书记》语），良有以也！

附　录

喜雨亭记

苏　轼

亭以雨名，志喜也。古者有喜，则以名物，示不忘也。周公得禾，以名其书；汉武得鼎，以名其年；叔孙胜狄，以名其子。其喜之大小不齐，其示不忘一也。

余至扶风之明年，始治官舍。为亭于堂之北，而凿池其南，引流种木，以为休息之所。是岁之春，雨麦于岐山之阳，其占为有年。既而弥月不雨，民方以为忧。越三月乙卯，乃雨，甲子又雨，民以为未足。丁卯，大雨，三日乃止。官吏相与庆于庭，商贾相与歌于市，农夫相与忭于野，忧者以乐，病者以愈，而吾亭适成。

于是举酒于亭上以属客，而告之曰："五日不雨，可乎？"曰："五日不雨，则无麦。""十日不雨，可乎？"曰："十日不雨，则无禾。"无麦无禾，岁且荐饥，狱讼繁兴，而盗贼滋炽，则吾与二三子，虽欲优游以乐于此亭，其可得耶！今天不遗斯民，始旱而赐之以雨，使吾与二三子，得相与优游以乐于此亭者，皆雨之赐也。其又可忘耶！

既以名亭，又从而歌之，曰：使天而雨珠，寒者不得以为襦。使天而雨玉，饥者不得以为粟。一雨三日，繄谁之力？民曰"太守"，太守不有。归之天子，天子曰"不"。【郭按，"不"字，原作"不然"，于韵不协。据校注，当改为"不"，读"否"。】归之造物，造物不自以为功，归之太空。太空冥冥，不可得而名，吾以名吾亭。

（《苏轼文集》卷十一，中华书局，1986，349—350 页）

"无之而不奇，斯无之而不奇也"
——读袁宏道《徐文长传》

奇人徐文长

　　在中国古代社会中，明代堪称奇人辈出的时代。尤其是文人士子，"多乏器识，好轻遽议论，放乎礼法之外，恣恃其私意"（康海著，贾三强、余春柯点校《康对山先生集》卷三四《送苏榆次序》，三秦出版社，2015，593页），往往以奇自豪，以奇自诩，以奇自傲，蔚为一代风气。山阴（今浙江绍兴）人徐渭（1521—

袁宏道像

1593），字文长，号天池山人、青藤道士，就是明代奇人中的一位佼佼者。

　　徐渭自幼即聪颖过人，六岁读书，过目成诵；十岁作文，轰动全城。当地绅士名流无不夸赞他是一位神童，同乡前辈沈炼甚至称道："关起城门，只有这一个。"（徐渭《畸谱·纪知》，《徐渭集·补

编》，中华书局，1983，1334页）薛惠任绍兴府乡试官时，非常看重徐渭
的才华，至有"国士"的品题（袁宏道《瓶花斋集》之七《徐文长传》，钱
伯城笺校《袁宏道集笺校》卷一九，上海古籍出版社，1979，715页。以下凡未注
出处的引文，均见此文）。所谓"国士"，指的就是一国中才能最优秀的
人物。

可是徐渭的功名仕途却十分坎坷，袁宏道说："然数奇（jī），
屡试辄蹶。"他二十岁考秀才，先名落孙山，后经苦苦哀恳，特许
复试，总算勉强上了榜。这以后，三年一次乡试，连考八次，均
未被录取为举人。"学而优则仕"的人生台阶，徐渭竟然攀登了
二十多年，怎么也无缘登堂入室。

"奇"（jī）实本于"奇"（qí），徐渭生性放诞不羁，常常我行
我素，不愿循规蹈矩。他曾有诗称颂"达人"，说："达人志冥鸿，
岂为网罗厄？"（《徐渭集·徐文长三集》卷四《蒋扶沟公诗》其三，81页）这
种"达人"，显然染上老庄思想的色泽，不受儒家礼教的约束。他
自称"半儒半释还半侠"（《徐渭集·徐文长三集》卷五《醉中赠张子先》，
123页），这种多元的文化身份更为他笼罩上一层迷离惝恍的色彩。

中年的徐渭应聘入胡宗宪总督府。他经常戴顶破旧黑巾，穿
身素白衣袍，自由出入总督府辕门，同胡宗宪"纵谈天下事"，
旁若无人。在幕府中，徐渭"自负才略，好奇计，谈兵多中，视
一世士无可当意者"。可是尽管名满江南，徐渭还是"不得志于
有司"。

嘉靖四十一年（1562）初，独揽大权的大学士严嵩失宠下
台，胡宗宪受到牵连，被罢官入狱，死在狱中。徐渭深恐自己不
能幸免于祸，成日惴惴不安，精神悒郁，甚至想要自绝于世。嘉

靖四十四年，他撰写《自为墓志铭》，说："至是，忽自觅死。人谓渭文士，且操，洁可无死。不知古文士以入幕操洁而死者众矣，乃渭则自死，孰与人死之。渭为人，度于义无所关时，辄疏纵不为儒缚，一涉义所否，干耻诟，介秽廉，虽断头不可夺。故其死也，亲莫制，友莫解焉。尤不善治生，死之日，至无以葬，独余书数千卷，浮罄二，研剑图画数，其所著诗若文若干篇而已。"（《徐渭集·徐文长三集》卷二六，639页）

这篇《自为墓志铭》畅所欲言，痛彻肺腑，使我不由自主地联想到美国著名文学家马克·吐温的一段话："我决定从坟墓中而不是亲口向世人说话，是有充分理由的：我可以无拘无束地说话。一个人写一本有关他平生私人生活的书——一本在他活着的时候给人们看的书，总是不敢真正直言不讳地说话，尽管他千般努力，临了还得失败。"（许汝祉译《马克·吐温自传》，《序言》，江苏人民出版社，1981）

精神的极度压抑，使徐渭

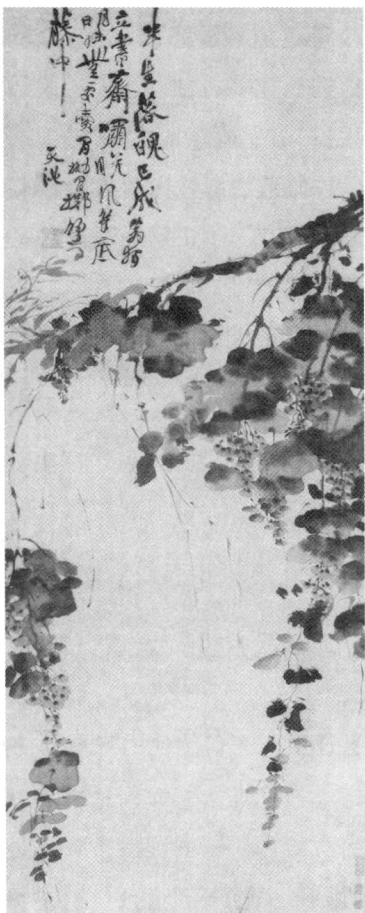

徐渭《墨葡萄图》

在家庭生活中也变得乖戾狂躁。再加上精神疾病所带来的幻觉，他怀疑继室张氏有不贞行为，竟然糊里糊涂地将她杀死。为了这件事，徐渭被捕入狱，从嘉靖四十五年开始，蹲了七年监狱。幸亏同乡友人张元汴鼎力相助，才得以出狱。

晚年的徐渭已是一介白衣，再也没有功名之望了。他的情绪变得更加颓放悲凉，在一幅水墨葡萄画轴上，他题诗道："半生落魄已成翁，独立书斋啸晚风。笔底明珠无处卖，闲抛闲掷野藤中。"（故宫博物院藏《墨葡萄图》）

临终之际，徐渭为自己作年谱，取名《畸谱》。所谓"畸"，就是不整齐、不正常、不合常规的意思。《庄子·大宗师》曾记载子贡向孔子问"畸人"之意，孔子说："畸人者，畸于人而侔于天。"即以世俗人们的观念看是畸形异态的，但却符合正常而健康的自然人性。这正是徐渭对自己的评价，他正是一代畸人，也是一代奇人！

奇人自得奇人赏

奇人自得奇人赏，撰写《徐文长传》的袁宏道（1568—1610）也是一位奇人。万历二十三年（1595），袁宏道在吴县知县任上，写信给他的三舅龚仲庆（字惟长），大放厥词，以"五快活"为"真乐"的人生境遇。前四种"快活"分别是声色娱悦、男女宴饮、藏书万卷、载妓泛舟。而最后一种"快活"更是匪夷所思："家资田产荡尽"，"一身狼狈，朝不谋夕，托钵歌妓之院，分餐孤老之盘，往来乡亲，恬不知耻"。袁宏道认为："士有此一者，生可无愧，死可不朽矣。"（《锦帆集》之三《龚惟长先生》，《袁宏道集笺校》卷五，205—206页）而且，他不仅是嘴皮子上说说而已，只要有机会，他是真心愿意乐此不疲的。

袁宏道的《徐文长传》撰写于万历二十七年。这篇文章有两个不同版本，一个版本见于万历二十八年商维濬刻本《徐文长三集》卷首（下称"前传"），另一个版本见于万历三十六年（1608）袁氏书种堂刻本《瓶花斋集》卷七（钱伯城《袁宏道集笺校》，715—717页，下称"后传"）。应该是袁宏道写完"前传"后，自知"不甚核"（《瓶花斋集》之十《答陶石篑》，《袁宏道集笺校》卷二二，779页），所以在八年后又做了修改，删除了300多字，增加了100多字。相比较而言，两篇传记都激情澎湃，文采飞扬，但"前传"更为夸饰，"后传"略加收敛（参付琼《徐渭为"公安派先驱"说质疑》，《学术论坛》2007年第8期）。

"后传"被后人奉为经典，因收入《翠娱阁评选皇明十六名家小品》《古文观止》等文章选本而流传甚广。这篇文章之所以堪称经典，是因为袁宏道采用了与一般传记迥然不同的叙写方式，着力凸显徐渭"无之而不奇，斯无之而不奇也"的人格风貌。

隔空对话

首先，袁宏道有意识地将"读后感"以议论与抒情取胜的文章作法，巧妙地融入以叙事见长的人物传记之中，借由"读其文"而"论其人""抒所感"，构成与传主"隔空对话"的交流空间。明人陆云龙评道："摹其品，衡其诗，俱千秋定案"（《袁宏道集笺校》卷一九，719页）。

　　袁宏道对徐渭肯定早有耳闻，但却实未亲见，更谈不上有什么深交。他对徐渭的认知，固然部分地来源于之前文坛的传言与当时友人的推介，而更为重要的，是来源于他阅读徐渭生前所编诗集《阙编》的深切感受。孟子认为，"尚论古之人"，即与古人为友，与古人交流思想感情，最佳途径是"颂其诗，读其书"，从而达到"知其人""论其世"（《孟子·万章下》）。这是袁宏道将"读后感"的文章作法融入人物传记的文化根源。

　　袁宏道撰写《徐文长传》，其主要的资料来源无疑是"所闻于越人者"，即他的好友、徐渭的同乡陶望龄等人的叙说与评论。但是他在行文时，却有意宕开一笔，开篇就从阅读徐渭"《阙编》诗一帙"入手，并且不无夸张地感叹："盖不佞生三十年，而始知海内有文长先生，噫，是何相识之晚也！"感叹之余，他方才说明是根据传闻撰写传记的。

　　袁宏道之所以如此婉转用笔，无非是想强调，他与徐渭虽然"相识之晚"，但却毫不影响他相识之深，那是因为他"颂其诗，读其书"，进而"知其人""论其世"。在"前传"中，他还特别叙写与其他读者共同分享这种深有所得的阅读体会："余自是或向人，或作书，皆首称文长先生。有来看余者，即出诗与之读，一时名公巨匠，浸浸知向慕云。"

　　所以在叙述徐渭生平经历时，《徐文长传》不惜笔墨地用一大段文字，淋漓尽致地表述阅读徐渭诗歌的自我感受："文长既已不得志于有司，遂乃放浪曲蘖，恣情山水，走齐、鲁、燕、赵之地，穷览朔漠。其所见山奔海立、沙起云行、雨鸣树偃、幽谷

大都、人物鱼鸟，一切可惊可愕之状，一一皆达之于诗。其胸中
又有勃然不可磨灭之气，英雄失路、托足无门之悲，故其为诗，
如嗔如笑，如水鸣峡，如种出土，如寡妇之夜哭，羁人之寒起。"
这一大段洋洋洒洒的文字，既是对徐渭诗歌的评价，也是对徐渭
人格的评价，更是对徐渭的生平经历与诗歌成就之间的关系的
评价。

三年前，万历二十四年，袁宏道
为他的弟弟袁中道撰写《叙小修诗》，
其中有一段文字与《徐文长传》如出一
辙，两相对读，其义自见："泛舟西陵，
走马塞上，穷览燕、赵、齐、鲁、吴、
越之地，足迹所至，几半天下，而诗文
亦因之以日进。大都独抒性灵，不拘格
套，非从自己胸臆流出，不肯下笔。有
时情与境会，顷刻千言，如水东注，令
人夺魄。"（《锦帆集》之二，《袁宏道集笺校》，
187页）

时隔一年，万历二十五年（1597）
三月，袁宏道游绍兴，在陶望龄家中作
客，"随意抽架上书"，仿佛不经意地邂
逅徐渭诗歌，"当诗道荒秽之时，获此奇
秘，如魇得醒"（"后传"）。所以文章表
达的不仅仅是对徐渭诗歌的由衷喜爱，
更是借"尽翻窠白，自出手眼"的徐

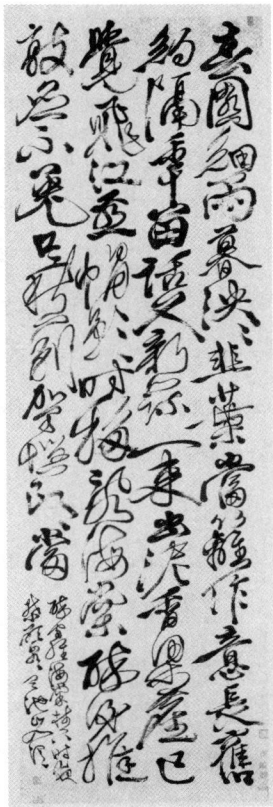

徐渭《春园细雨》七律
诗轴

渭诗歌（《瓶花斋集》之十《冯侍郎座主》,《袁宏道集笺校》卷二二，769页），来表达"独抒性灵"的诗歌观念。藉由《徐文长传》及其阅读故事的传播，袁宏道不仅成为徐渭的知音，更成为徐渭诗歌价值的发现者和传扬者，影响相当深远。明代天启年间张汝霖说："今海内无不知有徐文长矣！而仓猝邂逅之间，断编残简之际，巧而合者，无如袁中郎。方其挑灯夜读，亟呼周望，惊叫称奇，如将欲起文长地下，与之把臂恨相见晚也。"（《刻徐文长佚书序》,《徐渭集·附录》,1348页）清道光间杨兆杏说："余少读中郎先生《徐文长传》，以奇笔传奇人，其人如见，先生亦如见，心向往之。"（《道光重刻梨云馆本跋》,《袁宏道集笺校·附录》,1726页）

　　这种"读后感"的文章作法，不像一般的传记文章偏重于"以事传人"，而是着意于"以理服人"和"以情感人"，将读者主观的阅读体会灌注到文章之中，使全文流露出浓烈的感情色调。文章开篇写"我"与陶望龄共读徐渭诗集时的狂喜之态："灯影下读复叫，叫复读，童仆睡者皆惊起"。接着在评价徐渭诗歌时说："虽其体格时有卑者，然匠心独出，有王者气，非彼巾帼而事人者所敢望也。"介绍徐渭文章时说："不以模拟损才，不以议论伤格，韩、曾之流亚也。"这里所说的"彼巾帼而事人者"，"模拟损才"、"议论伤格"，隐然针对的正是李梦阳、王世贞等"当时所谓骚坛主盟者"。抬高徐渭，正为了贬低李、何等七子。所以袁宏道写信给陶望龄时说："《徐文长传》虽不甚核，然大足为文长吐气。"（《瓶花斋集》之十《答陶石篑》）

因奇（qí）而奇（jī）

其次，一般传记在叙写传主生平事迹时，大都着眼于传主性格、际遇等"与时俱进"的人生历程。而在《徐文长传》中，袁宏道则刻意关注那些制约传主生平的"定量"而非"变量"，别出心裁地以"奇"字的两种读音、两种词义贯穿全文，即"无之而不奇（qí），斯无之而不奇（jī）也"。因此，全文在个人与社会的激烈冲突中，鲜明地展现出徐渭超群脱俗的人格特性与才高命蹇的生平遭际之间的潜在因缘。

奇（qí）是徐渭超群脱俗、终生不变的人格特性，正所谓"无之而不奇（qí）"。文章一方面不惜笔墨地写道，作为个人的徐渭禀赋着出类拔萃的奇特才华："为山阴诸生，声名藉甚。薛公蕙校越时，奇其才，有国士之目"；入胡宗宪幕府，"纵谈天下事，胡公大喜"，"会得白鹿，属文长作表，表上，永

徐渭《驴背吟诗图》

陵喜"，"文长自负才略，好奇计，谈兵多中，视一世士无可当意者"；诗歌"匠心独出，有王者气，非彼巾帼而事人者所敢望也。文有卓识，气沉而法严……韩、曾之流亚也"，"晚岁诗文益奇"；书、画也"超逸有致"。同时，徐渭一生也总是表现出与众不同的奇行异举：在胡宗宪幕府中，"介胄之士，膝语蛇行，不敢举头，而文长以部下一诸生傲之"；不得志时，"放浪曲蘗，恣情山水"；在文坛上，"雅不与时调合，当时所谓骚坛主盟者，文长皆叱而奴之"；甚至精神分裂，发为狂疾，愤世嫉俗到了自残的地步，"或自持斧击破其头，血流被面，头骨皆折，揉之有声。或以利锥锥其两耳，深入寸余，竟不得死"；"晚年愤益深，佯狂益甚，显者至门，或拒不纳"。

　　另一方面，文章又随时随处地提醒读者，徐渭一生命运多

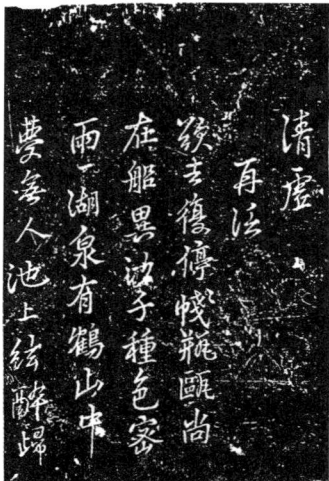

袁宏道手迹（书于万历三十七年己丑）

舛，坎坷潦倒，乃至忧愤癫狂，正所谓"无之而不奇（jī）也"。徐渭在科举道路上跋涉二十年，"然数奇，屡试辄蹶"；入胡宗宪幕府，虽得胡公知遇、人主赏识，"然竟不偶"；诗文迥迈流俗，但"其名不出于越"；诗文集"藏于家"，袁宏道托同年抄录，"今未至"；最终"竟以不得志于时，抱愤而卒"。文章最后总结道："先生数奇不已，遂为狂疾；狂疾不已，遂为囹圄。古今文人牢骚困苦，未有若先

生者也。"徐渭是不合流俗的人，不合流俗的人，在世俗社会里是很难找到立身之地的。

由奇（jī）而奇（qí）

其实，《徐文长传》以"奇"字的两种读音、两种词义贯穿全文，还隐含着一层未易察觉的深意，值得读者仔细琢磨。

常言道："性格决定命运"。正是由于徐渭禀赋"无之而不奇（qí）"的旷世才华，嗜好"无之而不奇（qí）"的处世风范，所以他才陷入"无之而不奇（jī）"的悲惨命运。在明代专制政治扼制下，士大夫慕奇好异的人格理想不能不发生严重的扭曲。徐渭那种近乎疯狂的自虐，实际上来源于他具有"无之而不奇（qí）"的天性，引发出他对自身存在的极度困惑和对自身命运的极度焦灼。他自题小照说："然则今日之痴痴，安知其不复嬴嬴，以庶几于山泽之癯耶……噫，龙耶猪耶？鹤耶凫耶？蝶栩栩耶？周蘧蘧耶？畴知其初耶？"（《徐渭集·徐文长三集》卷二一《自书小像二首》之一，585页）徐渭并未坚信不疑地以奇人自豪，以畸人自许。在他内心中，原本就存在着深刻的人格异化的危机，以至于他对自身的存在都困惑莫解，怎么能够和光同尘地去适应纷繁复杂的现实社会呢？

再进一步，我们不妨反而观之，也正因为徐渭在现实社会中遭遇"无之而不奇（jī）"的悲惨命运，这才造就了他"无之而不奇（qí）"的文化成就。在文章中袁宏道写道，徐渭因为"胸中又有勃然不可磨灭之气，英雄失路、托足无门之悲"，所以他的诗、文、书、画高标绝世，迥迈流俗。袁宏道还夸赞道："先生诗文崛起，一扫近代芜秽之习，百世而下，自有定论，胡为不遇哉？"

　　徐渭高超的文艺造诣的确足以千古不朽。据说当时著名的戏曲家汤显祖曾演唱徐渭《四声猿》杂剧，由衷地钦服这位"词坛飞将"，感叹道："安得生致文长，自拔其舌！"（王思任《批点玉茗堂牡丹亭词叙》引，明天启间会稽张氏著坛刻本《清晖阁批点玉茗堂还魂记》卷首）汤显祖是否说过这样的话并不重要，重要的是王思任等晚明文人有口皆碑地传诵着这样的评价，共同表达对徐渭才华的景仰之情。直到清代，"扬州八大怪"之一的郑燮还自称："平生最爱徐青藤诗，兼爱其画"，因自刻一印，曰"徐青藤门下走狗郑燮"。乾隆九年（1744）他任范县知县时，致书无方上人说："使燮早生百十年，而投身于青藤先生之门下，观其豪行雄举，长吟狂饮，即真为走狗而亦乐焉。"（郑炳纯辑《郑板桥外集·尺牍》，山西人民出版社，1987，62页）郑燮对徐渭文艺成就的欣羡之意，仍然溢于言表。

　　从存在的角度来看，人的个体生命是有限的，但人的文化成就却是无限的。像徐渭这样创造出无限的文化成就的文艺家，"胡为不遇哉"？

附　录

徐文长传

袁宏道

余一夕坐陶太史楼，随意抽架上书，得《阙编》诗一帙，恶楮毛书，烟煤败黑，微有字形。稍就灯间读之，读未数首，不觉惊跃，急呼周望："《阙编》何人作者，今邪古邪？"周望曰："此余乡徐文长先生书也。"两人跃起，灯影下读复叫，叫复读，僮仆睡者皆惊起。盖不佞生三十年，而始知海内有文长先生，噫，是何相识之晚也！因以所闻于越人士者，略为次第，为《徐文长传》。

徐渭，字文长，为山阴诸生，声名藉甚。薛公蕙校越时，奇其才，有国士之目。然数奇，屡试辄蹶。中丞胡公宗宪闻之，客诸幕。文长每见，则葛衣乌巾，纵谈天下事。胡公大喜。是时公督数边兵，威镇东南，介胄之士，膝语蛇行，不敢举头，而文长以部下一诸生傲之，议者方之刘真长、杜少陵云。会得白鹿，属文长作表，表上，永陵喜。公以是益奇之，一切疏记，皆出其手。文长自负才略，好奇计，谈兵多中，视一世士无可当意者。然竟不偶。

文长既已不得志于有司，遂乃放浪曲蘖，恣情山水，走齐、鲁、燕、赵之地，穷览朔漠。其所见山奔海立，沙起云行，雨鸣树偃，幽谷大都，人物鱼鸟，一切可惊可愕之状，一一皆达之于诗。其胸中又有勃然不可磨灭之气，英雄失路、托足无门之悲，故其为诗，如嗔如笑，如水鸣峡，如种出土，如寡妇之夜哭，羁人之寒起。虽其体格时有卑者，然匠心独出，有王者气，非彼巾帼而事人者所敢望也。文有卓识，气沉而法严，不以模拟损才，不以议论伤格，韩、曾之流亚也。文长既雅不与时调合，当时所谓骚坛主盟者，文长皆叱而奴之，故其名不出于越，悲夫！喜作书，笔意奔放如其诗，苍劲中姿媚跃出，欧阳公所谓"妖韶女老，自有余态"者也。间以其余，旁溢为花鸟，皆超逸有致。

辛以疑杀其继室，下狱论死。张太史元汴力解乃得出。晚年愤益深，佯狂益甚，显者至门，或拒不纳。时携钱至酒肆，呼下隶与饮。或自持斧击破其头，血流被面，头骨皆折，揉之有声。或以利锥锥其两耳，深入寸余，竟不得死。周望言："晚岁诗文益奇，无刻本，集藏于家。"余同年有官越者，托以抄录，今未至。余所见者，《徐文长集》《阙编》二种而已。然文长竟以不得志于时，抱愤而卒。

石公曰："先生数奇不已，遂为狂疾；狂疾不已，遂为圄圉。古今文人牢骚困苦，未有若先生者也。虽然，胡公间世豪杰，永陵英主，幕中礼数异等，是胡公知有先生矣；表上，人主悦，是人主知有先生矣。独身未贵耳。先生诗文崛起，一扫近代芜秽之习，百世而下，自有定论，胡为不遇哉？梅客生尝寄余书曰：'文长吾老友，病奇于人，人奇于诗。'余谓文长无之而不奇者也。无之而不奇，斯无之而不奇也。悲夫！"

（《瓶花斋集》之七《徐文长传》、《袁宏道集笺校》卷一九，上海古籍出版社，1979，715—717页）